Erwin Riess

Herr Groll und der rote Strom

Erwin Riess

Herr Groll und der rote Strom

ROMAN

OTTO MÜLLER VERLAG

Für Piratessa

www.omvs.at

ISBN 978-3-7013-1170-5

Satz: Media Design: Rizner.at, Salzburg
Umschlaggestaltung: Ulrike Leikermoser
Druck und Bindung: Druckerei Theiss GmbH, A-9431 St. Stefan

Inhaltsverzeichnis

Prolog

Das erste menschliche Wesen, das ich nach meiner Geburt zu sehen bekam, war ein Schiff. Es handelte sich um einen weißen Schlepper namens Sotschi; *er war mit einem roten Schornstein und einem in Schwarz gehaltenen Emblem ausgestattet, es zeigte Sichel und Hammer. Seither bin ich der Donau verfallen. Die Verhaltensforschung nennt so etwas Prägung. Ich nenne es Glück. Wohlbehütet von Mutter Schiff und Vater Donau wuchs ich an den Ufern des Stroms auf. Schon früh stand meine Lebensplanung fest. Ich würde lernen, arbeiten, kämpfen und lieben, wie andere Menschen auch. Aber im Gegensatz zu anderen würde ich danach trachten, mein Leben an den Ufern des großen Flusses zu verbringen. Diesem Ziel bin ich recht nahegekommen. Der Fluß blieb mein ständiger Begleiter, und an seinen Gestaden lief mein Leben in halbwegs geordneten Bahnen ab. Daß ein simpler Freundschaftsdienst das Paradies ins Wanken bringen und ich mich in Erpressung, Mord und Totschlag verstrickt sehen würde, war nicht vorauszusehen. Auch wenn das zivilisatorische und menschliche Chaos, von dem in der Folge berichtet wird, eine bornierte Gesellschaft zur Voraussetzung hatte – es bedurfte eines unglücklichen Akteurs, der die Knochenmühle in Bewegung setzte.*
Mich.

Die Donau führt nicht nur regelmäßig Hochwasser, immer wieder treiben in ihr auch Wasserleichen. Das ist nicht verwunderlich, denn unterhalb von Wien fließt die Donau mit der Strömung eines Gebirgsflusses. Wer ins Wasser fällt und nicht an der

Eiseskälte zugrunde geht, wird ein Opfer von Strudeln oder den Schrauben mächtiger Schubschiffe. Oder er zerschellt an den weit in den Strom ragenden Felswürfen. Selbst bei Niederwasser, wenn die weißen Schotterbänke den Fluß säumen und die grünen Weiden und Pappeln ein Bild des Friedens vorgaukeln, ist die Donau gefährlich. Im Jahresschnitt sterben auf ihr zwischen Wien und der slowakischen Grenze ein Dutzend Personen durch Unfälle, dazu kommen die Selbstmörder sowie in der Donau entsorgte Leichen aus Unterweltfehden, Erbschaftskriegen und ehelichen Meinungsverschiedenheiten.
Die Donau ist kein harmloser Fluß.

Daß der Strom die Länder Europas verbindet, zählt zu den Gassenhauern der politischen Folklore, ist aber nachweislich falsch. Das Gegenteil ist der Fall. Zwar stimmt es, daß die Donau durch halb Europa fließt, sie ist aber alles andere als ein einigendes Band. Sie markiert neue Grenzen, gezogen von Neid, Rassismus und nationalistischem Wahn. Ebenso verlogen ist die Behauptung, Mitteleuropa wachse nach dem Fall des Eisernen Vorhangs zusammen und beglücke seine Bewohner mit einem Leben in sozialer Sicherheit und politischer Gerechtigkeit. Tatsächlich verarmen die Donauanrainer in großer Zahl, und das mit wachsender Geschwindigkeit. Sie mißtrauen einander zutiefst, und nicht selten münden die Aversionen in Gewaltakte. Der Antisemitismus lebt wieder auf, Roma und Sinti können sich ihres Lebens nicht mehr sicher sein, die Sicherheitsbehörden üben sich in wohlwollendem Zusehen. Österreicher und Deutsche, Slowaken und Ungarn, Serben und Kroaten, Bulgaren und Rumänen, Ukrainer und Moldawier – was für ein Ensemble einander

in Feindschaft zugetaner Nachbarn! Daß sich die letzten Völkermorde auf europäischem Boden an der Donau und ihren Zubringern ereigneten, ist kein Zufall. Daß auch die kommenden Kriege, die nicht mehr lange auf sich warten lassen, am Strom ausgetragen werden, gilt unter Donaukennern als sicher.
Die Donau ist kein friedlicher Fluß.

1. Kapitel

Eine Versorgungsfahrt mit Bedacht und eine Wasserleiche in Rot.
Ein Oberlehrer ohne Namen und ein Jugendamt in Sorge

An einem schwülen Junitag fuhr ich mit meinem klapprigen Renault 5 den Treppelweg bei Stromkilometer neunzehnhundertachtzig bergwärts. In den Alpen hatte es tagelang geregnet, die Donau würde in den kommenden Stunden die Hochwassermarke überschreiten. Die Sonne war durch den Dunst gebrochen, eine steife Brise strich vom Osten her über den Strom und wirbelte weiße Gischtwolken über die Fahrrinne. Es roch nach frischer Erde und moderndem Holz, und in der Luft tanzten weiße, klebrige Flocken – Pappelblüten. Sommerschnee sagen die Menschen am Strom dazu, je dichter der Sommerschnee, desto zarter die Fische und desto fruchtbarer das Land. Ist die Natur freigebig, reagieren die Menschen mit Geiz und Neid. Einige erfreuen sich aber auch am Müßiggang. Ich gehöre weder der einen noch der anderen Gruppe an und sah den kommenden Wochen mit Zuversicht entgegen.

Es würde ein guter Sommer werden. Mit regem Schiffsverkehr, dem einen oder anderen Karpfen aus Horsts Daube, und vielleicht würden Juri und ich Glück haben und einen schönen Hecht an Land bringen, den wir über dem offenen Feuer braten könnten.

Eine kleine Rauchfahne würde aufsteigen und zum Fluß hinunterziehen, und es würde eine träge Schwüle über allem hängen, die abends aus dem Auwald kriecht und erst nach Mitternacht verdampft. In manchen Nächten würde die Schwüle bleiben, und es würden gute Nächte sein, in denen die Vögel aufgeregt plappern, wenn sie den Mond wie ein weißes Schild über der schwarzen Phalanx der Pappeln sehen. Musikdampfer und Kreuzfahrtschiffe würden vorüberrauschen, mit bunten Lampions und Girlanden am Tanzdeck, und Musikfetzen würden mit der Heckwelle mitgeschleppt werden und ans Ufer streifen. Und man würde eine Ahnung davon bekommen, daß es noch eine Welt jenseits aller heimischen Spinner, Krisengewinnler und Möchtegern-Nazi gibt, eine bunte Welt mit anmutigen Bewegungen, klirrenden Gläsern und übermütigem Lachen.

Ich fuhr langsam, um meine wertvolle Ladung, vierzehn Doppelliter Wein und einen Korb voll paniertem Fleisch vom Heurigenbuffet, nicht zu gefährden. Zwei Selbstfahrer rauschten mit vollem Schub talwärts, ein Produktentanker aus Belgien und ein kleineres Schiff aus Heilbronn. Es hatte den Anschein, als würde das leichtfüßige kleinere Schiff auf den schwer beladenen Kollegen aufschließen, wohl um die nach der nächsten Biegung folgende Geradeausstrecke für ein Überholmanöver zu nutzen. Lange schaute ich den Schiffen nach, bis mein Blick an einem ungewohnten Bild hängenblieb. Auf einer hoch gelegenen Schotterbank am südlichen Ufer hatten einige Feuerwehrzillen angelegt, und im Kehrwasser dümpelte ein Schnellboot der Strompolizei. Auf der Schotterbank standen Uniformierte im Halbkreis. Ich stoppte und setzte meinen Feldstecher an. Die Männer umringten einen leblos daliegenden Körper, der mit einem leuchtendroten Fetzen nur halb bedeckt war. Einer der Uniformierten hielt einen roten Stöckelschuh in der Hand. Ich schaltete mein Diktaphon ein, nannte Datum und Uhrzeit und sprach: „*Katrin* und *Innovatie* talwärts, weibliche Wasserleiche auf Schotterbank." Die Frau war nicht bei einem Bootsunfall ums Leben gekommen, dessen war ich mir sicher. Da hatte jemand eine Überdosis erwischt oder war von der Unterwelt beseitigt worden.

Ein gemähtes Rasenstück in saftigem Grün, eine niedergelassene Daube im Wasser. Ein altes Moped, ein Kaps, ein rostiges Damenfahrrad, ein Handrasenmäher. Auf der Veranda Rosenstöcke in allen Farben, an der Außenwand ein Steuerrad und zwei Rettungsringe aus Kork. Die Schrift auf den Ringen unleserlich. Eine Fischerhütte, wie sie zu Hunderten den Lauf der Donau säumen. Für mich aber war diese Hütte mein zweites Zuhause; kein Nagel und keine Pfanne, die nicht von mir im Lauf der Jahre angekarrt worden waren. Und die weit geschwungene Naturrampe, die Horst noch am Tag unserer ersten Begegnung zu bauen begonnen hatte, zähle ich zu den Weltwundern.

Die Sitzbank vor der hochgekurbelten Daube war leer. Horst hatte die weiße Lederbank aus einem Citroën DS 21 ausgebaut, während der Besitzer in der Prater Hauptallee laufen war. Wäre er schneller gelaufen, hätte er seine Göttin gerettet. Er habe sich beim Ausbauen sehr geplagt, bekannte Horst damals; bei einem Citroën sei alles kompliziert, selbst die Verankerung der Sitzbänke. Das war noch in Horsts großer Zeit gewesen; er schuftete damals als Kesselwärter in einem Heizkraftwerk, und in der Freizeit machte er die Wettbüros von Floridsdorf unsicher. Seine Mutter, eine kleine und zähe Person mit einem großen Herzen für ihren wilden Buben, hatte Horst solange es ging unterstützt. Aber eines Tages kippte die betagte Frau in ihrem Schrebergarten um. Als sie im Spital erwachte, konnte sie sich nicht mehr bewegen und erkannte niemanden. Horst besuchte sie alle vierzehn Tage im Pflegeheim, und immer brachte er frische Blumen vom Donauufer und die Bezirkszeitung mit, aus der er ihr dann vorlas. Sie hat sich immer für Weltpolitik interessiert, sagte Horst, da soll sie im Alter nicht darauf verzichten müssen. Juri nahm er nur mit, wenn der Junge heftig darum bat. Mit dem Elend im Heim soll der Bub nicht allzu oft konfrontiert werden, meinte Horst, es reicht schon, wenn er *mich* Tag für Tag vor Augen hat.

Wahrscheinlich schläft Horst in der Hütte, dachte ich. Er trinkt ja nicht nur Unmengen von Wein, sondern nimmt auch starke Medikamente für sein kaputtes

Herz, da schläft man viel. Ich stellte den Motor ab, um Horst nicht aufzuwecken. Da fiel mein Blick auf Juri, der, vom nördlichen Ufer kommend, mit einer Zille die Donau querte. Juri verwendete ein Stechpaddel, er stellte die Zille in einen Fünfundsiebzig-Grad-Winkel und ließ die Strömung die Hauptarbeit verrichten. Die Zille wurde kaum abgetrieben. Mit Freude beobachtete ich die perfekte Technik des Jungen. Im Kehrwasser der kleinen Schotterbank neben Horsts Daube angelangt, fuhr Juri mit eleganten Paddelschlägen ein wenig stromauf, landete bei der Daube an und band die Zille an einer Weide fest. Behende sprang der Bub die Böschung hinauf. In einer Hand hielt er einen Dreizack und in der anderen einen Leinenssack, aus dem Wasser troff.

„Wie viele?“ rief ich.

„Zwei Weißfisch“, sagte Juri keuchend. Seine schwarzen Haare glänzten in der Sonne. „Wir kriegen Hochwasser“, sagte der Bub. „Dann ist's mit dem Fischen vorbei.“

„Ich hab Nachschub gebracht. Wo ist Horst?“

„Beim Nachbarn. Steigst du nicht aus?“

„Bin spät dran. Muß zur Arbeit.“

Juri schleppte den Wein, das Essen und die Betablocker für Horst in die Fischerhütte. Ein Polizeiboot fuhr langsam stromaufwärts, an der Reling stand ein Beamter und suchte durchs Fernglas die Ufer ab. Als er meinen Wagen sah, winkte er. Ich grüßte zurück. Im Gegensatz zur gewöhnlichen stand ich mit der Strompolizei auf Duzfuß. Dafür gab es einen guten Grund: Ich mußte jährlich die Genehmigung zum Befahren des Treppelweges einholen. Es war streng verboten, den filigranen Damm mit einem Auto zu befahren, es gab schon gar keinen Rechtsanspruch darauf, Rollstuhlfahrer hin oder her. Die Genehmigung war ein Entgegenkommen der Beamten. Ohne das Einverständnis von Strompolizei und Wasserstraßendirektion hätte ich die Versorgung von Horst und Juri nicht aufrechterhalten können. Somit empfahl es sich, mit der Behörde nicht nur pfleglich umzugehen, sondern den Beamten auch die eine oder andere Aufmerksamkeit zukommen zu lassen. Im Laufe der Zeit hatte ich manch nützlichen Hinweis parat gehabt; die Strompolizisten wußten es zu schätzen, daß es noch Menschen gab, die sich für die Vorgänge am Fluß interessierten. Manchmal tat auch meine Freundin Anita das Ihre, die Beamten gnädig zu stimmen, aber das sah ich nicht gern. Ich fürchtete, dadurch einem Preisverfall für Anitas Leistungen Vorschub zu leisten, und was Anitas Tauschwert anlangte, war ich ein strikter Anhänger der Grenznutzenlehre der Wiener Schule der Ökonomie. Wenn ein erklecklicher physischer Nutzen keine Zahlung, sondern nur ein bürokratisches Entgegenkommen auslöste, war die Grenze zur Liebhaberei überschritten, und in der Ökonomie gibt es nichts Schlimmeres. Noch dazu, wo Anita allen Grund hatte, ökonomische Disziplin zu wahren, um ihre Schulden abzustottern.

Juri kehrte aus der Hütte zurück. Er ging neben dem Wagen in die Hocke und hielt sich am Fenster an.
„Letzte Nacht war der Vater weg“, sagte er leise. „Beim Nachbarn war wieder Herrenabend. Und wie er zurückgekommen ist, hat er auf der Veranda Schnaps getrunken. Eine halbe Flasche Barack. Das ist nicht gut fürs Herz!“
Ich schaute zur Nachbarhütte, die den Namen Hütte längst nicht mehr verdiente. Das Gebäude war die Designerausgabe einer Fischerhütte, mit Solarzellen, Designermöbeln und Designerrasen. Eine dunkle Benz-Limousine stand auf dem Rasenstück, das sich weit neben dem Treppelweg dahinzog und sorgsam gepflegt war. Von Horst gepflegt. Für ein paar Euro machte Horst dem Eigentümer, dem Nobelwinzer Göttlicher, den Gärtner und Aufseher.
„Du, Groll! Ich hab Angst um den Vater. Er trinkt zu viel Medikament“, sagte Juri.
„Mehr als einen Doppler am Tag?“
Juri nickte. „Wegen denen Gefäßen.“
„Wegen der Gefäße.“
„Wenn ich ihn drauf anred, daß er zuviel trinkt, sagt er, ich soll den Mund halten. Und wenn ich dann nicht locker laß, erzählt er immer dieselbe Geschichte. Daß er einen dritten Herzpatschen nicht überlebt und daß das der Doktor im Gefängnis gesagt hat. Und daß er mehr trinken muß wegen des Gewöhnungsinfekts.“
„Effekts“, korrigierte ich. „Gewöhnungseffekts.“

„Eh“, sagte Juri und schwieg. Ich schwieg ebenso. Was hätte ich schon sagen sollen. Die Diagnose des Gefängnisarztes war richtig. Jeder Monat, der Horst mit dem Buben vergönnt war, sei ein Geschenk des Himmels, hatte ein Kardiologe erklärt, dem Horst über Vermittlung Göttlichers und dessen Freundes Primar Mondl vorgestellt worden war. Immerhin erhielt Horst gute Medikamente, die ich in der „Apotheke zum Weinstock“ an der äußeren Brünner Straße besorgte.
„Wenn der Vater ins Spital muß, komm ich ins Heim“, sagte Juri. „Da wär mir schon lieber, er geht in den Häfen. Dann kann ich wieder zu dir.“
Das hat einmal funktioniert, dachte ich. Aber bei deinen Schulleistungen stehen die Chancen auf eine Wiederholung schlecht. Ich wechselte das Thema. „Hast du etwas von deiner Mutter gehört?“
„Vorgestern ist eine Karte gekommen“, sagte Juri und wedelte mit der Hand, als hätte er sich verbrannt. „Aus Australien. Der Vater hat sie gleich zerrissen. Ich hab sie zusammengesetzt und gelesen. Willst sehen?“
Da bekommt der Bub von seiner geflüchteten Mutter endlich die lang ersehnte Nachricht, und der Vater zerreißt die Karte. Worauf der Bub sie wie ein Puzzle zusammensetzt. Heimlich. Ich weiß schon, warum ich alleine lebe.
„Ihr Gschamsterer is in Australien Tauchlehrer“, fuhr Juri fort. „Am großen Batterie-Riff. Kennst du das?“
„Das Große Barriere Riff ist eine riesige Schotterbank. Bissl größer als unsere da.“

„Deswegen ist die Mutter nach Australien? Das hätt sie bei uns auch gehabt."
„Wird schon der Herr Tauchlehrer auch ein Grund gewesen sein."
Juri trat von einem Fuß auf den anderen, dann sprudelte es aus ihm heraus: „Der Gschamsterer trinkt nix. Ich hab ihn voriges Jahr ein paar Mal mit der Mutter gesehen. Der Surm trinkt nur Saft. Literweis Saft. Und Bauch hat er auch keinen. Aber stinken tut er wie ein Iltis, nach teurem Rasierwasser! Das Arschloch."
„Schön sprechen!" sagte ich.
„Der Hurenbeidl", sagte Juri. Ich holte den Buben mit einer Handbewegung ans Fenster. „Juri, es gibt nur eine Lösung: Wir machen mit deinem Vater einen Entzug. Und du gehst regelmäßig in die Schul und schreibst nicht nur Fünfer."
Juris Miene drückte Ratlosigkeit aus.
„Ich weiß nicht einmal mehr, wie der Herr Oberlehrer heißt."
„Dann erkundige dich", sagte ich scharf. „Was deinen Vater betrifft, so gilt ab jetzt: einen Doppler pro Tag und kein Viertel mehr. Und jeden zweiten Tag eine scharfe Fischsuppe von dir. Da hat der Herzpatschen keine Chance. Du mußt nur genau aufschreiben, wieviel der Horst trinkt."
Juri griff in seine Tasche, glättete einen Zettel am Dachholm des Renaults und reichte mir das karierte Blatt. Es zeigte eine ansteigende Fieberkurve. Plötzlich entriß Juri mir den Zettel und steckte ihn rasch ein.

Horst war aus der Designerhütte getreten und führte einen scharfen Wortwechsel mit dem Nachbarn. Er stieg die Stufen herunter, der Nachbar rannte zu seinem Benz, startete und fuhr mit durchdrehenden Rädern davon.

„Ich hab geglaubt, dein Vater und der Göttlicher sind gut miteinander?"

Juri zuckte die Achseln.

Horst war nähergekommen. Er war mittelgroß, hatte athletische Schultern, einen ansehnlichen Bauch und graues, stumpfes Haar. Müde und verlebt schaut er aus, dachte ich. Aber dann fiel mir ein, daß man genauso über mich urteilen konnte, und es wäre nicht einmal gelogen.

„Servus, Horst."

„Warum steigst du nicht aus?" Horsts Stimme war rauh und dunkel wie die eines Kettenrauchers. Aber Horst hatte sein ganzes Leben lang einen großen Bogen um Zigaretten gemacht. Jetzt erst fielen mir zwei Kratzspuren in Horsts Gesicht auf.

„Er muß in die Arbeit", sagte Juri.

„Was ist denn in den Nachbarn gefahren, daß er den schönen Rasen ruiniert?"

„Laß mich in Ruh mit dem", erwiderte Horst. „Dauert nicht lang, und ich werd die Mißgeburt ersäufen." Er sagte das in einem Ton, der eine Nachfrage ausschloß.

„Hast du die Medikamente mitgebracht?"

„Alles schon in der Hütte!" sagte Juri.

Horst runzelte die Stirn, worauf die Schürfwunden in seinem Gesicht aufleuchteten. „Warum wartest nicht auf mich?“ schrie er. Juris Gesicht lief rot an. „Weil du nix tragen darfst!“ Horst zuckte zusammen und schlurfte zu mir zurück.
„Weit ist es gekommen mit mir. Jetzt schafft mir der Bub an, was ich machen darf.“ Er nestelte in seiner Hosentasche, zog zwei Hunderter hervor und reichte sie durchs Fenster.
„Da. Nimm nur. Und Dankeschön fürs Bringen.“
Ich verstaute die Scheine im Rollstuhlnetz. „Hast im Lotto gewonnen?“ Daß Horst seine Schulden beglich, war neu.
„So ähnlich“, sagte Horst und verzog das Gesicht zu einem schiefen Lächeln.
Das Polizeiboot von vorhin fuhr in hohem Tempo stromabwärts. Wieder winkten die Beamten, Juri und ich winkten zurück. Horst schaute dem Boot lange nach.
„Heute spinnen die“, sagte Juri. „Mittags waren auch welche da. Mit dem Polizeiboot! Aus Wien! Nicht einmal eine Uniform haben s’ angehabt.“
„Und?“
„Was und? Den Vater wollten s’ sprechen.“
„Aber der hat geschlafen“, sagte Horst.
„Und weiter? So red doch“, platzte es aus mir heraus. Der Bub geriet ganz seinem Vater nach. Maulfaul, wenn er reden soll, und geschwätzig, wenn es um nichts geht.

„Ich soll ihn aufwecken, haben s' gesagt. Sie wollen mit ihm reschieren."
„Recherchieren. Weiter!"
„Wenn ich ihn aufweck, erschlagt er zuerst mich und dann Sie, hab ich gesagt."
Horst war sichtlich stolz auf seinen Buben.
„Weiter!"
„Den Kopf haben s' geschüttelt, und dann sind s' weitergefahren. Beim Abstoßen mit dem Boot is einer fast ins Wasser gefallen." Juri machte mit der flachen Hand eine Wellenbewegung vor der Stirn.
„Arschlöcher", sagte Horst. „Nicht einmal schlafen kann man in Ruh. Friedlich wie man is die meiste Zeit."
„Auf der Schotterbank in der Biegung liegen Polizei und Feuerwehr", sagte ich. Horsts Augen weiteten sich für einen Moment. Juri schnappte sich das Damenfahrrad und strampelte los.
„Ich muß mit dir reden", sagte ich zu Horst und setzte meine Lesebrille auf. Das erhöht die Autorität. „Das Jugendamt war bei mir. Die Beamtin hat mich nach dir ausgefragt. Man ist in Sorge wegen dem Juri. Ein Bub ohne Mutter. Kommt in der Schul nicht mit. Der Vater mehrfach vorbestraft. Zwei Herzinfarkte knapp überlebt. Trinkt den lieben langen Tag. Beide allein an der Donau. Das Jugendamt glaubt, daß der Bub verwildert."
Horst wandte sich um, ich hielt ihn an der Jacke zurück.

„Ich weiß, daß Juri es gut bei dir hat“, sagte ich. „Aber es geht nicht an, daß der Bub in der Schule nur Gastspiele gibt. Von den Noten nicht zu reden.“
„Der Juri fahrt jeden Tag in der Früh weg“, sagte Horst trotzig.
„Und kommt selten in der Schul an. Wann warst du das letzte Mal beim Elternsprechtag?“
„Was ist das?“
„So geht’s nicht, Horst. Auf die Tour bist du deinen Juri bald los.“
Horst hockte sich auf die Fersen und sah mich aus nächster Nähe an. „Schau dir meine Visage an!“ sagte er. „Mir kennt man den Trankler aus einem Kilometer Entfernung an. Ich hab doch auch einen Spiegel. Glaubst, ich will dem Buben schaden?“
Ich nahm die Brille ab. Das Argument war nicht zu widerlegen. „Trotzdem, du mußt was tun, Freund. Sonst kommt dein Juri in ein Heim.“
Horst seufzte und faßte sich ans Herz.
„Schmerzen?“
„Paßt schon.“
Juri kam zurück, er legte eine Vollbremsung hin und ließ das alte Rad auf den Boden fallen.
„Eine junge Frau als Wasserleich!“ rief er.
„Wie schaut s’ denn aus, die Wasserleich?“ fragte ich.
„Tot. Mit einem roten Stöckelschuh.“
Horst wandte sich abrupt zur Seite.
„Geht’s auch wirklich gut?“ fragte ich.
Horst nickte.

„Ich muß los. Gruß an die Schiffe!“ Ich startete, wendete den Wagen und fuhr auf dem Treppelweg nauwärts. Im Rückspiegel sah ich, daß Juri mir mit dem Rad folgte. Ich hielt an.
„Is noch was?“ fragte ich ungeduldig. Das war ein Fehler, denn der Bub, der den Mund schon geöffnet hatte, machte ihn sofort wieder zu.
„Juri, meine Kanzlei öffnet in einer halben Stunde. Ich bin in Eile.“
„Eh“, sagte der Junge hilflos.
„Paß auf deinen Vater auf. Schreib auf, wieviel er trinkt. Koch ihm eine Fischsuppe“, wiederholte ich und erkannte zu spät, daß Juri gern etwas anderes gehört hätte. „Ich komm morgen abend bei euch vorbei. Versprochen!“
„Eh“, sagte Juri. Und dann, wie zur Bestätigung und lauter als zuvor: „Eh!“
Ich tippte den Zeigefinger an die Schläfe, Juri salutierte und grinste. Ich fuhr los. Ein großer Redner wird aus dem Buben nicht werden, dachte ich, aber er kann fischen, er kennt sich am Strom aus, und er kann teuflisch gut Fischsuppe kochen. In halb Europa muß das für ein erfülltes Leben reichen, und jener Teil, in dem es nicht reicht, kann uns sowieso gestohlen bleiben.

Liebe Mutti,

soweit ich Dir berichte, ist bei uns alles in der Ordnung. Ich kann schon gut Zillenstaken und der Vater haltet sich beim Trinken zurück. Er kriegt auch wieder mehr Luft. Heute war in der Donau eine Wasserleiche, aber wir wissen nicht, wer das ist. Der Herr Groll kümmert sich recht um uns, so daß wir nicht verhungern brauchen. In der Bezirkszeitung hab ich gelesen, daß die Flugpreise wegen des billigen Korosions stark gefallen sind. Wenn Du also kommen könntest, wär es nicht so teuer.

Es grüßt Dich sehr
Dein Juri

Noch was: Nimm auf alle Fälle Gummistiefel mit, wenn du kommst. Bei uns regnet es wie blöd und die Donau wird bald übergehen. Mit Gummistiefeln ist das aber harmlos.

Und noch was: Schick mir eine Antwort bitte nicht in die Hütte, sondern zum Heurigen von Herrn Grolls Anita. Die Adresse hast Du ja. Außerdem kennt den eh ein jeder, sogar der Briefträger.

2. Kapitel

Erinnerung an eine folgenschwere Kollision.
Ein Dozent beforscht die Ränder der sozialen Welt.
Seine Mutter besitzt eine Fabrik
und ist Weltmarktführerin

Während mein Wagen auf dem holprigen Weg dahinschlich, beobachtete ich die Schotterbank in der Biegung des Flusses. Trotz des steigenden Wassers waren jetzt noch mehr Feuerwehrboote und Zillen angelandet, am Ufer leuchteten zwei Einsatzfahrzeuge der Feuerwehr rot aus den grünen Büschen. Von der Leiche war nichts mehr zu sehen. Auf dem Strom lieferten sich zwei bergwärts fahrende Selbstfahrer ein Duell. Zur selben Zeit näherte sich auf dem Treppelweg eine Gruppe von Radfahrern. Ich bremste spät. So spät, daß die Biker derbe Flüche ausstießen, und das noch dazu in einem norddeutschen Idiom. Ich entschuldigte mich und ließ die Gruppe passieren. Momente später wurde ich aber von einer heftigen Hassattacke heimgesucht. Wenn Deutsche laut werden, stellen sich einem Österreicher die Nackenhaare auf. Seit Königgrätz ist das eine anthropologische Konstante. Gleichzeitig verspürte ich Scham darüber, daß ich beinahe in einen Unfall verwickelt worden wäre. Und das an einer Stelle, an der mir vor Jahren schon einmal ähnliches widerfahren war.

Es war zur selben Jahreszeit gewesen, es war heiß damals und schwül, und die Donau glänzte wie geschmolzenes Blei. Sie führte so wenig Wasser, daß die Schiffe nur mit halber Ladung fuhren. Kilometerlange Schotterbänke säumten den Strom, und auf den Buhnen und Leitwerken konnte man trockenen Fußes die Strommitte erreichen. Ich kam gerade von einem Besuch in der Fischerhütte und war auf dem Weg in meine Kanzlei. Horst arbeitete damals noch als Kesselwärter, seine Frau war als Friseurin am Wiener Flughafen beschäftigt und kümmerte sich um Juri. Obwohl Horst schon zu viel trank und oft in Schlägereien verwickelt war, führten die drei eine gute Ehe, und die Donau gab ihren Segen dazu.

Ich hatte nur Augen für den Fluß gehabt, den entgegenkommenden Radfahrer bemerkte ich daher viel zu spät. Ich ging aber davon aus, daß der Mann schon ausweichen würde. Unglücklicherweise galt auch der Blick des Radfahrers nicht dem Treppelweg. Der Mann schaute indes nicht auf die Donau, sondern in die entgegengesetzte Richtung, in die Au, und er schaute auch nicht auf den Boden, sondern in die Luft. Seine Aufmerksamkeit galt einer Gruppe Kormorane, die sich zu einem Pfeil formiert hatte und in südlicher Richtung verschwand. Als ich gewahr wurde, daß der Radfahrer seinen Blick nicht vom Himmel abwandte, war es schon zu spät. Ich versuchte zu hupen, aber die Hupe war kaputt. Ich ließ den Motor aufheulen, doch die Kollision schien unausweichlich. Im letzten Moment bog der Radfahrer abrupt zur Seite, während ich den Bremshebel nach unten riß. Mit einem störrischen Sprung kam der Wagen zum Stillstand. Die Kollision wurde vermieden, aber um einen hohen Preis. Der Radfahrer bog nicht etwa in Richtung Au, sondern in Richtung Donau ab und stürzte über die steile Uferböschung in den Fluß. Ich konnte den Mann nicht mehr sehen. Aber hören konnte ich ihn umso besser. Lautes Wehklagen mischte sich in das Rauschen der an dieser Stelle recht ungestümen Donau. Ich fluchte und stieß die Fahrertür auf. Der Mann klagte jetzt nicht mehr, er schrie in Todesangst. Ich ließ mich aus dem Wagen fallen, kroch auf allen vieren zur Böschung und rutschte dann über Stock und Stein auf dem Hintern zum Fluß hinunter. Der Radfahrer war so unglücklich gestürzt, daß er mit dem Kopf halb unter Wasser lag, sich aber nicht befreien konnte, weil das Rad über ihm zu liegen gekommen war und die Strömung ihn immer wieder unter Wasser zog. Ich streifte Hose und Hemd ab, ließ mich ins Wasser gleiten und versuchte, das Rad zur Seite zu schieben. Der Mann hätte nur die Hand nach mir auszustrecken brauchen, aber er war so sehr in Todesangst, daß er bei jedem Auftauchen hysterisch brüllte und gurgelte. Da vernahm ich ein lautes Motorgeräusch und wandte den Kopf. Ein altes Tragflügelboot, ich glaube, es war die *Mijava,* rauschte in hohem Tempo vorüber, einen dunklen Schweif von Abgasen hinter sich herziehend. Ich wußte, daß ich den Radfahrer bergen mußte, bevor die Wellen ans Ufer schlugen und versetzte dem Mann beim nächsten Auftauchen eine kräftige Ohrfeige. Dann herrschte ich ihn an, er solle mir seine Hand geben und gefälligst mithelfen.

Wenig später saßen wir auf der Wiese neben dem Treppelweg. Der Radfahrer ließ seine Kleider in der Sonne trocknen und war nackt. Ich trug nur eine Unterhose. Zu meinem Ärger rieselten aus ihr Erdklumpen und Blätter, und zu meiner nicht geringen Beunruhigung war sie blutverschmiert. Ich mußte mir auf dem Weg in die Donau den Hintern verletzt haben. Hoffentlich nur eine kleine Schürfwunde, dachte ich, sonst liege ich vier Wochen auf dem Bauch, und das Duschen und das Klogehen werden zur Tortur. Wenn dem wirklich so sein sollte, würde ich den Schnösel um Schadenersatz und Verdienstausfall angehen. Seine italienische Rennmaschine war um ein Vielfaches wertvoller als mein altes Auto. Da wäre sicher allerhand zu holen. Ich versuchte, die Schürfwunde genauer zu orten, scheiterte aber. Sofort bot der Radfahrer seine Hilfe an. Meine Bordapotheke umfaßte zwar nur eine Flasche Ouzo und einige Stofftücher, aber für die Behandlung der paar Kratzer reichte die Ausstattung. Dann betrachtete der Radfahrer das grotesk verbogene Rad seiner Rennmaschine.
„Sie haben mich geschlagen!“ sagte er. Als ich darauf nicht einging, setzte er hinzu. „Sie haben einem Schiff nachgeschaut!“

Ich sah mir den Mann genauer an. Er war mittelgroß und schien regelmäßig zu trainieren. Seine Gesichtszüge ließen auf ein offenes Wesen schließen.
„Ich habe keinem Schiff nachgeschaut, sondern einem Tragflügelboot. Die sind heutzutage selten."
„Während Sie den Schiffsverkehr bewunderten, wäre ich um ein Haar ertrunken!"
„Niemand ertrinkt in meiner Nähe", sagte ich ruhig und setzte meine Beobachtungen fort. Der Mann trug das dunkle und volle Haar kurz, was gut mit der hellen Gesichtsfarbe kontrastierte.
„Es sei denn, ein Schaufelraddampfer kommt vorbei. Die sind an der Donau auch schon rar." Zornig trat der Mann mit einem Fuß auf einen dürren Ast. Der Ast zerbrach aber nicht. Ich hatte mir ein Bild von dem Radfahrer gemacht; jetzt konnte er sich eines von mir machen.
„Hören Sie! Ich habe mir Ihretwegen den Arsch aufgerissen", sagte ich, jedes Wort betonend. „Ich habe Sie vor dem Ertrinken bewahrt und aus dem Wasser gezogen. Tut mir leid, wenn Ihnen das nicht recht ist." Schließlich setzte ich höflich hinzu. „Soll ich Sie wieder in die Donau werfen?"
Der Radfahrer erschrak. Dann schaute er an sich hinunter und schien sich seiner Nacktheit bewußt zu werden. Seine Brust sank ein, und als er mir wieder sein Gesicht zuwandte, spielte ein verlegenes Lächeln um seinen Mund.

„Pardon, so habe ich das nicht gemeint“, sagte er. „Ich habe mich vergessen. Sie haben mir das Leben gerettet. Ich bin Ihnen zu Dank verpflichtet.“
Währenddessen hatte ich Joseph aus dem Wagen geholt und war mühsam in den Rollstuhl hinaufgeturnt. „Sprechen Sie weiter“, sagte ich und setzte mich zurecht.
Der Radfahrer deutete eine Verbeugung an. „Gestatten, Nostitz. Ich bin Dozent der Soziologe. Freischaffend. Einundvierzig Jahre, ledig.“
„Ich bin auch freischaffend“, erwiderte ich. „Achtundvierzig Jahre, ab und zu ledig. Herr Dozent, Sie können Groll zu mir sagen.“
Der Radfahrer verneigte sich nochmals. „Es ist mir eine Ehre.“
„Das freut mich für Sie. Und jetzt steigen S’ ein, Euer Gnaden. Ich muß zur Arbeit.“
Längst schon sollte ich mit meiner Beratungstätigkeit begonnen haben, aber ich konnte den Mann mit seiner verbeulten Psyche und seiner ramponierten Rennmaschine nicht an der Donau und schon gar nicht auf der Ostautobahn stehen lassen. Ein nackter Dozent auf der Autobahn, da drohte nicht nur in Wien die Einweisung in die Psychiatrie. Mir blieb nur, mich ins Unvermeidliche zu fügen und den Mann nach Hause zu bringen. Anita mußte die wartenden Klienten im Heurigengarten eben vertrösten.
„Verfügen Sie über einen Lärmdepp?“ fragte ich den Dozenten.

„Pardon?“
„Ein Mobiltelefon!“
Der Dozent nestelte in seiner Radtasche und zog ein Handy hervor. „Es ist naß geworden“, sagte er bedauernd.

Auf der Autobahn fuhr ich konsequent auf der linken Spur. Das verbogene Rad ragte aus dem geöffneten Stoffdach. Ich fuhr so langsam, daß ich immer wieder rechts überholt wurde. Der Dozent bemerkte das, schluckte einen Kommentar aber tapfer hinunter. Schließlich ertrug er es doch nicht länger. Höflich fragte er an, ob es nicht klüger wäre, auf die rechte, langsamere Spur zu wechseln. Ebenso höflich antwortete ich, daß es nicht klüger wäre. So seien wir aber ein Verkehrshindernis, merkte der Dozent, immer noch höflich, an. Ich wolle nicht ständig den Fuß vom Gaspedal nehmen, erwiderte ich darauf schon etwas weniger höflich. Dazu brauche ich nämlich die Hände. Und als der Dozent eine ungläubige Miene aufsetzte, wechselte ich auf die rechte Spur und zog mit der Hand das rechte Bein vom Gaspedal. Der Wagen verlor rasch an Leistung, ein hinter uns fahrender Truck mußte abrupt bremsen. Mehrmals betätigte der Fahrer des Trucks die Hupe. Ich stellte das Bein wieder aufs Gaspedal, worauf der Renault wieder Abstand gewann.
Der Dozent klammerte sich an Türgriff und Handbremse. Wieso ich nicht mit den Händen Gas gebe?

Der Wagen verfüge doch über einen Gasring! Der sei nicht mehr funktionsfähig, antwortete ich. Wie die Handbremse und die Hupe.

„Wie Sie vielleicht schon bemerkt haben, ist mein Wagen nicht nur ein Behindertenfahrzeug. Er ist selbst behindert."

Der Dozent schien seinen Ohren nicht zu trauen.

„Sie stellen Ihr gelähmtes Bein mit der Hand aufs Gaspedal?!"

„Kein Problem", sagte ich, zog mit der rechten Hand das Knie zurück und betätigte danach den Bremshebel am Lenkrad. Wieder mußte der Truck hinter uns bremsen. Und wieder hupte der Fahrer.

„Und wenn ein Kind auf die Straße läuft?" rief der Dozent.

Ich würde mich einer vorausschauenden und defensiven Fahrweise befleißigen, erklärte ich. Um ein Haar fuhren wir auf einen langsam fahrenden LKW mit litauischem Kennzeichen auf. Ohne in den Rückspiegel zu schauen, scherte ich aus und wechselte, den Fuß immer am Gaspedal, auf die Überholspur. Der Dozent machte sich auf seinem Sitz klein. Mein Renault überholte den LKW, ich drohte dem Fahrer mit der Faust. Nach einer Minute des Schweigens bat der Dozent mich, auf der linken Spur zu verbleiben. Dort seien wir zwar ein Verkehrshindernis, aber die Chance, lebend nach Wien zu kommen, sei auf diese Art größer.

Ich fuhr noch einige Zeit auf der Überholspur, dann wechselte ich auf die rechte Spur und schließlich – ich

nahm den Fuß vom Gaspedal – auf den Pannenstreifen. Was das zu bedeuten habe, fragte der Dozent. Er solle aussteigen, sagte ich.
Wenig später stand der Dozent, nur mit einem Schmierfetzen um die Hüften, auf dem Pannenstreifen der Ostautobahn. Das verbeulte Rad hielt er in der einen Hand, mit der anderen versuchte er, Autos anzuhalten. Ich war ein paar Dutzend Meter weitergefahren und beobachtete den Dozenten im Rückspiegel. Nach einigen Herzschlägen setzte ich den Wagen vorsichtig zurück. Er solle wieder einsteigen, sagte ich zu ihm. Er denke nicht daran, erwiderte er und winkte mich mit einer Handbewegung weiter, als gelte es, ein lästiges Insekt zu verscheuchen. Da wußte ich, daß meine Lektion erfolgreich gewesen war. Es tue mir leid, schrie ich gegen den Verkehrslärm an. Er verstehe nicht, schrie der Dozent zurück. Es tue mir leid, schrie ich noch lauter.

Aus den Aufzeichnungen des Dozenten:
Der Sturz in die Donau war reines Pech. Ich wäre auch allein der mißlichen Lage entkommen, wenn der Rollstuhlfahrer mich nicht andauernd beim Auftauchen behindert hätte. Am Ufer spielte sich der Mann, der mich zuerst über den Haufen gefahren und nachher fast ersäuft hätte, auch noch als Lebensretter auf. Ich ließ ihm seinen Glauben. Mein ramponiertes Rad versetzte mich in den Zustand der Immobilität, und so sah ich mich gezwungen, mich von dem schrägen Vogel nach Hause chauffieren zu lassen, was

ihm wiederum mannigfaltige Gelegenheiten eröffnete, mich auf der Heimfahrt zu demütigen. Sein fahrbarer Untersatz ist kein Verkehrsmittel, sondern eine rollende Bombe. Und die Fahrweise des Mannes kann nur als gemeingefährlich bezeichnet werden. Diese Leute am Verkehr teilnehmen zu lassen, ist kriminell. Die Psyche des Mannes ist derart zerrüttet, daß man sich gezwungen sieht, ihm in allem und jedem recht zu geben, will man nicht eine Eruption riskieren.

Eine Viertelstunde später räuberten wir durch die stillen Gassen eines Hietzinger Villenviertels. Ich fuhr konzentriert, der halbnackte Dozent duckte sich in seinen Sitz. Hin und wieder sprangen erschrockene Passanten zur Seite. Vor einem dottergelben Herrenhaus hielt ich den Wagen an. Ob er mich auf einen Tee einladen dürfe, fragte der Dozent. Ich brauchte aber keinen Tee, sondern eine Toilette. Also zog ich den Rollstuhl hinter dem Sitz hervor, steckte die Räder in die Naben, fixierte Sitzbespannung und Fußstütze und schwang mich vom Autositz hinüber. Als ich meine Hose ordnete, fiel mein Blick auf ein Fenster im ersten Stock der Villa. Eine alte Dame hatte den Vorhang des geöffneten Fensters zur Seite gezogen und beobachtete die Straße. Auch der Dozent wurde auf das Fenster aufmerksam. Er zuckte zusammen. „Meine Mamà“, sagte er mit einem gequälten Lächeln.

Der Eingang zur Villa wies drei Stufen auf. Der Dozent trat hinter den Rollstuhl, mit meiner Hilfe

kippte er Joseph nach hinten, und in drei exakt ausgeführten Bewegungen waren wir im Souterrain, dessen Tür der Dozent vorher geöffnet hatte.
„Bravo!“ sagte ich.
„Militärakademie“, sagte der Dozent.
„Sitzengeblieben?“
„Ein Jahr freiwillig.“

Im Arbeitszimmer des Dozenten verweilte ich nur kurz. Das Zimmer wies Bücherwände bis an die Decke, ein schmales Feldbett, einen Schreibtisch mit einem geöffneten Notebook sowie ein Teetischchen mit einem Rechaud, chinesischen Porzellanschalen und zwei schmalen Sesselchen auf. So also wohnen Intellektuelle, dachte ich und machte mich auf die Suche nach der Toilette. In der Zwischenzeit kochte der Dozent Teewasser.
Ich kämpfte einstweilen mit den Tücken der Materie. Als ich die Toilette verlassen wollte, blieben Joseph und ich zwischen WC-Muschel und Kabinentür stecken. Mir blieb nichts anderes übrig, als uns mit einem Gewaltakt zu befreien. Die Tür trug einen breiten Riß davon, Lack splitterte, Mauerwerk bröckelte und eine Porzellanvase drohte ihren Platz auf einer winzigen Kommode im Vorraum der Toilette zu verlassen. Im letzten Moment fing ich das gute Stück auf und stellte es vorsichtig auf den Boden. Abgekämpft verließ ich das Schlachtfeld. Der Dozent wartete schon auf mich.
„Ich dachte, Sie brauchen Hilfe“, sagte der Dozent.

„Dann hätte ich gerufen“, erwiderte ich. „Im übrigen muß ich Sie darauf hinweisen, daß die Tür zu eng ist.“ Ich tastete Joseph auf Schäden ab.
„Pardon?“
„Man kommt mit Joseph nicht hinein.“
„Pardon?“
„Joseph, mein Rollstuhl. Genauer gesagt: Joseph III.“, sagte ich. „Ich komme mit Joseph, der von mir auf achtundfünfzigkommafünf Zentimeter lichte Breite eingestellt wurde, nicht durch. Das ist bei Sechziger-Türen häufig der Fall.“
„Weil der Anschlag noch mal ein paar Zentimeter kostet“, erwiderte der Dozent.
„Ein Jahr freiwillig“, sagte ich und nickte befriedigt.
„Ich werde mich der Sache annehmen, seien Sie dessen versichert. Wenn Sie jetzt mitkommen würden – ich denke, der Tee ist fertig.“ Mit einer Handbewegung lud der Dozent mich in sein Zimmer. Während er umständlich Platz auf seinem Tischchen freimachte, musterte ich die Bibliothek.
„Wie Sie sehen, bin ich auf Randgruppen spezialisiert.“
„Villenbesitzer“, sagte ich.
Der Dozent überging die Bemerkung mit einem schmalen Lächeln. Ob er mich wohl – bei einer anderen Gelegenheit – dazu befragen dürfe, wollte er wissen.
„Wozu?“ Ich hatte keine Ahnung, worauf er hinauswollte.

„Nehmen Sie es bitte nicht persönlich", sagte der Dozent eindringlich. „Ich dachte nur, daß Sie im Bereich Randgruppen über Kenntnisse verfügen, die ich durch ein noch so umfangreiches Literaturstudium niemals erwerben kann."

Mein erster Impuls war, den Dozenten spüren zu lassen, daß sein Ansinnen eine Frechheit war. Dann aber dachte ich daran, daß ich mich selber gern als Meister des Umwegs titulieren ließ, der, auf der Suche nach einer Gehsteigabschrägung oder einer Rampe, so manches Abenteuer erlebt hatte. Warum sollte dieses Prinzip nur für die gebaute Umwelt Gültigkeit haben, nicht aber für die soziale?

„Ich helfe Ihnen gern", sagte ich. „Das Problem ist nur: Ich habe keine Ahnung von Randgruppen."

„Oh, Sie sind zu bescheiden. Ich denke, daß Sie mir eine fremde Welt erschließen können", sagte der Dozent und lächelte sein feines Hietzinger Lächeln. „Nehmen Sie lieber einen kräftigen Oolong oder einen zarten Pi Lo Chun?"

Ich versuchte, ebenso dekadent zu antworten. „Hätten Sie auch handgerebelten und sorgsam vergorenen Zweigelt? Trockenen Zweigelt?"

Der Dozent kratzte sich am Kinn. „Ich müßte im Keller nachsehen. Beim Rotwein halte ich mich eher an die Gewächse aus dem Medoc und der südlichen Basilicata."

„Beim Roten ziehe ich das Retzer Kambrium vor", erwiderte ich.

„Wenn Sie wollen, werfe ich einen Blick in unseren Weinkeller." Der Dozent schickte sich an, das Zimmer zu verlassen. In diesem Moment klopfte es, die Tür öffnete sich, und die Mutter des Dozenten lugte neugierig ins Zimmer. Mit einer tiefen und rauchigen Stimme sagte sie:
„Entschuldige! Ich dachte, ich hätte Lärm gehört."
„Es ist alles in Ordnung, Mamà", sagte der Dozent.
Der Dozent betonte wieder das zweite A. Das zweite A betonen nur Leute mit einem Jahreseinkommen von einer Million aufwärts. Oder Aristokraten mit einem Stammbaum, der bis vor die Schlacht am Weißen Berg zurückreicht.
„Ich muß dich kurz sprechen", sagte Madame Nostitz, warf mir einen mißtrauischen Blick zu und zog ihren Sohn an der Hand aus dem Zimmer.
Ich war keineswegs ungehalten. Im Gegenteil, es war beruhigend zu sehen, daß die Klassenschranken in diesem großartigen Land intakt waren. Für die Art von Geschäften, die ich damals betrieb, war eine streng hierarchisch gegliederte Welt von Vorteil. Sie produzierte einen reichen Fundus an unnützer Tradition einschließlich aller Varianten von Hochmut und Arroganz, Nepotismus und Doppelmoral; sowie, damit untrennbar verbunden, ein tiefes Verständnis für Gesetzesbrüche aller Art. Als Kleinunternehmer am Rande der Gesellschaft kultivierte ich in jenen Jahren die rigide Weltanschauung eines ideellen Aufsteigers. Ich pries die glorreiche Österreichische Volkspartei,

daß sie den zentralen Wert einer Klassengesellschaft in Bildung, Gesundheit, Politik und Kultur unverändert hochhielt, ja sogar bis zur Selbstaufgabe verteidigte. Lob hatte ich aber auch für die Sozialdemokratie übrig, die der Volkspartei dabei nicht ins Geschäft pfuschte und die zweigeteilte Welt der Armen und Reichen nicht einmal in Gedanken antastete. Diese beiden Parteien sind Garanten dafür, daß sich in diesem Land, in dem ständig von Europa und der Öffnung zur Welt die Rede ist, am Hinterwäldlertum nichts ändert. Schade nur, daß die beiden Säulen der politischen Versteinerung bei Wahlen schlecht abschneiden. Alle anderen Regierungsvarianten mit Grünen oder den Parteien der extremen Rechten sind Gift für die Wirtschaft. Nur eine Welt mit stabilen Klassenschranken ist berechenbar. Wer sein Leben mit dem Unberechenbaren verbringt, weiß das zu schätzen.

Während ich Gedanken dieser Art wälzte, drang ein unbestimmter Lärm in mein Bewußtsein. Ich rollte zur Tür und lauschte.

„Mit wem du dich da abgibst!" hörte ich Madame Nostitz sagen. „Diese Rostlaube von Auto!"

Die Stimme des Dozenten war kaum zu verstehen. Vielleicht, weil sie so viel Schuldbewußtsein ausstrahlte.

„Er hat mir geholfen!"

„Aus Berechnung!"

Der Dozent protestierte: „Der Mann ist behindert!"

„Leute dieses Schlages passen nicht auf ihre Gesundheit auf", erwiderte die weibliche Stimme.
„Er ist meinetwegen in die Donau gesprungen!"
„Sag ich doch. Und unsereins muß für sie aufkommen. Ich kenn diese Sorte von der Fabrik."
„Mamà!"
„Spenden soll man für diese Herrschaften auch noch. Was für ein Unsinn: Licht ins Dunkel. Wo kommen wir denn da hin? Wem soll ich dann meine Maschinen verkaufen?"
„Mamà, du bist unmöglich!"
„Und so etwas nennt sich dann Sozialstaat."
„Mamà! Es reicht!"
„Halt den Mund! Statt deinem Hang zur Gosse nachzugeben, solltest du lieber deine akademische Karriere vorantreiben! Ich habe nicht vor, ewig zu warten. Und meine Freunde in den Kommissionen auch nicht. Du müßtest längst ordentlicher Professor sein."
Dem Dozenten ist es sicher peinlich, wenn ich jetzt auftauche, sagte ich mir und öffnete die Tür. Der Dozent prallte zurück, Madame nahm Haltung an.
„Ich habe den Disput grosso modo gehört", sagte ich. Im Umgang mit gebildeten Leuten streue ich gern lateinische Phrasen ein. Der Lärm sei darauf zurückzuführen, daß die Toilette für einen Rollstuhlfahrer zu eng sei, erklärte ich. Ich könne aber einen Pfuscher vermitteln, der den Lokus auf den Stand der Zeit bringt. „Der Mann arbeitet grundsätzlich ohne Rechnung. In Ihren Kreisen ist das ja üblich."

Madame atmete tief durch und öffnete die Tür zur Toilette. Ein tausendfaches Krachen war zu hören.
„Die Vase", bemerkte ich sachlich. „Ich habe sie auf den Boden gestellt, damit ihr nichts passieren kann."
Madame maß mich mit einem vernichtenden Blick. Eine großartige Frau, dachte ich und fragte, von dem ehrlichen Bemühen getrieben, den Schmerz zu vergrößern: „War sie sehr teuer?"
Madame Nostitz ließ sich zu keiner Antwort herab, sie hielt Nachschau in der Toilette. Währenddessen raunte der Dozent mir zu, daß ich mich nicht grämen solle.
„Ich bin froh, daß die Vase den Weg alles Irdenen gegangen ist."
Oh, ein Wortkünstler, dachte ich. Da heißt es auf der Hut sein.
Madame kam aus der Toilette zurück. Ihrer Miene war nicht zu entnehmen, ob der Verlust der Vase sie wirklich getroffen hatte. Mittlerweile war ich des Geplänkels überdrüssig, ich löste die Bremsen des Rollstuhls.
„Sie entschuldigen mich! Meine Klienten warten", sagte ich nach einem Blick auf meine goldene Uhr vom Wochenmarkt im nordungarischen Salgótarján.
„Ihre Klienten?" fragte Madame ungläubig.
Ich nestelte im Netz des Rollstuhls und überreichte Madame meine Karte. Sie las:
„‚ISTROS. Lebens- und Vermögensberatung. Staatlich beeidet. Mit Erfolgsgarantie'. Das sind Sie?"

Ich nickte.
Madame Nostitz wollte nun wissen, wann ich zuletzt einem Menschen geholfen hatte.
„Vor wenigen Tagen erst habe ich einen jungen Mann vom religiösen Wahn geheilt“, sagte ich und faltete bescheiden die Hände. „Er war zu einem radikalen Islamisten geworden.“
„Inwiefern geheilt?“ Madame Nostitz warf ihrem Sohn einen zweifelnden Blick zu.
„Zuerst habe ich darauf hingewirkt, daß der junge Mann die Sucht wechselte und dadurch besser behandelbar wurde. Ich habe aus ihm einen Erzkatholiken gemacht, mit permanent schlechtem Gewissen und heimlichen Geißelungen.“
„Und jetzt?“ sagte Madame. „Wo ist er jetzt?“
„Beim ARBÖ“, sagte ich. „Im Prüfzentrum Brünner Straße weist er die Kunden auf die Montagegruben ein.“
„Erstaunlich!“ sagte Madame. Für einen Moment vermeinte ich Hochachtung in ihrer Stimme zu vernehmen.
„Er ist unauffällig. Nur hin und wieder betet er in der Grube einen Rosenkranz.“
„Und irgendwann sprengt er eine Schulklasse in die Luft“, sagte Madame, die sich wieder gefaßt hatte.
Die alte Dame gefiel mir immer besser. Der Dozent stand reglos daneben und warf mir einen hilflosen Blick zu. Mit spitzen Fingern griff Madame Nostitz nach der Karte und entschwand über die Treppe.

Beim Wagen setzte der Dozent mich über seine Mamà in Kenntnis. Sie habe nach dem Tod ihres Mannes eine gut gehende Fabrik übernommen, die Maschinen zur Herstellung von OP-Handschuhen, Industriegummis und Kondomen aller Art produziere. Seit dem Auftreten von Aids sei die Fabrik eine Goldgrube, der Exportanteil liege bei neunzig Prozent. Die alte Dame kümmere sich um alles selbst, sei um sieben Uhr in der Fabrik und komme nie vor achtzehn Uhr zurück. Daß sie heute zu Hause gewesen sei, könne als Ausnahme von der Regel gelesen werden. Gern hätte ich gewußt, ob der Dozent seinen beruflichen Werdegang als kommender Fabrikdirektor angelegt hatte, aber diese Frage zu erörtern, blieb zu wenig Zeit.

Aus den Aufzeichnungen des Dozenten:
Groll gibt sich arrogant und selbstgefällig, was wohl seine mangelnde Parkettsicherheit kaschieren soll. Alles in allem wirkt er skurril, eine gewisse städtische Bauernschläue ist ihm aber nicht abzusprechen. (Gibt es eine städtische Bauernschläue? Was wäre ein adäquater Begriff? streetwise *vielleicht. Oder habe ich einen neuen terminus technicus gefunden? Recherchieren!) Ich beschließe, ihm ein wenig zur Hand zu gehen (ohne ihn das merken zu lassen, selbstverständlich!) und solcherart en passant eine teilnehmende Beobachtung zu orchestrieren. Der Weg der Wissenschaften ist der Umweg, und in den Gesellschaftswissenschaften ist jener des öfteren erst im Nachhinein zu erkennen. Das ist eine soziologische Konstante. In bestimmten Momenten des sozialen*

Lebens kommt es Angehörigen der unteren Klassen zu, für eine Aufhellung des gesellschaftlichen Dunkels zu sorgen. Dieser Prozeß läuft meist hinter dem Rücken der Beteiligten ab. Aber aus dem Grad und der Spezifik der Abweichung von objektiver Lage und subjektiver Verarbeitung durch eine Person kann auf den Stand der Zivilisation geschlossen werden. Angehörige der niederen Schichten eignen sich für einen derartigen Test besonders gut. Anders als Menschen mit einiger Bildung sind sie nicht durch soziales Rollenverhalten verbogen, sie sind sozusagen besser lesbar.

Man kann diese Betrachtung zynisch nennen, ich beschreibe aber nur den Lauf der Welt. Da ich aber kein Läufer bin, sondern jemand, der wissenschaftlich analysiert, kann ich diese Gegebenheiten nicht negieren, sondern ich muß von ihnen ausgehen. Ob er es will oder nicht, ob ich es beabsichtige oder nicht: Der seltsame Lebens- und Vermögensberater Groll aus Floridsdorf ist von nun an mein Studienobjekt.

3. Kapitel

Reger Parteienverkehr in der Kanzlei.
Schöne Erfolge in der Drogenberatung und
wirksame Maßnahmen zur Stützung der Konjunktur.
Das Floridsdorfer Scheidungsrecht in Aktion

Ich fuhr den Donaukanal entlang und bemühte mich, das verkitschte Hundertwasser-Schiff *Vindobona* zu übersehen, das an einem von Hundertwasser verkitschten Heizkraftwerk vorbeifuhr. Mit dem Dozenten hatte ich mich im Lauf der Jahre gut eingerichtet. Wir waren zwar kein eingespieltes Team, uns verband auch keine innige Freundschaft und mit dem Respekt vor den Leistungen des anderen war es, was mich anlangte, auch nicht weit her. Mamà Nostitz habe ich seither nicht mehr gesehen, und der Dozent vermeidet so gut es geht die Erwähnung ihres Namens. Obwohl unser Verhältnis auch nach Jahren noch als distanziert bezeichnet werden mußte, war ich mit dem Dozenten nicht unzufrieden. Immerhin wiesen unsere gemeinsamen Unternehmungen, die mit häßlichen Krisen und Kämpfen auf Leben und Tod einhergegangen waren, eine positive Bilanz auf: Wir waren noch am Leben, und wir arbeiteten weiter. In Zeiten der Krise war das gar nicht so schlecht.

Ich passierte die Nordbrücke. Vor der Kuchelauer Biegung plagte sich ein Schubverband bergwärts, ein

Slowake oder ein Rumäne, vermutete ich, nahm aber keine Eintragung ins Diktaphon vor, da ich die Kennung des Schiffes nicht entziffern konnte. Vor dem Binder-Heurigen parkte ich ein und zog Joseph aus dem Wagen. Aus dem Kofferraum holte ich ein weißes Hemd, schlüpfte hinein und streifte dann ein Jackett mit den breitesten Nadelstreifen nördlich der Donau über. Dazu trug ich einen breitkrempigen Hut aus der Puszta von Hórtobágyi in der großen ungarischen Tiefebene. Wenig später saß ich im verschwiegenen Winkel des Gastgartens, der durch einen Paravent von den übrigen Gästen getrennt war. Ich ordinierte unter einem Blechschild, das an einer Schnur von einem eingeschlagenen Hunderter-Nagel baumelte.

ISTROS
Staatlich beeidete Lebens- und
Vermögensberatung et al & Co KGTI.
Sprechstunden: Mo, Fr, 15 bis 16 Uhr.
Nachbehandlung: Mi 15h bis 15h 15.
Erfolgsgarantie! Preisberühmt!
Keine Voranmeldung!

Anita war ungehalten. Meine Klienten waren ihr zuwider; sie konsumierten wenig, strahlten Verdruß und Elend aus und rutschten nervös auf der Wartebank hin und her. Für Anita waren meine Kunden zappelnde

Geschäftsstörungen. Sie würdigte mich keines Wortes, wies nur mit ausgestrecktem Zeigefinger auf die Wartenden und machte auf dem Absatz kehrt.
Anita war eine Frau in den späten Vierzigern. Sie war höchstens mittelgroß und von zierlichem, fast knabenhaftem Wuchs. Das blondgefärbte Haar trug sie kurz, ihre mädchenhaften Gesichtszüge, die auch in Phasen von Überarbeitung noch auszumachen waren, kontrastierte sie mit dem beherzten Einsatz von Schminke und Lippenstift, und sie nahm dabei immer jenes Quentchen zuviel, das Männer aus der Vorstadt in Schwingungen versetzt. So war denn ihre erotische Ausstrahlung, wenn sie mit vollem Tablett durch die Bankreihen schwebte, nicht unbeträchtlich. An bewundernde Blicke hatte sie sich längst gewöhnt, anzügliche Bemerkungen unterband sie mit einem scharfen Blick.
Am längsten hatte ein Mädchen gewartet, das mir kaugummikauend gegenübersaß, während die übrigen Klienten sich auf der Nachbarbank diskret abseits hielten. Ich hatte das Mädchen, das im Drogenmilieu verkehrte und regelmäßig von ihrem Vater, einem Polizisten der Drogenfahndung, geschlagen wurde, zur Kontrolle bestellt. Sie sei jetzt endlich von zu Hause ausgezogen, nuschelte sie, und wohne bei einer Freundin. Leider werde diese von ihrem Bruder geschlagen und drangsaliert, könne ihren Eltern davon aber nichts erzählen, da sie sonst befürchten müsse, daß der Vater, ein Tankstellenpächter, den Bruder erschlägt. Ich war mit der Entwicklung durchaus zufrieden, noch dazu,

wo das Mädchen glaubhaft versicherte, regelmäßig zur Schule zu gehen. Sie wußte auf Anhieb, daß der Erste Weltkrieg vor dem zweiten stattgefunden hatte. Auch daß die Türken unter der Führung Prinz Eugens seinerzeit die Belagerung Wiens durch die habsburgischen Mordbrenner durchgestanden hatten, war ihr geläufig. Die Gefahr, durch das Gift unterzugehen, sei gebannt, sagte sie, denn sie trinke jetzt Alkohol, der sei billiger und leichter zu bekommen. Außerdem lasse sie sich von älteren Jungs hin und wieder auf eine „Bordelle Wein Rouge mit Rum" einladen. Ich gratulierte der Kleinen, erklärte die Behandlung für beendet und streifte eine Zehn-Euro-Banknote ein. Von nun an reiche es, wenn sie einmal pro Quartal vorbeischaue. Im Herbst würde ich für sie eine Lehrstelle in einem Friseurgeschäft suchen. In Floridsdorf gab es rund dreitausend Haarkünstler, einer war schlechter als der andere. Neueinsteigerinnen fielen da nicht auf.
Der nächste Fall war schwieriger.
Mir gegenüber nahm ein soignierter, älterer Herr Platz. Er trug ein dunkles Sakko. Seine hagere Gestalt lief in einem schmalen Kopf aus, der von dichtem, weißem Haar gerahmt wurde. Ich wußte nur, daß der Mann vor vielen Jahren ein kleiner Spediteur und Besitzer einer Schottergrube gewesen war und in einem entlegenen Häuschen nahe des Heeresspitals wohnte. Was mir zuerst an ihm auffiel, war ein Ketchupfleck auf dem weißen Hemd. Ich setzte eine Lesebrille auf.
„Was kann ich für Sie tun, Herr Kalkbrenner?"

Der Mann räusperte sich. „Sie müssen schon ein bißchen lauter sprechen“, sagte ich freundlich.
„Es ist nämlich sehr heikel“, sagte der alte Mann leise.
„Ich höre.“
Der alte Herr sah sich mißtrauisch um. Dann beugte er den Oberkörper vor und nuschelte etwas, das ich nicht verstand. Ich nuschelte noch leiser zurück. Endlich fiel bei ihm der Groschen.
„Mein Sohn, der Hubert, ist ja vor einem Jahr verunglückt“, sagte er mit fester Stimme.
Kalkbrenners Sohn war ein seltenes Exemplar eines durch und durch widerlichen Angebers und Betrügers gewesen, der als Mitarbeiter eines sogenannten Strukturvertriebs vor allem alleinstehende Frauen um ihr Seelenheil und ihr Erspartes gebracht hatte. Glücklicherweise war er im Vorjahr mit seinem Wagen von einem polnischen Schwerlaster erfaßt worden, dessen Bremsen vor einer Rot zeigenden Ampel versagten. Der große BMW fand danach auf der Ladefläche eines Kleintransporters Platz.
„Wie ich neulich Unterlagen meines Sohnes durchsehe, finde ich das.“ Der Alte kramte aus einer Aktentasche einen Stoß Papiere hervor und reichte ihn mir. „Mein Sohn hat mir doch tatsächlich ein Aktienpaket hinterlassen. Ich hätt ihm das nicht zugetraut.“
„Niemand hätte das Ihrem Sohn zugetraut“, sagte ich mit großer Einfühlsamkeit.
„Ich kenn mich aber nicht aus mit der Hochfinanz“, sagte Herr Kalkbrenner.

Ich blätterte die Papiere durch und kam aus dem Staunen nicht heraus. Vor einem Jahr noch hätte man den alten Herrn als Millionär anreden müssen. Nun aber waren die meisten Papiere wertlos. Auch in Floridsdorf wirkte die Weltwirtschaftskrise sich verheerend aus. Großbetriebe gingen in Konkurs, überall schossen Zwei-Euro-Shops und Wettbüros aus dem Boden. Ich hatte die Tiefe der Krise von Anfang an richtig eingeschätzt, denn ich stützte mich auf die Expertise von Wenzel Schebesta, der nicht nur ein Parteigänger der aussterbenden Kommunisten war, sondern auch ein enger Freund des Ökonomierefenten der Floridsdorfer KPÖ. Der war mehrfach auf der Krim und in Kuba zur Kur gewesen und hatte dort Krisenstudien betrieben. Seine Analyse war klar und bestürzend radikal. Die kapitalistische Weltwirtschaftskrise sei eine Folge des zeitweiligen Rückzugs des Weltkommunismus von der Staatsmacht, was wiederum damit zusammenhänge, daß es beim Übergang vom Stadium des entwickelten zum Stadium des vollkommenen Sozialismus zu Ermüdungserscheinungen der führenden Kader gekommen sei. Die Folge sei ein weitgehender Ausfall der Nachfragemacht des sozialistischen Blocks gewesen, was wiederum dem internationalen Großkapital schwer zugesetzt hätte, worauf dieses aus schierer Verzweiflung sich in finanzkapitalistische Bocksprünge geflüchtet habe, was wiederum eine Weltwirtschaftskrise nach sich gezogen habe, die bürgerliche Ökonomen ratlos machte. Einzig die Ökonomen der Floridsdorfer KPÖ seien mit Ursache und Verlaufsform der Krise vertraut. Das sei auch der Grund, warum sie nach dem zeitweiligen Rückzug des Staatssozialismus nicht in Panik verfallen seien, sondern weiterhin in ruhiger Gelassenheit die großen Linien der Geschichte verfolgten. Wer die Geschichte auf seiner Seite weiß, kann nicht irren, sagte Schebesta. Und er hatte wie immer recht. Mir verschaffte die Wirtschaftskrise schöne Nebeneinnahmen, und auch Anita konnte sich über eine deutliche Belebung der Nachfrage freuen. In Krisenzeiten fliegen die Leute nicht nach Bangkok, wenn sie vögeln wollen, dann tut es auch eine Kellnerin beim Heurigen um die Ecke.

Ich zog drei Papiere aus dem Stoß hervor und schob den Rest zur Seite.

„Das da können Sie wegwerfen", sagte ich und tippte auf den größeren Stoß. „Die Firmen gibt's nicht mehr. Oder nicht mehr lange. Österreichische Familienbetriebe mit Tradition. Reiner Schrott, und einige davon noch kriminell. Aber die da, die sind gut. Achtzig- bis hunderttausend, schätze ich." Es waren Aktien von British Aerospace, Grumman, Raytheon und Northrop International. Herrn Kalkbrenners Sohn hatte ein Herz für die Waffenindustrie. Die Aktien waren gut das Doppelte des von mir angegebenen Betrags wert.

„Euro?" fragte der Mann.

„Schweizer Franken. Wir Börsianer rechnen in Schweizer Franken." Ich beugte mich vor und flüster-

te: „Es ist nämlich wegen der Sicherheit des Finanzplatzes."
Herr Kalkbrenner verstand nicht. Dann beugte er sich vor und sprach, ebenso leise: „Ich hab gedacht, die Schweiz ist sicher!"
„Die Banken nicht mehr. Die zweitgrößte Bank mußte vom Staat aufgefangen werden. Die Schweiz bunkert ihre Gelder jetzt in Liechtenstein. Wenn Liechtenstein fällt, wird Montenegro adoptiert."
„Davon höre ich zum ersten Mal."
„Insiderinformationen, Herr Kalkbrenner."
„Ich verstehe."
„Sie wollen jetzt von mir wissen, was Sie mit den Papieren tun sollen."
„Ja, da tät ich schon drum bitten", sagte Herr Kalkbrenner und fügte hinzu: „Es ist nämlich sehr heikel."
Ich setzte die Brille ab und spielte einige Zeit mit ihr. Dazwischen seufzte ich, schüttelte den Kopf, setzte dann aber eine pfiffige Miene auf, als hätte ich eine Königsidee.
„Also, Herr Kalkbrenner. Hören Sie mir gut zu. Nach sorgfältiger Prüfung aller finanztechnischen Imponderabilien und im souveränen Wissen um die nationalökonomischen Implikationen geb ich Ihnen jetzt einen expertischen Rat." Zufrieden lehnte ich mich zurück.
Herr Kalkbrenner verzog das Gesicht. Er hatte kein Wort verstanden. Ich weidete mich einige Momente an seiner Hilflosigkeit, dann beugte ich mich vor und sagte leise.

„Herr Kalkbrenner, ich an Ihrer Stelle …"
„Ja?"
„Ich an Ihrer Stelle …"
„Ja, was denn nun?"
Langsam aber sicher geriet der alte Herr in Zorn. Ich nahm die Emotion mit Genugtuung zur Kenntnis, denn nun konnte ich die Energie meines Klienten in jene Bahnen lenken, die ich vom therapeutischen Standpunkt für erforderlich hielt.
„Hören Sie meinen Rat: Verhalten Sie sich antizyklisch!", sagte ich.
„Wie?"
„Sie müssen sich oppositionell zum eingebrochenen Konjunkturzyklus verhalten." Ich sprach betont leise. Wenn Menschen Schwierigkeiten haben, das Gesagte akustisch zu verstehen, denken sie über den Inhalt des Gesagten nicht nach. Noch dazu, wenn man sie unter Druck setzt. Die Regel stammte von einem pensionierten Kriminalbeamten, Alphonse Ledwinka, der häufig beim Binder-Heurigen verkehrte, und sie war Gold wert.
„Was soll ich tun?" jammerte der alte Mann.
„Sie sollen das Geld ausgeben."
Herr Kalkbrenner kratzte sich am Hals. „Und meine Altersvorsorge?"
„Wie alt sind wir denn? Herr …?"
„Kalkbrenner."
Die Namen der Klienten immer wieder scheinbar zu vergessen und neu zu erfragen war ein weiterer Kunst-

griff Ledwinkas, den ich mit Erfolg anwandte. Es verkleinert die Leute und macht sie dadurch gefügiger.
„Siebenundsechzig", sagte Herr Kalkbrenner beiläufig.
Ich schaute dem Mann unverwandt in die Augen.
„Vor fünf Jahren."
„Schön." Wahrscheinlich hatte er die Neunzig schon im Visier. „Ich an Ihrer Stelle würde die Vorsorge vergessen. Gönnen Sie sich was Schönes. Einen Wellnessurlaub im Kosovo oder eine Schiffsreise an die Kaspische See, solange es sie noch gibt."
Er sei mehr fürs Häusliche, erwiderte Herr Kalkbrenner. Für einen Witwer sei das naheliegend. Wie lange er denn schon allein sei, fragte ich, hellhörig geworden. Achtzehn Jahre, antwortete Herr Kalkbrenner. Vor achtzehn Jahren sei seine Emmi auf der Bürgeralpe in Mariazell vom Sessellift gefallen.
„Eine Frau kommt mir nicht mehr ins Haus!" rief Herr Kalkbrenner.
„Der Konjunkturzyklus verlangt es aber", sagte ich.
„Wer?"
„Der Konjunkturzyklus. Wie Sie ja wissen, stecken wir in einer Wirtschaftskrise, die so groß ist, daß sie das menschliche Fassungsvermögen übersteigt. Die Menschen stehen ihr vollkommen hilflos gegenüber. Mit einer Ausnahme."
„Nein!"
„Doch."
„Sie!?"

„Sie verfügen über einen wachen Geist, Kompliment. Ich darf Ihnen mitteilen, daß ich mich erfolgreich gegen die Wirtschaftskrise stemme. Vermöge meiner Erkenntnis, Erfahrung und Expertise wird es mir gelingen, auch Ihr Glück neu zu fassen. Die Konjunktur braucht Sie! Und Sie brauchen eine Frau!"
Herr Kalkbrenner schien um Jahre gealtert. Dann sagte er mit einem resignativen Unterton:
„Was soll ich mit einer Sechzigjährigen? Die jungen Dinger wollen alle Nest bauen. Das kenn ich schon. Und kochen können s' auch nicht."
Ich ließ nicht locker. „Das Alter überlasse ich Ihnen. Hauptsache, sie ist gesund und fidel."
„Fidel! Das auch noch!" Der alte Mann war ein Häufchen Elend. Aber er kämpfte sich wieder hoch.
„Der Hubert wollt immer, daß ich wieder heirat..."
„Alsdann", sagte ich und legte beide Hände auf den Tisch. „Sie werden mir in den nächsten Sitzungen Kandidatinnen vorstellen. Ich mach Ihnen dann ein Gutachten. Wenn S' keine Frauen finden, werd ich Ihnen ein paar zuteilen. Keine Hantigen, keine Tranklerinnen, keine Esoterischen, keine Operettenfreaks. Was Seriöses."
„Es muß sein?"
„Die Volkswirtschaft verlangt es."
„Es is ja nur wegen dem Hubert", sagte der Alte und erkundigte sich, wann er die erste Frau treffen müsse.
„Heute in einer Woche. Hier, in meiner Kanzlei. Gehen S' vorher zum Friseur, egal zu welchem. Und

ziehen S' ein frisches Hemd an." Ich reichte dem alten Herrn die Hand. Der zögerte zuerst, schüttelte sie dann aber kräftig. Er schien erleichtert. Anschließend legte er drei Geldscheine auf den Tisch. Ich gab ihm zwei zurück.
„Das Honorar lege ich am Ende der Behandlung fest. Den Hunderter nehm ich als Spesenersatz."
Die längste Zeit schon war ich in meiner Beratungsarbeit abgelenkt gewesen. Aus den Augenwinkeln hatte ich den Mann mittleren Alters beobachtet, der eine italienische Rennmaschine geschoben und vorsichtig an die aus Holzbrettern roh gezimmerte Wand gelehnt hatte. Ich tat, als sei ich zu beschäftigt, um den Dozenten wahrzunehmen und lud die nächste Klientin ein näherzutreten. Der Fall zog sich schon lange hin, näherte sich aber einer Lösung. Die Frau lebte seit Jahren in Angst vor ihrem gewalttätigen Mann und getraute sich nicht, die Scheidung einzureichen, weil er ihr mit der Ermordung gedroht hatte. Immer wieder, und vor Zeugen. Auch hier, beim Binder-Heurigen.
Der Dozent hatte sich an einen der benachbarten Tische gesetzt und rückte näher, so daß er der Beratung folgen konnte. Dann gab er eine Bestellung bei Anita auf. Er schaut ihr viel zu lange nach, dachte ich noch. Dann führte ich mit der verängstigten Frau ein Abschlußgespräch und übergab ihr einen Zettel mit einer Adresse in der Äußeren Wimitz im Oberkärntner Niemandsland. Dorthin solle sie sich für einige Zeit zurückziehen, es handle sich um einen ruhigen und

verschwiegenen Ort, der nur in der Literaturgeschichte bekannt sei. Der berühmte Naturlyriker Jack Unterweger stamme aus der Wimitz. Ich schärfte der Frau ein, das eheliche Konto und allfällige Sparbücher zur Hälfte auszuräumen sowie Schmuck und persönliche Wertsachen mitzunehmen. Von Friesach aus werde ein Rechtspfleger Kontakt mit ihr aufnehmen. In der Zwischenzeit würde ich dafür sorgen, daß sich bei dem scheidungsunwilligen Mann ein Meinungsumschwung vollzieht. Binnen einer Woche würde ich den Mann zweimal von freien Mitarbeitern zusammenschlagen lassen. Einvernehmliche Scheidung oder dauernde Invalidität hießen die Alternativen, die dem Gatten vor Augen geführt werden mußten. Ich hütete mich, die Frau in die Details einzuweihen, ich sagte nur, sie habe nichts zu befürchten und solle mich gewähren lassen. Das Honorar, siebenhundert Euro zuzüglich fünfzehn Prozent Erschwerniszulage und Mehrwertsteuer, erbäte ich erst ein halbes Jahr nach der vollzogenen Scheidung. Sie sollte sehen, daß ich ihr jede Sicherheit einräumte. Den abschließenden Rechtsverkehr würde ich über eine befreundete ungarische Juristin, die nahe der Grenze wohnt, abwickeln lassen. Die Frau lächelte unter Tränen. Ob es wirklich wahr sei, daß ihr Martyrium sich dem Ende zuneige? Ich drückte die Hand der Frau und nickte ihr mit einem Gesichtsausdruck zu, den ich als „warmherzig" vor dem Spiegel geübt hatte. Wenig später saß ich beim Dozenten, der sich an Traubensaft und einem Speckbrot gütlich tat. Neben

dem Glas lag ein Notizblock, eine Seite war von oben bis unten mit einer überraschend kleinen und ordentlichen Schrift beschrieben.
„Was verschafft mir die Ehre?“
Der Dozent verschluckte sich und mußte husten. Ich wartete geduldig, bis er sich wieder gefangen hatte.
„Sie hatten wieder Streit mit Ihrer Mamà?“ Ich betonte das zweite A.
Der Dozent nickte.
Anita wollte vorübereilen, doch der Dozent sprang auf und applizierte einen formvollendeten Handkuß. Anita war beeindruckt. Daraufhin nahm ich Anita um die Taille, zog sie an mich und sagte: „Nur zur Klarstellung, Verehrter! Das Herz meiner Freundin Anita schlägt nur für mich. Bei Angehörigen von Randgruppen aus Nobelbezirken bleibt es stehen.“
Eine Stunde später, der Dozent hatte mittlerweile zwei Viertel Schankwein getrunken, sagte er zu mir: „Geschätzter Groll! Danke, daß Sie mich an Ihrer Alltagsarbeit teilhaben lassen.“ Er deutete auf sein Notizbuch. „Großartiges Material! Dennoch muß ich Ihnen sagen: Ihre Finanzberatung ist abenteuerlich. Sie bringen einen alten Mann um seine Ersparnisse. Das ist menschlich unzulässig und juristisch kriminell. Mit Verlaub.“
Ich wollte etwas erwidern. Der Dozent schnitt mir das Wort ab.
„Außerdem erfüllen Sie den Tatbestand der gewerbsmäßigen Kuppelei. Darauf steht eine Freiheitsstrafe bis

zu drei Jahren. § 186 Strafgesetzbuch. Ich weiß das, denn ich bin neben meiner Funktion als korrespondierendes Mitglied des Kriminalsoziologischen Instituts der katholischen Universität Leiden auch Visiting Fellow des Instituts für Angewandte Devianzforschung an der Donauuniversität in Krems."

Ich gab mich beeindruckt.

„Auf Ihrer Karte steht, Sie wären staatlich beeidet", fuhr der Dozent fort.

Ich nickte.

„Sie haben eine Prüfung abgelegt? Darf ich fragen, wo?" Der Dozent griff nach dem Notizblock.

Nach all den Jahren war er immer noch ein reicher Schnösel, dachte ich, war aber eher amüsiert denn ungehalten. Der Dozent soll sehen, daß wir Transdanubier höfliche Menschen sind, dachte ich. Er hat gefragt, es soll ihm eine Antwort zuteil werden.

„Ich bin vorbestraft. Wegen Urkundenfälschung, mutwilliger Inanspruchnahme einer Behörde und Kurpfuscherei. Das ist meine staatliche Beeidung. In meiner Branche ist so etwas wichtig. Die Klienten haben sonst kein Vertrauen zu einem."

„Welche Behörde haben Sie denn mutwillig in Anspruch genommen?" Der Dozent nahm die Kappe seiner wertvollen Füllfeder ab.

„Die oberste Schiffahrtsbehörde. Ich hab mich unentwegt beschwert, daß so wenige Frachtschiffe fahren. Dahinter stecke eine Verschwörung der Bundeswasserstraßendirektion. Man möge den leitenden Beamten ein Disziplinarverfahren aufbrummen und sie in Pension schicken."

Anita war bei uns stehengeblieben, um den Ausgang des Verhörs abzuwarten. Nun wandte sie sich ab, um ihr Lachen zu verbergen. Der Dozent machte eifrig Notizen und kam dann auf die scheidungswillige Frau zurück. Auch da müsse er Protest einlegen.

Der Fall sei etwas komplexer gelagert, als es auf den ersten Blick erscheine, sagte ich und fügte hinzu, daß die Frau seit Jahren eine leidenschaftliche Beziehung mit dem besten Freund ihres Mannes unterhalte. Die beiden würden sich nicht viel Mühe machen, ihre Liebschaft zu verbergen, besuchten gemeinsam Lokale im Bezirk, gingen miteinander in die Sauna und lebten ihre Liebe so offen, daß es einer fortgesetzten Demütigung des gehörnten Ehemannes gleichkomme.

„Was ich bisher nicht erwähnt habe, ist, daß ich auch den Ehemann betreue. Er kommt jeden Freitag."

„Wieder einmal weiß ich nicht, ob ich Ihnen glauben soll", sagte der Dozent unschlüssig.

„Das weiß man bei ihm nie", warf Anita ein. „Am besten, man nimmt seine absurden Geschichten für bare Münze und glaubt ihm in Alltagsdingen kein Wort. Aber auch das ist nur ein aus langjähriger Erfahrung gewonnener Annäherungswert. In manchen Fällen ist grade das Gegenteil angebracht", fügte Anita hinzu und setzte ein bezauberndes Lächeln auf. Der Dozent reagierte mit einem verträumten Blick. Ich wußte um Anitas Wirkung auf Männer. Schon vor langem hatte ich mich dazu durchgerungen, Eifersuchtsanfälle zu begrenzen, pro Halbjahr höchstens einen Anfall. Der allerdings durfte mit großer Intensität ausgeführt werden. Waffengebrauch war dabei nicht ausgeschlossen, sondern die Regel. In allen übrigen Fällen genügte es mir, sowohl auf Anitas Talente stolz zu sein als auch auf mich selber. Zwar hatte ich diese wunderbare Frau nicht entdeckt, ich schmeichelte mir aber damit, ihr eine praxisnahe und lebenskluge Fassung verliehen zu haben. Und die Schwärmerei des Dozenten für Anita war mir seit langem bekannt, meistens ließ sie mich kalt.

Während der Dozent sich Notizen machte und ich Gedanken nachhing, eilte Anita unablässig zwischen dem Schankraum und dem Garten hin und her. Häufig gingen Telefonanrufe ein, um diese Zeit bemühten sich viele Stammgäste um einen Tisch für den Abend. Groß war daher meine Überraschung, als Anita plötzlich vor uns stand.

„Juri hat angerufen, vom ‚Rostigen Anker' aus", sagte sie und kämpfte darum, wieder zu Atem zu kommen, „du sollst sofort zu Horst hinausfahren, etwas Schreckliches ist geschehen."

4. Kapitel

Der Fußabdruck eines Jaguars.
Ein Donauschiff mit Heimathafen La Valetta.
Horst hat ein Geheimnis und ich habe ein Problem

Zehn Minuten später raste der Renault 5 mit mir und dem Dozenten an Bord über die Donauuferautobahn. Zweimal versuchte der Dozent, mich in ein Gespräch zu verwickeln, aber ich blieb stumm. Schweigend fuhren wir mit stark überhöhter Geschwindigkeit durch den Kaisermühlener Tunnel. Ich hatte das Bein mit vollem Gewicht aufs Gas gestellt. Daß der Dozent mitgekommen war, entsprang keiner Überlegung von mir, er war einfach auf dem Beifahrersitz gesessen. Die Parforcejagd endete erst auf dem Donautreppelweg. Ich zwang mich, nur so schnell zu fahren, daß der Wagen nicht auseinanderfiel.

Juri hatte den Wagen kommen gehört, aufgeregt winkend rannte er uns entgegen. Während ich den Renault neben der Hütte einparkte, rief Juri durchs geöffnete Wagenfenster, Horst habe einen Anfall, er sei aber bei Bewußtsein.

Horst lag auf dem alten Kanapee in der Veranda und atmete schwer. Als er mich sah, grinste er verlegen. Ich fühlte seine Stirn. Zu meiner großen Erleichterung war sie nicht kalt. Auch der Puls schien in Ordnung. Ob Horst Schmerzen habe? Im Brustbereich? Oder im linken Arm? Horst schüttelte den Kopf. Aber er hob die linke Hand hoch. Sie war angeschwollen, an den Knöcheln klebte Blut. Da verstand ich: Es war die Hand, die Horst schmerzte, nicht die Brust. Und es war nicht Horsts Blut. Er hatte keinen Herzanfall gehabt, sondern eine tätliche Auseinandersetzung. Die Linke war seine Führungshand; auch das sprach für eine Schlägerei. Mit wem er sich geprügelt hatte, würde sich schon noch herausstellen. Als der Dozent das Blut sah, taumelte er zurück. Im letzten Moment fing Juri ihn auf, der Dozent wäre sonst die Rampe hinuntergestürzt. Unwillig wehrte er die Hilfe ab. Juri trat zu Horst. Ich sah ihn fragend an.

„Ich war fischen, ein Stück weiter unten“, sagte Juri. „Hab Lärm gehört und lautes Schreien. Und später einen aufheulenden Motor.“

Horst wollte etwas sagen, aber ich legte ihm zwei Finger auf den Mund. Juri holte Verbandszeug und Horsts Medikamentenkasten aus der Hütte. Ich säuberte Horsts Hand mit Wasser und Franzbranntwein. Die Hand war geschwollen, aber sie schien nicht gebrochen. Horst weiß eben, wie man zuschlägt, ohne sich selber zu verletzen.

„Du hast den Wagen nicht abfahren gesehen?“

Juri schüttelte den Kopf.

Ich betrachtete Horst, der die Augen geschlossen hatte. Dann entnahm ich dem Kasten einen Spray, öffnete Horsts Lippen, drückte die Zähne sanft mit einem Löffel auseinander und sprühte in den Mund. Horst grunzte unwillig, ließ sich die Prozedur aber noch ein zweites Mal gefallen.

Als Horst halbwegs stabil schien, machte ich mich daran, den Rasen vor der Hütte nach Reifenspuren abzusuchen. Zuerst fand ich einige Glasscherben. Auf zwei Stücken entzifferte der Dozent die Worte „Saint-Gobain“.

„Die stammen von einem Autoscheinwerfer.“ Der Dozent sprach die Worte in perfektem Französisch aus.

Ich schnappte mir einen an der Hüttenwand lehnenden Rechen und säuberte den Weg von meinem Wagen bis zur Rampe. Einen reifenmaroden Joseph konnte ich jetzt nicht gebrauchen. Ein Stück weiter wurde der Dozent auf der Suche nach Reifenspuren fündig. Ich näherte mich vorsichtig. Mehrere tiefe Täler außergewöhnlich breiter Reifen hatten sich in die Wiese eingegraben. „Hochgeschwindigkeitsreifen eines Sportwagens“, sagte der Dozent. „Mutter hat solche auf ihrem Firmenwagen.“

Ich fühlte Ärger in mir aufsteigen. Um welchen Typ es sich bei dem Firmenwagen handle, fragte ich mit sarkastischem Unterton. Um einen Zwölfzylinder-Jaguar aus dem Jahr 1971, erwiderte der Dozent, ein Cabrio in Hellblau und Schwarz. Von dem Typ seien nur 274 Exemplare hergestellt worden.

„Der Wagen galt als Benzinfresser und schwer zu betreuen, allein der Bordkasten mit den Werkzeugen in den alten englischen Dimensionen ist so schwer wie ein

Kleinwagen. Herr Kálmán war zwei Monate zur Schulung in Coventry. Nach ein paar Wochen frustrierender Praxis mit dem Wagen schloß er dann noch eine halbjährige Spezialausbildung in England an. Sie müssen wissen, daß Herr Kálmán ein perfekter Autochirurg ist. Selbst ausgefallenste Exoten sind bei ihm in guten Händen. Beim Jaguar aber hätte er fast kapituliert. Es hat schon seine Gründe, daß die ruhmreiche englische Fahrzeugindustrie in den siebziger Jahren zugrunde ging."

„Sie beschäftigen also einen Chauffeur", stellte ich fest.

Der Dozent schien sich über die Frage zu wundern.

Was für ein Geck, dachte ich.

„Fahren Sie denn nicht selber?"

„Ich habe ein paar Fahrräder. Das reicht."

Italienische Rennmaschinen und Mountainbikes aus Titan, ergänzte ich bei mir. Wenn er nicht bald aufhört, ersäufe ich ihn.

„Und Ihre Mamà?"

„Fährt manchmal selber. Leider. Sie fährt schnell und forsch, so wie man einen Jaguar dieses Kalibers besser nicht bewegen sollte. Außerdem wird sie zunehmend unsicher. Mamà ist immerhin schon fünfundsiebzig. Meistens aber fährt Herr Kálmán."

Juri tauchte auf, er war noch bei Horst gewesen.

Ob in der Nachbarschaft jemand einen schweren Sportwagen fahre, wollte ich von dem Bub wissen.

„Einer von Göttlichers Herren vom Herrenabend hat so einen Schlitten. Einen Masati, glaube ich."

„Maserati“, korrigierte der Dozent.
„Sag ich ja“, meinte Juri.
„Das könnte hinkommen.“ Ich sah den Dozenten an. Der nickte.
„Horst hat also eine Auseinandersetzung mit einem Maserati-Fahrer gehabt“, faßte ich zusammen. „Es wird nicht schwer sein, den Namen herauszufinden.“
„Gar nicht schwer“, sagte Juri. „Er heißt Mondl und ist im allgemeinen Primar im Krankenhaus in Wien.“
„Im Allgemeinen Krankenhaus“, korrigierte der Dozent.
„Sag ich ja.“ Juri sah den Dozenten feindselig an. „Sind Sie vielleicht ein Lehrerarschloch?“ fragte er.

Etwas später saßen wir wieder auf der Veranda. Juri bereitete Fischköpfe und Karkassen für eine Suppe zu. Ich nahm den Dozenten ins Gebet. Ob ihm immer schlecht werde, wenn er Blut sehe.
„Schlecht nicht gerade“, antwortete der Dozent, „aber manchmal verliere ich das Bewußtsein.“
Sehr feine Leute, die Leute aus Hietzing, dachte ich. Heute fällt mir der Dozent angesichts einer blutenden Hand in Ohnmacht, morgen kann er vielleicht aus Pietät einem Gauner nicht in die Fresse schlagen und übermorgen plappert er Geschäftsgeheimnisse aus. Ich fragte mich ernsthaft, ob es nicht Zeit wäre, den Partner zu wechseln.
„Ich kann mir gut vorstellen, was Sie sich jetzt denken“, sagte der Dozent unvermittelt. „Feiner Pinkel. Dekadent. Nicht für dieses Leben gemacht.“

Ich schaute auf den Strom und schwieg.
Ein Kabinenkreuzer im Retrostil, die *Katharina*, zog, talwärts fahrend, an uns vorüber.
„Ein schönes Schiff", sagte der Dozent.
„Heimathafen La Valetta", sagte ich. „Das liegt auf Malta."
„Aber die Donau fließt nicht durch Malta!"
„Die Donau ist eine internationale Wasserstraße. Sie werden auf ihr Schiffe mit den Heimathäfen Phnom Penh, Kambodscha; Halifax, Neufundland; Hamburg, Plöner Förde und andere finden."
Er kenne La Valetta gut, erwiderte der Dozent. Vor einigen Jahren habe er anläßlich eines Symposions über anarchistische Jugendbanden im mediterranen Raum auf Malta drei aufschlußreiche Wochen verbracht.
„Ein drei Wochen dauerndes Symposion? Gratuliere."
Das Symposion selbst habe nur zwei Tage in Anspruch genommen, entgegnete der Dozent. Den Rest der Zeit seien er und seine soziologischen Kollegen im Hotel festgesessen.
„Warum?"
„Anarchistische Jugendbanden hatten die Stadt in Beschlag genommen. Die City war eine no-go-area." Der Dozent lächelte. „Ich habe die erzwungene Untätigkeit im Hotel sehr genossen. Eine griechische Kollegin, Desdemona Dellas, eine Kriminalbeamtin aus Volos in Nordgriechenland, war der bezaubernde Grund. Unter den griechischen Kriminellen galt sie als der Gottseibeiuns, erzählten Kollegen. Ihre Verhöre

waren kurz und nie schmerzlos. Sie brachte die hartgesottensten Gauner zum Reden. Ich durfte sie von einer anderen, sanften Seite kennenlernen. Sie befaßte sich nämlich mit Lyrik, genauer mit einer speziellen Gattung: Meeresbuchtenlyrik! Ich hatte die Ehre, mehreren Privatvorlesungen beiwohnen zu dürfen."
„Freut mich für Sie", sagte ich. „Es muß sich um eine bemerkenswerte Frau gehandelt haben."
„Sie war schön wie eine Göttin", schwärmte der Dozent. „Sie hatte strahlende, dunkle Augen, dazu langes schwarzes Haar. Sie war höchstens mittelgroß und auf eine aparte Weise vollschlank. Und sie war vollbusig. Über die Maßen vollbusig." Der Dozent schloß für einen Moment die Augen.
Was für eine drollige Formulierung, dachte ich und schaute der kleiner werdenden *Katharina* nach.
„Fühlen Sie sich denn zu vollbusigen Frauen besonders hingezogen?" Mir war plötzlich eingefallen, wie der Dozent Anita nachgestarrt hatte, und die war bei Gott nicht vollbusig.
„Manchmal ja, manchmal nein", sagte der Dozent. „Ich bin da unentschieden. Im Grunde bevorzuge ich schlanke und zarte Frauen. Mein Psychotherapeut aber meint, daß ich an einer tiefsitzenden Angst vor Frauen leide, weshalb er eine homosexuelle Neigung nicht ausschließen kann. Daß Männer mit einer derartigen Psychostruktur, die im übrigen gar nicht selten sei, bei vollbusigen Frauen Mütterlichkeit und Geborgenheit suchten, sei durchaus normal."

„Sie haben also einen Psychotherapeuten.“ Ich sagte das im Ton einer amtlichen Feststellung.
„Sie nicht?“ Der Dozent war ehrlich überrascht.
„In Floridsdorf gibt es keine psychischen Krankheiten“, erwiderte ich. „Unsere Leute haben anderes zu tun. Wenn ich an mir eine psychische Havarie feststelle, gehe ich zum Heurigen.“
„Nun ja, mein Psychotherapeut ist auch keine teure Koryphäe in der Innenstadt“, sagte der Dozent. „Mein Psychotherapeut ist meine Schwester. Sie ist sehr streng. Ich geh nicht gern zu ihr.“
Nachdem Juri den Fond für die Fischsuppe aufgesetzt hatte, blieben wir auf der Veranda.
„Du brauchst ein Mobiltelefon“, sagte ich zu Juri.
„Meine Red' seit einem Jahr“, antwortete der Bub.
„Es geht nicht an, daß du zum ‚Rostigen Anker' radeln mußt, wenn du Hilfe brauchst.“ Ich sprach mehr zu mir als zu dem Jungen. Normalerweise haßte ich die Lärm- und Plappermaschinen. Aber in diesem Fall lagen die Dinge anders. Horst hatte eine Schlägerei gehabt. Soweit ich das beurteilen konnte, war sein Herz in Ordnung. Dennoch stimmte irgend etwas mit ihm nicht. Ich würde in der Hütte übernachten und morgen früh eine Aussprache mit Horst suchen, nahm ich mir vor. Und ich würde mir den Kopf darüber zerbrechen müssen, wie ich ein Mobiltelefon auftreiben konnte.
Da griff der Dozent in die rückwärtige Tasche seiner Hose, zog ein Handy hervor und legte es auf den Tisch.

„Du darfst es nur für Notfälle verwenden und du mußt dich immer vergewissern, daß der Akku aufgeladen ist. Ich nehm bei unserem nächsten Besuch das Ladegerät mit und zeige dir, wie es funktioniert“, sagte er zu Juri. Der Bub saß mit offenem Mund da.
„Ist das Ihres?“ fragte ich den Dozenten.
Der Dozent machte eine Geste des Bedauerns. „Ein Geschenk von Mamà. Ich hasse diese Geräte. Aber Mamà will mich erreichen können, wenn ich mit dem Rad unterwegs bin.“
„Um ihm helfen zu können, wenn er in den Fluß stürzt“, ergänzte ich, zu Juri gewandt.
Der verstand nicht.
„Er ist nämlich einmal mit dem Rad in die Donau gefahren.“
„Das geht?“ fragte Juri.
„Erzählen *Sie* weiter“, sagte ich zum Dozenten.
Der Dozent warf mir einen vorwurfsvollen Blick zu. „Ich vermied eine Kollision mit einem rücksichtslosen Autofahrer. Herr Groll war so freundlich und hat mich aus dem Wasser gezogen.“ Leise setzte er hinzu: „Es hat nicht viel gefehlt und ich wär ertrunken.“
Juri grinste unverschämt.
„Es gehört dir!“ Der Dozent schob Juri das Telefon zu. Juri griff nach dem Gerät und betrachtete es eingehend.
„Es ist kaputt. Wasserschaden“, sagte er.
Der Dozent schaute betroffen.
„Ein Fischtelefon“, sagte ich und lächelte höflich.

Der Dozent schnappte sich das Handy, sprang auf, holte weit aus und warf es in die Nacht hinaus. Man hörte den Aufprall am Wasser.
„Guter Wurf", sagte ich.
„Cool", sagte Juri.

Später saßen wir um eine flackernde Kerze. Hin und wieder rauschte ein Frachtschiff vorbei. Das Vogelgezwitscher hatte aufgehört. Vom Fluß kroch die Feuchtigkeit hoch, aber bis sie die Veranda erreichte, würde es noch einige Zeit dauern. Der Mond war noch nicht aufgegangen, man sah die Lichter der Flugzeuge, die sich auf dem Landeanflug befanden. Manchmal, wenn der Wind ein wenig drehte, hörte man, wie die Piloten die Motoren drosselten oder Zwischenschub gaben. Horst schnarchte gleichmäßig in der Hütte. Ich hatte in kurzer Folge drei Wassergläser voll Wein hinuntergestürzt. Auch der Dozent hatte sich ein Glas Weißwein geben lassen. Er roch daran, setzte es wieder ab und trank es, ohne auch nur einmal abzusetzen, aus. Als er das Glas abstellte, entrang sich ihm ein tiefes Rülpsen. Entsetzt zuckte er zusammen, aber weder ich noch Juri reagierten. Wenig später schlief der Dozent auf der Veranda ein. Juri warf ihm eine Decke über. Als er sicher war, daß der Dozent schlief, ging er mit mir ein paar Meter zum Ende der großen Veranda.
„Hast du Horst hier raufgeschleppt?" fragte ich Juri.
Er nickte.

„Wie hast du es gemacht?"
„So wie du es mir beigebracht hast. Ich hab das Rollbrett geholt, dann hab ich mich hinter den Vater gesetzt und ihn stückelweis an seinem Gürtel auf das Brett raufgezogen. Das Raufschieben war dann gar nicht so schwer. Gut, daß wir die Rampe haben. Über Stufen hätt ich ihn nicht raufgebracht."
Wichtig ist, daß die rückwärtigen Verbindungen intakt sind, dachte ich. Der Nachschub, die Hilfsmaschinen, die Logistik. Verrückte Helden gibt es viele, sie handeln ohne Plan und sind nur deswegen, ihrer Unberechenbarkeit wegen, zufällig erfolgreich. Sie brauchen jedoch Glück, um erfolgreich zu sein, denn sie agieren ohne Basis. Wer aber bei bedeutenden Unternehmungen auf Glück angewiesen ist, kommt nicht weit. Vor Jahren hatte ich in einem Möbelzentrum mehrere Rollbretter im Abverkauf erworben, Rollbretter, die für Computerdrucker gedacht waren. Ich hatte damals eine Zeit hinter mir, in der ich mehrmals zwischen Rollstuhl und WC-Muschel zu Boden gefallen war, und nur in der Hälfte der Fälle war Alkoholisierung die Ursache gewesen. War der Boden naß und glitschig, konnte ich mich nicht aufknien und in den trotz angezogener Bremsen wegrutschenden Joseph hinaufziehen, die Knie glitten immer wieder zur Seite. Auf ein Rollbrett aber kam ich auch unter widrigen Bedingungen. Und mit dem Rollbrett konnte ich zumindest ins Schlafzimmer fahren, mir die Bettdecke schnappen und auf dem Boden schlafen. Eines der Rollbretter

hatte ich Horst geschenkt, für alle Fälle. Und immer wieder hatte ich Horst und dem Buben eingeschärft, das Rollbrett gewissenhaft zu warten und griffbereit zu halten. Mit einem Wort: Kurzsichtige Taktierer verlassen sich auf Handy und GPS; Strategen benutzen Rollbretter.

Juri wollte wissen, was es mit dem Dozenten auf sich habe. Ob der jetzt zur Familie gehöre. Ich schüttelte den Kopf. Es handle sich bloß um meinen Assistenten. Juri schien mit der Antwort zufrieden. Er entfernte sich, kam aber gleich darauf mit einem von Horsts Stiefeln wieder.

„Schau, was ich da drin gefunden habe", sagte Juri. Ich griff in den Stiefel und zog zwei violette Geldscheine hervor.

„Zweimal fünfhundert", sagte Juri. „So viel Geld hab ich noch nie gesehen."

„Wo hat Horst das her?"

„Keine Ahnung", sagte Juri.

Wenn der notorisch abgebrannte Horst einmal über Geld verfügte, steckte er garantiert in Schwierigkeiten. Mein Gespür hatte mich also nicht getrogen. Ich stopfte die Scheine in den Stiefel zurück.

Wir verbrachten die Nacht auf der Veranda. Juri schlief neben dem Dozenten in einem Schlafsack. Ich saß noch lange und schaute auf den Fluß hinaus. Der leichte Wind war abgeflaut, das fahle Mondlicht zitterte auf den Wellen. Ohne Horsts gleichmäßiges Schnarchen wäre die Stille perfekt gewesen.

Siedendheiß überfiel mich die Einsicht, daß ich Anita hätte verständigen sollen. Aber wie? Mit Rauchzeichen? Sie würde sich ja denken können, daß wir bei Horst geblieben sind. Und sie würde in Sorge um uns sein. Manchmal wäre ein Mobiltelefon doch hilfreich, dachte ich, aber ein Gerät, das meinen jeweiligen Standort verrät, konnte ich in meinem Beruf nicht brauchen. Morgen früh fahre ich zum „Rostigen Anker“ und rufe Anita von dort an, dachte ich. Juri schick ich in die Schule und den Dozenten schick ich in die Au, Beeren sammeln fürs Frühstück, das wird er schaffen. Ich muß allein mit Horst reden. Danach nehme ich den Dozenten in die Stadt mit. Er soll ein Mobiltelefon für die Fischerhütte besorgen und ein Geburtstagsfahrrad für Juri kaufen. Für einen Mann, der sich bei Rädern auskennt, kann das keine große Sache sein.

Ein ukrainisches Schubschiff, die *Zvenigorod*, passierte unsere Hütte, bergwärts fahrend. Ich freute mich sehr. Das Schiff hatte ich vor zehn Jahren im ungarischen Mohács zuletzt gesehen. Ich hatte schon befürchtet, daß es den Kriegen auf dem Balkan zum Opfer gefallen sei. Dann setzte ich mich auf die Bank, hob mit den Händen die Beine hoch und streckte sie so gut es ging auf Joseph aus. Das Sitzkissen hatte ich unter mein Kreuz geschoben. Mit Horsts speckiger Daunenjacke deckte ich mich zu.

5. Kapitel

Horst bekommt drei Lebensregeln mit auf den Weg. Eine Schule geht verloren. Der Dozent macht Bekanntschaft mit dem Dschungel

Ich wurde früh geweckt. Aber nicht, wie ich es schätzte, durch den Morgengruß eines Schiffshorns, sondern durch zwei Polizisten, die mit dem Rad vorgefahren waren. Ich kannte die beiden. Sie zählten nicht zu den hellsten, aber sie waren auch nicht verschlagen wie manche ihrer Wiener Kollegen.

Ob Horst zu sprechen sei? – Er schlafe, sagte ich. – Wann mit seinem Erwachen gerechnet werden könne? – Heute nicht mehr. – Sollte Horst zu Mittag nicht vernehmungsfähig sein, müßten sie ihn auf die Dienststelle mitnehmen.

Das wird lustig, dachte ich. Ein schläfriger und zorniger Horst unter all den Uniformierten. Da wird eine neue Inneneinrichtung fällig. „Ich hab geglaubt, ihr wart gestern schon da", versuchte ich die Polizisten abzulenken. „Das waren die Wiener", sagte der eine Polizist, ein schlaksiger mit dichtem Haar. „Die Wiener sind bissl eigen", assistierte der zweite. Auch er war groß und hager, allerdings hatte er eine Halbglatze.

„Zu viel Theorie", sagte der eine.

„Zu viel Hierarchie", der andere.

„Die Wiener sind auf den raschen Erfolg aus."

„Wir haben Geduld."
„Die Wiener haben ja eine traurige Erfolgsquote."
„Mit so einer Quote täten wir uns nicht aus der Dienststelle trauen."
„In the long run haben wir noch jeden Fall gelöst", sagte der mit dem vollen Haar.
„In the long run", bekräftigte der andere.
„Die Wiener sind halt alleweil im Streß."
„Wir sind nie im Streß", sagte der mit der Halbglatze und fügte hinzu: „Wir arbeiten. Für Streß haben wir keine Zeit."
Auch Juri und der Dozent waren aufgewacht. Ich stellte den Dozenten vor, die Polizisten reagierten höflich, aber reserviert. Kein Wunder, dachte ich. Der Dozent ist Wiener. Was mit der Wasserleiche sei, fragte ich.
„Was soll schon mit ihr sein?" antwortete der mit dem vollen Haar.
„Tot is' sie", assistierte sein Kollege.
Die beiden grüßten und fuhren auf ihren Diensträdern weiter, einen verwirrten Dozenten und einen feixenden Juri zurücklassend.
Nach einem schnellen Frühstück schickte ich Juri und den Dozenten aus der Hütte. Juri sollte zur Schule, der Dozent wurde zum Beerensammeln abkommandiert. Als ich mit Horst allein war, weckte ich ihn. Bei einer Tasse Kaffee für mich und einem Glas Zweigelt für Horst entspann sich folgender Dialog.
„Was machst denn du bei uns? Hab geglaubt, du bist bei deiner Flamme."

„Die ‚Flamme' ist ein Sterbeverein."
„Schlecht geschlafen?"
„Ich muß mit dir reden, Horst."
„Is der Bub in der Schul?"
Ich nickte.
„Hat er was gegessen?"
„Kaffee und Joghurt."
„In der letzten Zeit ißt er mir nix. Der dürre Haring. Alleweil kocht er Fischsuppen. Und ich hab so einen Gusto auf Geselchtes mit Kraut und Knödel."
So wird das nichts, dachte ich. Ich muß ihn überrumpeln.
„Ich hab durch Zufall das Geld in deinen Stiefeln gefunden", sagte ich. „Mir ist egal, woher du das Geld hast. Ich bin's dir nicht neidig, und ich werd niemandem davon erzählen. Ich hoffe nur, daß du dich nicht in irgendeine dumme Sache hineingeritten hast. Denn eines sag ich dir auf den Kopf zu: Wenn du einen Blödsinn machst und dafür ins Häfen kommst, reiß ich dir vorher noch den Schädel ab."
„Red weiter", sagte Horst, der sich noch ein Glas einschenkte.
„Schau, Horst. An der Donau bist du ein Kapazunder, aber in so manch anderen Dingen brauchst du eine Führung. Um zu vermeiden, daß du in gröbere Schwierigkeiten tappst, hab ich drei Lebensregeln für dich aufgestellt."
Horst drehte die Augen nach schräg oben und hob den Kopf.

Ich fuhr fort.
„Hör gut zu, Horst! Regel Nummer eins: Sei dem Bub ein Vater. Du mußt kein guter Vater sein, nur dableiben sollst du. Nicht abhauen. Nicht in den Häfen. Nicht ins Trinkernirwana. Du mußt weiterschnaufen. Das ist deine erste Lebensregel."
Horst wollte etwas sagen, ich kam ihm zuvor.
„Zweite Lebensregel: Du machst einen Alkoholentzug. Einen Doppler, kein Glas mehr."
Wieder wollte Horst widersprechen, und wieder war ich schneller.
„Drittens: Du wirst mit deinem Sohn lernen, und du wirst dafür sorgen, daß er die Namen seiner Lehrer nicht mehr vergißt. Viertens, lieber Freund: Das war unsere Aussprache. Du hast deine Argumente gesagt und ich meine. Es stellt sich heraus, daß meine Argumente besser sind. Also! Reiß dich zusammen, und vergiß auch das Geburtstagsrad für Juri nicht. Im übrigen will ich keine Klagen hören."
Horst schüttelte den Kopf.
„Zum Zeichen deiner Zustimmung, lieber Horst, sagst jetzt nix, und dann haltest du den Mund."
Es geht eben nichts über eine ehrliche Aussprache zwischen Männern. Schade nur, daß niemand mitschrieb. Wenn man meine Aussprachen sammeln würde, ergäben die ein denkwürdiges Sachbuch für die lebensberaterische Praxis. In einem anderen Land wäre ich längst ein reicher Mann. Aber in einem anderen Land gäbe es keinen Horst und keinen Juri, keine Anita und keine

Wasserleiche, keinen Binder-Heurigen, keine Schotterbank im Strom und keinen Dozenten. Wo der Schnösel wohl abgeblieben war? Die paar Beeren mußten nicht stundenlang erjagt werden.
„Willst du mir sagen, woher das Geld stammt?“ fragte ich Horst unvermittelt.
Horst schwieg.
Mein Vorstoß war gescheitert. Lange saßen wir auf der Veranda. Horst flickte einen Kescher, ich las im „Professional Mariner“, einer jener Schiffahrtszeitschriften, die ich abonniert habe und nach der Lektüre an Juri weiterreichte. Hin und wieder beobachtete ich ein vorübergleitendes Frachtschiff oder eine Gruppe Reiher im Tiefflug. Horst schlürfte seinen Wein, ich verdünnte den Kaffee mit Zwetschkenschnaps, um nicht daran denken zu müssen, in welches Sumpfloch der Dozent wohl gefallen sein mochte und was seine Mamà dazu sagen würde, wenn ich den Kronprinzen im Leichenwagen nach Hietzing geleiten sollte.
Die Sonne hatte ihren höchsten Punkt schon vor einiger Zeit erreicht, als Juri und der Dozent gemeinsam auftauchten. Der Dozent winkte schon von weitem und war begierig, von seinen Erlebnissen zu erzählen. Er lächelte, als er zur Veranda hochstieg, und seine Augen strahlten. Da haben sich zwei gefunden, dachte ich.
Nach einem bedeutungsvollen Räuspern erstattete der Dozent Rapport. „Begonnen hat unsere Expedition hervorragend“, sagte er. „Einen besseren Beginn hätten wir uns nicht wünschen können. Nicht wahr, Juri?“

Der Junge nickte aufgeregt. „Wir sind am Haus des Herrn Oberlehrer vorbeigekommen. Auf dem Postkastl stand sein Name. Ich weiß jetzt wieder, wie mein Lehrer heißt!“
Der Dozent sprang ihm bei. „Das ist doch ein grandioser Erfolg! Für einen schulischen Neustart kann es keine bessere Voraussetzung geben, als den Namen des Lehrers zu kennen.“
„Wie heißt er denn“, fragte Horst, dem der Auftritt der beiden nicht geheuer war.
„Wondra“, rief Juri. „Er heißt Wondra. Vorname: Georg.“
„Oberlehrer Georg Wondra“, ergänzte der Dozent.
„Schurl“, sagte Horst. „Der Wondra heißt also Schurl. Was hab ich jetzt davon?“
Ich schaute ostentativ auf meine Armbanduhr. Plötzlich hatte ich es eilig wegzukommen.
„Laßt uns fortfahren“, sagte der Dozent. „Im Besitz des Namens war es uns ein Leichtes, die Hauptschule zu finden. Zumindest glaubten wir das.“
„Zumindest, ja“, sagte Juri.
„Red nicht um den heißen Bei herum. Wart ihr jetzt in der Schul?“ Horst wurde ungeduldig.
„Ja und nein“, sagte der Dozent.
Juri hüpfte vor Vergnügen von einem Fuß auf den andern.
„Ich halt ihn nicht aus“, sagte Horst zu mir.
Er solle sich weniger umständlich erklären, bat ich den Dozenten. Ich müsse nämlich dringend in die Stadt

zurück. Er sei so klar wie nur irgend möglich, erwiderte der Dozent. Wenn er auf die Ambivalenz der Sache hinweise und sowohl ein Ja als auch ein Nein gelten lasse, sei das durchaus korrekt gewesen.
„Korrekt", unterbrach Juri und nickte bedeutungsvoll.
„Wir gelangten also vor die Schule. Und fanden auch ohne Probleme den Eingang."
„Ohne Probleme", bekräftigte Juri.
„Allerdings war der verschlossen."
„Allerdings", sagte Juri.
„Heute war schulfrei?" Horst war verwirrt.
„Das nun auch wieder nicht", sagte der Dozent. „Die Sache ist komplizierter, als es auf den ersten Blick erscheinen mag."
„Sehr kompliziert", sagte Juri und schob die Unterlippe vor.
„Bitte!" rief ich.
„Ich komme schon zum Punkt", beruhigte der Dozent.
„Wir hatten nun im Wissen um den Namen des Oberlehrers die Schule gefunden."
„Soweit waren wir schon!"
„Allerdings war die Schule geschlossen", fuhr der Dozent fort.
Juri sagte: „Komplett zu!"
„Die Schule war aber nicht deshalb geschlossen, weil heute schulfrei ist." Der Dozent blieb unbeirrt.
„Also ist heute nicht schulfrei", sagte Horst, der aus dieser Nachricht eine für mich nicht nachvollziehbare Genugtuung schöpfte.

„Keineswegs“, bestätigte der Dozent. „Heute ist ein Schultag wie jeder andere. Punktum!“
„So ist es“, bestätigte jetzt auch Juri.
„Weiter!“ rief ich. „Ihr macht mich noch verrückt!“
„Es ist ganz einfach“, sagte der Dozent mit einem tröstlichen Unterton. „Der Grund dafür, daß wir vor einer geschlossenen Schule standen, ist darin zu suchen, daß die Schule insgesamt geschlossen war.“
„Die Schule ist nämlich übersiedelt“, rief Juri triumphierend.
„Tatsächlich“, sagte ich.
„Jetzt weiß ich, wie oft du in letzter Zeit in der Schule warst“, sagte Horst zu Juri, der so tat, als ginge ihn das nichts an. „Also übersiedelt“, fuhr Horst fort und wiegte ernst den Kopf. „Damit hab ich nicht gerechnet. Daß eine Schule übersiedelt, damit kann keiner rechnen. Was sagst du, Groll?“
„Laß mich in Ruh.“
„Wohin ist die Schule denn übersiedelt?“ fragte Horst weiter.
„Eine gute Frage“, sagte der Dozent. „Ich habe mit ihr gerechnet.“
„Ich auch“, bekräftigte Juri.
„Wie schön“, sagte ich.
„Wir zogen sofort Erkundigungen ein“, sagte der Dozent.
„Im Wirtshaus“, präzisierte Juri.
„Bravo“, sagte Horst.

„Und wir waren auch hierin erfolgreich“, setzte der Dozent fort. „Die neue Schule, beschied uns die Kellnerin“ – Juri deutete mächtige Brüste an – „befinde sich hinter dem Sportplatz. Sie sei erst vorige Woche eröffnet worden.“

„Juri hat also nicht so viel geschwänzt, wie Sie vielleicht glauben, Herr Horst.“

Horst brummte etwas Unverständliches.

„Seid ihr dann endlich in die neue Schule gegangen?“ fragte ich.

„Das, meine Herren, haben wir wohlweislich nicht getan“, sagte der Dozent und lächelte überlegen. „Man soll einen Tag, der so gut begonnen hat, nicht mit zu vielen Aufgaben überfrachten.“

„Sehr richtig“, stellte Juri fest. „Nichts überfrachten. Ist schlecht fürs Schiff.“

„Is’ der immer so?“ fragte mich Horst und deutete auf den Dozenten.

Ich zuckte die Achseln.

„Gratuliere“, sagte Horst.

„Dennoch haben wir in Fragen der Pädagogik mitnichten eine Leermeldung vorzuweisen“, fuhr der Dozent fort. „In pädagogischer Hinsicht haben wir guten Progreß gemacht“, fuhr der Dozent fort. „Vor allem meine Wenigkeit. Ihr Sohn, sehr verehrter Herr Kuchlik, führte mich in eine mir bislang unbekannte Schule des Lebens ein, in die Kunst des Lianenschwingens in der Au.“

„Schule des Lebens“, sagte Juri stolz. „Sehr verehrt. Bitte merken!“

„Daher also die Striemen im Gesicht“, murmelte ich.
„Er wollte sich von Liane zu Liane schwingen“, sagte Juri und grinste. „Wir sind doch nicht im Dschungel!“
Der Dozent lächelte verschämt.
„Und woher stammen *deine* Schürfwunden?“ fragte ich Horst unvermittelt. Die Antwort kam nur zögerlich über seine Lippen. „Von einem Weidenbusch. Bin ausgerutscht. Hab zuviel Medikament intus gehabt.“ Er lachte unsicher. Ich glaubte ihm kein Wort.

Liebe Mutti,
das ist schön, daß du nicht ausschließen kannst, daß Du eventuell wenn nichts dazwischenkommt und Du auch sonst nicht abgehalten bist im Spätsommer zu kommen auch wirklich kommen kannst. Ich könnte Dir jeden Tag Fischsuppe kochen und aus Hainburg könnte ich aus der Erlebnisbäckerei Marillenknödel holen soviel Du willst und vieles mehr auch noch. Bei uns ist viel los, es ist aber auch recht ruhig, mehr kann ich nicht schreiben, weil das sonst nicht mehr geheim ist. Wenn Du aber kommen solltest, kann ich Dir das Geheimnis schon erzählen. Ich hoffe, Du bist wohlauf und brauchst keine Angst vor Hochwasser haben. Bei uns steigt der Fluß von Stunde zu Stunde sodaß er immer höher wird. Aber wenn Du kommst, verspreche ich Dir eine Donau mit Mittelwasser plus minus zehn Prozent um genau zu sein.

Es grüßt Dich mit vielen Bussis
Dein Juri

6. Kapitel

Der Dozent arbeitet an einem großen Projekt. Bürgermeister Lueger besucht Rovinj. Ich treibe Honorare ein. Warum österreichische Gewerkschafter Asphaltseen auf Trinidad-Tobago aufsuchen

Auf dem Weg nach Floridsdorf führte der Dozent mich in ein aktuelles Arbeitsvorhaben ein. Er sei einer großen Sache auf der Spur, verkündete er. Wenn er alle Fakten beisammen habe, würde er eine Artikelserie oder ein Buch über die Geschichte verfassen. Es gehe um das ehemals größte Kinderspital Europas, das 1906 auf einer Halbinsel gegenüber der istrischen Hafenstadt Rovinj von der Stadt Wien für lungenkranke Kinder errichtet wurde. Der komplette Wiener Gemeinderat mit Bürgermeister Lueger an der Spitze sei damals mit der Südbahn bis Triest gereist, weiter per Schiff, und habe der Eröffnung der pavillonartigen Anlage beigewohnt. Auch nach dem Ersten Weltkrieg seien immer wieder Kinder aus Wien in der Meeresluft behandelt worden. Im Zweiten Weltkrieg sei es einem jüdischen Mediziner namens Ennoch Zaadro gelungen, das Spital, das zum Teil auch als Lazarett genutzt wurde, dem direkten Zugriff der Nazi zu entziehen. Wie er das angesichts der Paranoia und Grausamkeit der Nazigrößen Rainer und Globocnik geschafft habe, entziehe sich allerdings seiner Kenntnis, sagte der Dozent. Gesichert sei aber, daß Zaadro immer wieder den Partisanen geholfen habe. Jedenfalls sei im titoistischen Jugoslawien die „bolnica“, so der Name der ausgedehnten Anlage mit zwei weiten Strandbuchten, zu einem der besten Rehabilitationszentren des Landes ausgebaut worden. Auch Kriegsversehrte der jüngsten Balkankriege hätten in der Anlage Erholung und Behandlung gefunden, leider seien darunter auch Angehörige der faschistischen kroatischen HOS-Milizen gewesen und leider seien alle serbischstämmigen Mitarbeiter, egal ob Köchin oder Spitzenärztin, entlassen worden. Nach wie vor pachte die Allgemeine Unfallversicherungsanstalt einen halben Pavillon und sorge auf diesem Weg dafür, daß schwerstbehinderte Menschen aus Österreich einen Kururlaub am Meer verbringen können. Bedauerlicherweise verfalle die Anlage seit Jahren, wenn auch eine kleine orthopädische Klinik noch weiterbetrieben werde. Es sei offensichtlich, daß die kroatischen Behörden mit der „bolnica“ ein Spiel wiederholten, das sich derzeit an der gesamten istrischen Küste vollziehe: Nach einer schamlos offen betriebenen Bestechung von lokalen Politikern werden hunderte Ferieneinrichtungen des ehemaligen Sozialismus an private Investoren überschrieben, zu einem Preis, der nur einen Bruchteil des Marktwerts ausmache. Die Investoren stünden Schlange, ein Nobelresort nach dem anderen aus dem Boden zu stampfen. Im benachbarten Izola sei auf diese Weise eine protzige Marina errichtet worden.

„Wo die Arbeiter Zentraleuropas einst mit ihren Familien unbeschwerte Campingurlaube verbrachten und Kinder in Sommercamps umhertollten, erheben sich jetzt häßliche Betonquader, die gesichert sind wie Fort Knox. Und der ehemalige kommunale Hauptstrand ist jetzt Sammelpunkt deutscher und englischer Nobelkarossen. Mit der ‚bolnica' wird es ein schlimmes Ende nehmen. Die Lage des Spitals vis-à-vis der mittelalterlichen Stadt ist exzeptionell, ein Fressen für Hotelkonzerne."

Ich erkundigte mich, ob niemand in der Lage sei, dagegen etwas zu unternehmen; man könne ja eine Kampagne starten oder die potentiellen Betreiber der Nobelhotels durch Morddrohungen verunsichern. Ich hätte da ein wenig Erfahrung und würde mich gern in den Dienst der guten Sache stellen. Das sei gar nicht notwendig, sagte da der Dozent und kicherte in sich hinein.

„Ich allein verfüge über alle Mittel, die sich anbahnende Schande zu vereiteln", sagte er und machte eine bedeutungsvolle Pause, bevor er fortfuhr. „Ich bin nämlich im Besitz von Dokumenten, die belegen, daß die gesamte Therapie-Insel de jure immer noch der Stadt Wien gehört. Die Stadt ist nie entschädigt oder abgefunden worden, der Eigentumstitel besteht daher zu Recht. Ich habe mich juristisch kundig gemacht, bei einem renommierten Wirtschaftsanwalt, der seit langem für unsere Familie tätig ist. Vor dem Hintergrund eines EU-Beitritts des Staates Kroatien gewinnt daher die ‚Bolnica-Frage‘ eine zusätzliche Dimension. Ich habe vor, die Wiener Stadtregierung öffentlich mit ihrem Eigentum zu konfrontieren, und das in einer Art und Weise, welche es der Stadt nicht erlauben wird, ihr Kind zu verleugnen“, sagte der Dozent. Nach einigen Minuten des Schweigens fügte er noch Bemerkungen über Jules Vernes Roman „Mathias Sandorf“ hinzu, der in Istrien spiele und Parallelen zu heutigen Gegebenheiten in Kroatien aufweise. Ich vermochte den Ausführungen aber nicht zu folgen, sondern wälzte bereits Ideen, wie die Schleifung der Reha-Klinik vereitelt werden könnte. Schließlich meinte der Dozent, er würde im Herbst gern eine einwöchige Studienreise zur „bolnica“ unternehmen und könne einen Begleiter gut gebrauchen. Wenn ich mich entschlösse, mit meinem Wagen zu fahren, könne er einen großzügigen Spesenersatz in Aussicht stellen. Er selber besitze zwar einen Führerschein und könne sich jederzeit einen Wagen mieten, aber in der Hektik des modernen Autoverkehrs fühle er sich überfordert. Er habe mich als versierten und vorausschauenden Lenker kennengelernt, mit mir als Begleiter würde er sich die Reise zutrauen. Ich antwortete ausweichend, aber nicht absagend. Die Geschichte der „bolnica“ hatte eine Saite in mir angerissen. Zwar hatte ich persönlich mit Rehabilitationszentren keine Erfahrung, war nie in einem solchen gewesen – außer wenn ich Bekannte besuchte, die sich dort zur Runderneuerung aufhielten. Wenzel Schebesta war der Überzeugung, daß es nicht erforderlich sei, wegen einer simplen Querschnittlähmung gleich ein Spital respektive eine Klinik aufzusuchen. Ein guter Hausarzt, eine Großpackung Schmerzmittel und trinkfeste Freunde würden reichen. Auch wenn es sich bei der „bolnica“ um ein ungeliebtes Rehabilitationszentrum handelte, verspürte ich große Lust, die Pläne der Hotelkonzerne zu vereiteln. Wenn man die Wiener Stadtregierung schließlich noch dazu brächte, die Klinik zu sanieren und im gemeinnützigen Sinn weiter zu betreiben, wäre das eine schöne Sache.

Anita empfing mich mit eisiger Miene. Der Versuch, ihr zu erklären, weswegen ich mich nicht gemeldet hatte, endete kläglich.
„Beim Entwickeln neuer und riskanter Geschäftsideen bist du groß und kein Weg ist dir zu weit. Wenn es aber darum geht, auch nur die simpelste Kommunikation zu wahren, bist du eine Niete.“
Der Dozent war angesichts des Streits peinlich berührt. Anita löste die Spannung, indem sie ihrer Arbeit nachging. Ich folgte ihrem Beispiel und schnappte mir einen Kalenderzettel, auf dem Anita ein paar Namen notiert hatte.
Wenig später kurvte ich mit dem Dozenten durch eine Reihenhaussiedlung am Fuße des Bisambergs. Vor einem Haus mit Steingarten bat ich den Dozenten auszusteigen und an einer Gegensprechanlage zu läuten und, falls jemand sich meldete, mit „Zivilstreife!“ zu

antworten. Wir seien auf der Suche nach einem Einbrecher und erbäten Informationen, würde der zweite Teil des Sprüchleins lauten. Der Dozent läutete, sprach ein paar Worte, und schon erschien ein quirliger kleiner Mann, der mich und den Wagen ein Stück weiter winkte, so daß wir vom Haus nicht einsehbar waren. Dann reichte der Mann beim Fahrerfenster ein Kuvert herein und ich zählte ein paar Geldscheine ab. Beste Grüße an Fräulein Anita, sagte der Mann und fügte hinzu, es wäre ihm lieber, das Geld zu überweisen.

„Das mag sein“, erwiderte ich freundlich. „Aber bei uns wird bar bezahlt, und persönlich. Wir schätzen den direkten Kontakt zum Kunden.“

Daraufhin lächelte der Mann leicht gequält, deutete eine Verbeugung an und verzog sich zu Frau, Familie und Flachbildschirm.

Ein paar Straßen weiter kassierte ich bei einem martialisch blickenden, drahtigen Mann, der kein Wort sprach und aus seiner Verachtung für meinen Wagen kein Hehl machte. Vor seinem Reihenhaus stand eine schwere deutsche Limousine.

Der Dozent warf mir einen fragenden Blick zu. „Ein Kommerzialrat, Hotelier und Spielhallenbesitzer“, sagte ich, während wir weiterfuhren. „Ein unangenehmer Mensch, vor allem zu seinen Mitarbeitern. Einflußreich und mit exzellenten Verbindungen ins Rathaus; daher für Anitas Geschäft nicht ungefährlich. Aber ein treuer Stammkunde und pünktlicher Zahler.“

Es folgte ein Gewerbetreibender, der die Generalvertretung für eine kleine italienische Schokoladenfirma hielt und seit Jahren vor dem Konkurs stand. Anitas Honorar wurde indes stets anstandslos beglichen. Kein Wunder, meine Drohung, die Ehefrau über die Obsessionen ihres Mannes zu informieren, war Gold wert. Der Mann konnte seine Sexualität nur leben, wenn er in Windeln lag.

„Er ist er von seiner Frau abhängig, er braucht sie wie einen Bissen Brot."

„Weil er sie liebt?"

„Weil das Geld ihrer Eltern in seiner Firma steckt. Wenn sie sich scheiden läßt, sitzt er auf der Straße."

„Und das Haus?"

„Gehört auch ihr."

„Der Arme", sagte der Dozent.

„Mein Mitleid hält sich in Grenzen. Er hätte ja auch was Ordentliches lernen können, Hehler, Zuhälter oder Hutschenschleuderer im Prater, was Krisenfestes halt."

„Welche Ausbildung hat er denn vorzuweisen?" Der Dozent nestelte in seiner Brusttasche.

„Einen nachgeschmissenen Abschluß in Betriebswirtschaft. Marketing und noch etwas. Lauter windige Sachen, kein Wunder, daß er nicht aus den Windeln kommt. Für ihn wird die Wirtschaftskrise das Ende bedeuten. Wer kann sich denn heutzutage Schokolade leisten, noch dazu italienische!"

„Meine Mamà nascht gern Schweizer Schokolade", sagte der Dozent und zog seinen Notizblock hervor.

„Woher stammt eigentlich Ihr Wissen um die finanziellen Hintergründe dieser Männer?"
Das gehöre zum Geschäft, sagte ich knapp. Beim Schokoladehändler liege der Fall besonders einfach. „Männer seiner Sorte sind keine großen Casanovas, die wollen nur ein wenig grapschen, ein bissl gemolken werden, und dann wollen sie reden, viel reden."
„Und bei Anita können sie das." Der Dozent schaute aus dem Fenster. Jetzt lernt er fürs Leben, dachte ich. „Stecken Sie das Notizbuch wieder weg", sagte ich bald darauf. „Das verunsichert die Kunden."
Zuletzt kassierten wir einen Mann, den ich als einen führenden Gewerkschafter vorgestellt hatte. Das Kuvert klatschte auf den Schoß des Dozenten.
„Das hat er geübt, aber in der konträren Position", meinte ich sachlich. Und als der Dozent verwirrt aufsah, bat ich ihn, das Geld nachzuzählen. Der Dozent nannte eine Summe, die mich zufriedenstellte. Was denn der Mann geübt habe, wollte der Dozent wissen. „Sich bestechen zu lassen", sagte ich. „Was dachten Sie denn? Der Mann ist ein führender Gewerkschafter, und er ist für seine Bestechlichkeit ebenso berühmt wie für seine cholerischen Ausbrüche und seine Vorliebe für Maßanzüge und Maßschuhe."
Woher ich das nun wieder wisse?
„Von einem Baumeister, der mit dem Gewerkschafter regelmäßig auf Schiurlaub war. In Zürs am Arlberg", erwiderte ich. „Er hat vorige Woche Konkurs angemeldet."

Der Dozent verstaute sein Notizbuch in seinem Jackett. „Die Maßanzüge und Maßschuhe waren kleine Präsente der Bauindustrie, nehme ich an."
„Und die Karibik-Kreuzfahrten, die als Studienreisen getarnt waren."
„Studienreisen?"
„Einen Nachmittag Besuch eines natürlichen Asphaltsees auf Trinidad-Tobago, drei Wochen Kreuzfahrt", sagte ich.
„Gibt es diesen Asphaltsee wirklich?"
„Fragen Sie den Gewerkschafter. Er war schon mehrfach dort."
„Auf Studienreise!"
„Für die Gewerkschaftsführung von Bau-Holz, finanziert von befreundeten Konzernen aus derselben Branche", bestätigte ich und erklärte das Inkassogeschäft für beendet. Auf dem Rückweg zu Anita nahmen wir noch bei einem Bäcker ein Blech Cremeschnitten mit.
Ich parkte vor dem Heurigen. Während ich den Rollstuhl zusammenbaute, versuchte der Dozent eine Frage zu formulieren.
„Sie verzeihen, wenn ich so direkt werde, aber … Fräulein Anita …"
„Was ist mit ihr?" fragte ich scharf.
Der Dozent machte einen Schritt zur Seite. „Nun, sie ist eine gutaussehende Frau, eine sehr gutaussehende sogar …"
„Das weiß ich", erwiderte ich. Ich weiß auch sehr gut, worauf du Schnösel hinauswillst, dachte ich. Du

möchtest so gern wissen, ob Anita wirklich für Geld vögelt, und wahrscheinlich willst du auch wissen, wieviel sie verlangt, und dann wirst du Erbe vieler Millionen anfangen zu spekulieren, wie viele Höhepunkte sich da wohl ausgehen. Aber ich werde dir zeigen, daß sich Millionäre nicht nur in der Ökonomie verspekulieren können. Und vorher werde ich dich zwingen, dem Kind einen Namen zu geben, und wenn es dir die Zunge im Mund verdreht.

„Nur zu, sprechen Sie weiter", sagte ich und trieb Joseph mit zwei kräftigen Armstößen an.

„Ja, natürlich. Es ist, es ist …" Der Dozent gab sich einen Ruck. „Ich wollte andeuten, daß Fräulein Anita nicht nur gut aussieht. Sie versteht es auch, sich vorteilhaft zu kleiden. Darüber hinaus bewegt sie sich sehr anmutig."

Ich wendete, hielt an und sah dem Dozenten offen ins Gesicht. „Mit einem Wort, Sie meinen also, Anita ist eine scharfe Frau."

„Äh, ja. So wird man es wohl hier sagen können und dürfen, nehme ich an", stammelte der Dozent. „Ich meine das natürlich nicht inkommodierend."

„Natürlich", wiederholte ich, wendete erneut und nahm wieder Fahrt auf.

Der Dozent schritt weit aus, um mitzuhalten. „Worauf ich aber tatsächlich hinauswill, ist, daß sich mir der Eindruck, der sehr bestimmte Eindruck aufdrängt, daß Fräulein Anita, die ich nun doch schon einige Jahre zu kennen glaubte, nun, sagen wir, ihre Gunst meh-

reren Männern schenkt, und dies in einem – Sie verzeihen! –, fast könnte man es einen ... gewerblichen Zusammenhang nennen."
„Sie meinen das aber nicht kompromittierend", entgegnete ich sachlich.
„Inkommodierend, nein. Auf keinen Fall!"
„Wie schön."
Der Dozent lächelte erleichtert.
„Damit wir uns also richtig verstehen", setzte ich nach. „Sie meinen also, Anita geht auf den Strich."
„Um Gottes willen! Nein! Wie kommen Sie nur *darauf*!" Der Dozent hob abwehrend die Hände und stammelte etwas von Männern, die bei mir Honorare einzahlten und Grüße für Anita bestellten, was wiederum auf ein eigenartiges Geschäft hindeute und so fort.
„Ich habe keine Ahnung, worauf Sie hinaus wollen."
Du Schöngeist, dachte ich. Dir rinnt ja schon das Wasser im Mund zusammen, wenn du nur von Anita redest. Besser, du stellst dich auf ein langes Martyrium ein.
Der Dozent atmete tief durch und sagte dann mit einer Stimme, die eine Oktave tiefer lag als gewöhnlich.
„Ich erforsche deviantes Verhalten und befasse mich beruflich mit Randgruppen. In Namen meiner wissenschaftlichen Arbeit erlaube ich mir in aller Bescheidenheit, den Verdacht zu äußern, daß ..."
„Ja?" Ich wollte es hören, jenes Wort, das ihm nicht über die Lippen kommen wollte.

„Daß Ihre Freundin sich prostituiert und daß Sie nicht nur nichts dagegen unternehmen, sondern sogar Honorar für sie eintreiben.“ Die Sätze brachen aus dem Dozenten hervor. Er war unfähig, auch nur einen Schritt weiterzugehen. Ich fuhr ein paar Meter weiter und wendete Joseph bewußt langsam. Der Dozent trottete auf mich zu wie ein Jagdhund mit schlechtem Gewissen. „Ich hoffe doch sehr, daß ich mich jetzt nicht um Kopf und Kragen geredet habe.“
„Keine Sorge“, sagte ich und forderte ihn mit einer Handbewegung auf weiterzugehen. „Sie liegen nicht ganz falsch“, sagte ich gönnerhaft, und nachdem wir unser Marschtempo wieder erreicht hatten, gestand ich dem Dozenten zu, daß Anita sich ein Zubrot in der Nachbarschaftshilfe verdiente. Sie sei nichts anderes als einer jener vielbeschworenen Kleinbetriebe, die den Wirtschaftsmotor am Leben erhielten und tapfer der Krise trotzten. Und das ohne jegliche Staatshilfe.
„Natürlich, natürlich“, erwiderte der Dozent. „So kann man das auch sehen. Man kann das durchaus volkswirtschaftlich sehen. Ja, so *muß* man es sogar sehen!“
Mit Befriedigung registrierte ich, daß der Dozent darüber erleichtert schien, daß ich die Beziehung zu ihm nicht aufkündigte. Wieder einmal grübelte ich darüber nach, was er sich von der Bekanntschaft mit mir versprach. Wissenschaftliche Hilfe konnte es nicht sein. Und an Frauen kommt er mit seinem Geld und seinem widerlich guten Aussehen sicher auch leicht heran. Andererseits: Frauen wie Anita sind in seinen Kreisen

wohl dünn gesät, in den Augen des Dozenten mögen sie daher exotisch erscheinen, ja es ist sogar wahrscheinlich, daß er gerade von diesem Aspekt erfaßt worden ist. Vielleicht entdeckt der Dozent soeben die Erotik der niederen Stände, dachte ich.

Das war ganz und gar nicht in meinem Sinn. Ich muß mir Zeit nehmen und ihm Anitas Story erzählen, dachte ich weiter. Das erspart ihm falsche Hoffnungen und mir ärgerliche Mißverständnisse. Meine Aufgabe besteht darin, ihn gegen Anita zu immunisieren.

Vor dem Heurigen erstreckte sich ein kleiner Park, in dem die Heurigentippler entweder ihre Hunde äußerln führten oder selber ihre Notdurft verrichteten. Am Rande des Parks erhob sich ein großes Weinfaß, auf dem die tausendjährige Geschichte des Weinorts am Bisamberg in einem Text verewigt war. Vor dem Gedenkfaß lud ich den Dozenten ein, auf einer Bank Platz zu nehmen. Ich müsse ihn über gewisse Gegebenheiten im Zusammenhang mit Fräulein Anita instruieren, sagte ich. Nachdem der Dozent sich gesetzt hatte, vergewisserte ich mich mit einem schnellen Blick, daß wir unter uns waren, und erzählte dem Dozenten Anitas Geschichte.

7. Kapitel

Eine Kindheit, so schlimm.
Eine Jugend, so hart.
Anitas Geschichte

Ich begnügte mich mit einer geglätteten Fassung, dennoch war die Story für den Dozenten nicht leicht zu verkraften. Immer wieder gab er Laute der Anteilnahme oder der Empörung von sich. Es war die Geschichte eines Mädchens, das mit fünf Geschwistern in einer Drei-Zimmer-Wohnung aufgewachsen war, in einer verrußten obersteirischen Industriestadt, zwischen Friedhof und Werkshallen. Der Vater war nach einem Betriebsunfall arbeitsunfähig und tat, was viele Männer in jener Zeit mit ihren Schutzbefohlenen taten, er prügelte die Mutter und mißbrauchte die beiden älteren Mädchen, Anita und Renate. Irgendwie schafften es die beiden, dem Tyrannen zu entkommen. Renate wurde schwanger und fuhr zur Abtreibung nach Wien. Dort blieb sie und begann eine Ausbildung als Kinderkrankenschwester.

Ich schlug ein Bein übers andere und fuhr fort: „Anita hatte sich den erstbesten Mann geschnappt, einen polnischen Leiharbeiter namens Michał; er wohnte in einem benachbarten Ledigenheim. Als die Verstaatlichtenkrise in den achtziger Jahren ihren Höhepunkt erreichte und Leiharbeiter als erste entlassen wurden,

zog Michał ins Ruhrgebiet weiter, die sechzehnjährige Anita an seiner Seite. Er jobbte als Gelegenheitsarbeiter auf Schrottplätzen und bei Kirmesveranstaltungen, sie fand Arbeit in einer Großwäscherei.
Das ging ein paar Monate gut. Anita war froh, von daheim weg zu sein, und Michał entpuppte sich als erfahrener Liebhaber, der sie in die Welt der Zärtlichkeit und der Lust einführte. Unglücklicherweise verstrickte Michał sich aber in einen großangelegten Schmuggel mit Schrott, der über holländische Binnenschiffe abgewickelt wurde. Die Hintermänner konnten flüchten, Michał weigerte sich, ihre Namen zu nennen, und wanderte für ein Jahr in den Bau. Selbstverständlich wartete Anita auf ihn. In ihrer Arbeitsstelle war sie mittlerweile Vorarbeiterin, und sie hatte gute Chancen, zur stellvertretenden Schichtleiterin aufzusteigen. Als Michał aus dem Gefängnis kam, war er ein gebrochener Mann. Er redete nie darüber, was ihm widerfahren war, aber es muß etwas sehr Schlimmes gewesen sein, denn mit einem Mal erwies der Mann, der früher so zärtlich sein konnte, sich als unfähig, Anita auch nur zu berühren. Von gemeinsamer Lust war keine Rede mehr. Michał nahm wieder Hilfsarbeiterjobs an, verlor die Stellen aber in immer rascherer Abfolge. Er war daran nicht unschuldig, einmal waren es Tätlichkeiten, zu denen er sich hinreißen ließ, dann wieder kleinere Diebstähle. Es war die Zeit, in der Michał aus dem gemeinsamen Schlafzimmer ins Kabinett zum Fernsehgerät wechselte. Und es war die

Zeit, als Michał, der immer schon gern getrunken hatte, seinen Alltag mehr und mehr auf die Beschaffung von billigem Whisky ausrichtete. Wodka mied er wie der Teufel das Weihwasser. Halb Polen ersaufe im Wodka, wer Whisky trinke, könne nicht trunksüchtig werden, war Michałs Credo, und es war beklagenswert falsch.

Anita erfüllte der Verfall ihres Geliebten mit Schmerz und Gram, zu diesem Zeitpunkt dachte sie aber noch nicht daran, ihn zu verlassen. Das kam erst, nachdem Michał anfing, sie wegen irgendwelcher Kleinigkeiten zu verprügeln. Bald waren auch die Kleinigkeiten als Anlaßbringer nicht mehr erforderlich, und Michał schlug Anita ohne Grund. Er schlug sie, sobald sie müde und abgekämpft und mit vollen Einkaufstaschen die Wohnung betrat. Danach betrank er sich bis zur Besinnungslosigkeit. Wenn er seinen Rausch am nächsten Tag ausgeschlafen hatte, flehte er Anita unter Tränen um Vergebung an. Es war ein mühsames Leben, denn bald war Michał jeden Abend betrunken, und jeden Abend verprügelte er Anita. Die Entschuldigungen wurden seltener, die Zärtlichkeiten hörten gänzlich auf. Eines Tages las Anita von einem Frauenhaus, das in ihrer Stadt eingerichtet worden sei. Am nächsten Tag ging sie von der Arbeit nicht heim, sondern ebendorthin. Sie war die fünfte Klientin. Michał fand bald heraus, wo sie war. Er schrieb ihr herzzerreißende Liebesbriefe und drohte mit Selbstmord, wenn sie nicht zu ihm zurückkehrte. Nach ein

paar Wochen blieben die Briefe aus. Als Anita einmal mit zwei Begleiterinnen vom Frauenhaus nach Hause kam, um ein paar Sachen zu holen, trug man Michał gerade in einem Kunststoffsarg die Treppe hinunter. Die Leiche war schon halb verwest, der Mann habe sich an einem Gürtel aufgehängt und sei wohl schon tagelang gehangen, sagte der Rettungsarzt. Sie solle besser nicht hinaufgehen, in der Wohnung habe sich ein fürchterlicher Gestank festgesetzt. Anita versuchte es trotzdem, mußte aber schon nach wenigen Schritten umkehren."
Der Dozent saß mit weit aufgerissenen Augen da. Er könne ruhig mitschreiben, sagte ich. Als Randgruppenstory sei Anitas Geschichte genauso gut wie Millionen andere. Ich hatte mich ein wenig in Rage geredet und empfand mit einem Mal die Peinlichkeit der Situation als unerträglich. Um Anita körperlich zu schonen, zog ich sie sozial aus, vor lauter Angst, ich könne meine Rolle bei ihr einbüßen, entblößte ich sie vor dem geistigen Auge des Dozenten. Und schon verspürte ich den Zwang, die Peinlichkeit des Moments zu vertiefen. Ich bin nämlich der festen Überzeugung, daß nichts auf dieser Welt peinlicher ist als eine halbherzige Peinlichkeit. Wenn schon peinlich, dann mit allem Drum und Dran, Lüge und Verleumdung und Zorn und Scham. Und so ließ ich mich von meiner Story mitreißen und fügte immer neue Details an, von denen ich hoffte, daß sie nicht in vollem Umfang wahr sein mochten. In den Pausen überlegte ich: Da sitze ich, ein

invalider Vorstadtgauner, und erzähle einem Hietzinger Millionenerben die Geschichte meiner Freundin, einer vom Schicksal mißhandelten, wunderbaren Frau. Das ist das Los der Armen, dachte ich. Wenn wir gar nichts mehr zu Markte tragen können, bieten wir unsere Geschichte feil. Mit uns ist es nicht weit her, wir taugen nur mehr als Unterfutter für die Spleens der Reichen. Weil die Geschichte aber immer zwei Seiten hat, die der Unterwerfung und die der Auflehnung, und ich mich schon vor langem für zweiteres entschieden habe, werde ich den gut gekleideten Schnösel, der sich da vor mir in Mitleid suhlt, auf eine Reise mitnehmen, die ihn so stark durchbeuteln wird, daß er nicht mehr fugenlos ins Millionennest seiner Mutter paßt. Ich werde den Thronfolger weltoffener machen, was ihn in den Augen seiner Mamà als nachhaltig verdorben erscheinen lassen wird. Bei mir werden ihm keine Flügel wachsen, sondern kleine, giftige Stacheln. Das ist es, was mein Leben aus mir gemacht hat, und das ist es auch, was ich aus ihm machen werde: einen menschlichen Kaktus. Darüber hinaus bin ich es meinen klassenkämpferischen Instinkten schuldig, obwohl die, wie der alte Schebesta meint, verkümmert und entstellt sind. Schließlich werde ich zusehen, daß Anita und ich von diesem pädagogischen Schnellsiederkurs auch finanziell profitieren. Das ist wohl das mindeste, was ich mir in dieser Situation abverlangen muß.
Nach diesen klärenden Gedanken fuhr ich mit Anitas Story fort.

Ich erzählte, wie Anita sich im Beruf verbesserte und ein freudloses, wiewohl berechenbares und ruhiges Leben führte, denn mit Männern ihrer Klasse ließ sie sich nicht mehr ein. Das wunschlose Einerlei währte aber nicht lange.

„Eines Tages lernte sie in der Schnellbahn einen adretten Vorarlberger kennen, der den Inhalt seiner Aktentasche im Waggon verstreut hatte. Sie half dem Mann beim Einsammeln. Das war ein Fehler, wie sie bald merken sollte, denn der Jüngling verliebte sich auf der Stelle in sie. Er arbeitete in der Computerbranche und war auf dem Sprung nach Liechtenstein, wo er in einer Bank die IT-Abteilung übernehmen sollte. Anita hatte keine Ahnung, wofür das Kürzel IT stand, aber schließlich hatte sie auch keine Ahnung davon gehabt, was sich hinter dem Kürzel GTI verbarg, von dem Michał in seinen guten Momenten mit leuchtenden Augen gesprochen hatte. IT klang jedenfalls seriös. Der Vorarlberger schob seinen Transfer zwei Monate lang hinaus, holte Anita täglich von der Arbeit ab, schenkte ihr Blumen und Konfekt und lud sie zu Kaffee und Kuchen in ein vornehmes Café. Vier Wochen warb er mit alemannischem Charme um sie, und das, ohne auch nur ein einziges Mal zudringlich zu werden. Das imponierte Anita sehr. Nach drei Wochen stellte sie fest, daß ihr Widerstand schwächer wurde, nach vier Wochen fand sie den „Herrn Ei Ti“, wie sie ihn nannte, interessant, und nach fünf Wochen begann sie sich auf seine Besuche am Werkstor zu freuen. Längst war in ihr

Sympathie für den zurückhaltenden, höflichen und gutaussehenden Mann aufgekommen, der es sich offensichtlich zum Ziel gesetzt hatte, auf der ganzen weiten Welt, die, das wußte Anita, mit IT-Konkurrentinnen bevölkert war, nur mit ihr zusammen zu sein. Es nahte der Tag der Entscheidung. Anita wußte, daß Liechtenstein in den Bergen lag und daß sie Berge noch von ihrer Zeit in der Obersteiermark haßte. Dennoch quittierte sie den Dienst in der Großwäscherei und folgte ihrem Paul an den Bodensee. Er pendelte nach Vaduz in die Bank, sie nahm über Vermittlung von Pauls Mutter eine Stelle bei der Bodenseeschiffahrtsgesellschaft an und kellnerte im Hafenrestaurant Bregenz. Die große Liebe wollte sich bei Anita nicht einstellen, aber sie schätzte die bürgerliche Geborgenheit und das geräumige Apartment unweit des Sees. Das bißchen Sex nahm sie hin wie einen Landregen. Paul beschied sich im Bett mit Hausmannskost, er war eben eine rundum verläßliche und sparsame Person. Die beiden hatten zwei gute Jahre. Der Mann war seriös und machte in der Bank Karriere, und Anita fing an darüber nachzudenken, ob sie nicht ihren Job – mittlerweile leitete sie das Buffet auf einem Touristendampfer – aufgeben und Mutter werden sollte. Aber noch hatte Paul nichts von Heirat gesagt, und was Kinder anlangte, tat er so, als wisse er nicht einmal, was das sei. In seiner Lebensplanung waren Kinder nicht vorgesehen."
Der Dozent schrieb eifrig mit. Ich setzte mich zurecht und nahm das letzte Drittel von Anitas Story in Angriff.

„Wie Sie sich vorstellen können, bekam Anita das Kind. Es war ein Mädchen, zart und durchsichtig, und Anita war außer sich vor Glück. Auch Paul fügte sich mit Hilfe seiner Eltern und seiner weit verzweigten Verwandtschaft in seine Vaterrolle und fand bald heraus, daß ein Kind einem angehenden Bankmanager gut zu Gesicht stand. Nach dem Wunsch seiner Mutter wurde das Mädchen Sofie getauft, ein Name, der Anita nicht auf Anhieb gefiel, an den sie sich aber in der Koseform Sopherl bald gewöhnt hatte. Mit dem Kind war das Apartment zu klein, also faßte Paul, der seriöse Familienvater, den Kauf eines Hauses ins Auge. Selber ein Haus zu bauen schien ihm eine schlimme Vergeudung von Lebenszeit, welche besser in die Karriere gesteckt werden sollte. Sie nahmen bei Pauls Bank einen Kredit über eine hohe Summe auf, denn es sollte ein schönes, ein repräsentatives Haus werden. Paul sprach von Heirat, und Anita, die ihm glaubte, unterschrieb den Kredit mit."
„Hören Sie auf!" Der Dozent rang die Hände und klappte seinen Notizblock zu. „Ich kann mir lebhaft ausmalen, wie es weitergeht. Er beginnt zu trinken, demütigt sie, und schließlich versetzt er ihr auch noch Schläge."
„Es sollte noch schlimmer kommen", sagte ich. „Die beiden fanden ein schmuckes Haus in einer Nachbargemeinde, zogen ein, rüsteten aus und um, und Anita ging ganz in ihrer Rolle als Mutter und Haushaltsmanagerin auf. Bis eines Tages, keine drei Monate spä-

ter, Paul, das kultivierte Finanzgenie, spurlos verschwunden war."
„Was bedeutet das? Er wurde doch nicht umgebracht?" Der Dozent wippte mit dem Fuß. Maßschuhe, dachte ich. Der Kerl wippt mit Maßschuhen. Womit soll ich wippen? Mit gelähmten Beinen und Plastiktretern aus dem Supermarkt? Der Klassenneid ist eine lästige Plage. Ich schlug ein Bein übers andere, wippte dieses mit der Hand und fuhr fort.
„Der gute Paul hatte sich in Spekulationen verstrickt. Er hatte mit Hilfe elektronisch abgezweigter Guthaben und von ihm selbst geschriebener automatisierter Programme auf steigende Yen-Kurse gesetzt, als der Yen zu fallen begann. Weil er das Scheitern seiner Spekulationen niemandem eingestehen wollte, erweiterte er die Spekulation und setzte auf fallende Rubel-Kurse, als die gerade zu steigen begannen. Mit dem Geld, das er brauchte, um die Yen-Schlappe auszubügeln, errichtete er solcherart eine zweite Front. Alle Versuche, die immer größer werdenden Löcher zu stopfen, erwiesen sich als vergeblich. Die Welt der Ökonomie gehorchte dem alemannischen Kalkül nicht mehr, die bürgerliche Sicherheit zerschellte an den Finanzmärkten. Als die interne Revision auf seine Geschäfte aufmerksam wurde, setzte Paul sich ab. Nur mit einem kleinen Handkoffer voll persönlicher Dinge und einem größeren voll Dollarnoten bewehrt, fuhr er nach München – der Wagen wurde Tage später dort aufgefunden – und bestieg eine Maschine nach Venezuela. Dort logierte er

einige Tage in einem Nobelhotel, dann verlor sich seine Spur. Bis heute wissen seine Eltern, wissen seine Tochter und Anita nicht, wo er sich aufhält und ob er überhaupt noch lebt. Auch seine Bank in Vaduz würde gern wissen, was mit ihm geschehen ist. Er hat sie nämlich an den Rand des Konkurses gebracht, und nur eine Finanzspritze des Fürstenhauses hat den endgültigen Zusammenbruch der Bank verhindert.“
Von meinem Wippen aufgeschreckt, stellte der Dozent seinen Fuß ruhig. Auch ich gönnte meinen Händen eine Pause und fuhr fort:
„Anfangs halfen Pauls Eltern Anita bei der Bewältigung der schwierigen Lage. Anita zog zu ihnen, bemerkte aber bald, daß sie und ihre Tochter nicht wohl gelitten waren. Sie konnte sich des Eindrucks nicht erwehren, daß Pauls Eltern sie für das Fehlverhalten ihres Sohnes verantwortlich machten. Anita verabschiedete sich recht bald, sagte, sie ginge zu ihren Eltern in die Obersteiermark zurück, und verschwand, im Gepäck einen Batzen Schulden vom Kredit. Die Bank hatte das Haus zwar übernommen, aber dennoch verblieb für Anita eine Summe, die so hoch war, daß an eine Tilgung mit den üblichen Lohneinnahmen einer Kellnerin auch in hundert Jahren nicht gedacht werden konnte.
Der Rest ist rasch erzählt. Anita übergab ihre Tochter Pflegeeltern im Burgenland, einfache Menschen, hilfsbereit und vertrauenswürdig. Für einige Monate nur, bis sie sich irgendwo etabliert haben würde, so jeden-

falls dachte Anita. Aber aus den Monaten wurden Jahre, weil sie keine einträgliche Arbeit fand und noch einige Beziehungsumwege absolvieren mußte, bis sie vor zwei Jahren mich kennenlernte. Erst seit ich Anita einen sicheren Hafen biete, sind Ruhe und Stabilität in ihr Leben eingekehrt. Ich verschaffte ihr die Arbeit beim Heurigen und helfe ihr bei der Organisation und Abwicklung der Nebengeschäfte. Ich darf mich wohl rühmen, Anita ein neues Leben eröffnet zu haben, und ich garantiere Ihnen: Wer versuchen sollte, dieses Leben zu stören, wird das bitter bereuen. Ich habe nämlich meinen Schutzschirm über die beiden aufgespannt. Mittlerweile ist Sopherl sechs Jahre alt und führt ein ruhiges und behütetes Leben in einem burgenländischen Straßendorf. Im Herbst kommt sie in die Schule. Anita besucht sie regelmäßig, und bei jedem Besuch wird die Zeit, die Sopherl ohne Mutter auskommen wird müssen, kürzer. Drei, vier Jahre, rechnet Anita, aber mit jedem Mal fällt es ihr schwerer, wegzugehen."

Ich stellte das übergeschlagene Bein auf Josephs Trittbrett ab und schüttelte es ein wenig durch. Wenn der Dozent meine Warnung nicht verstanden hatte, war ihm nicht zu helfen. Die Erzählung schien gewirkt zu haben, denn der Dozent hatte seine Notizen beendet und starrte vor sich hin. Bis ich ausrief: „Wir haben etwas vergessen!" Der Dozent schaute mich verständnislos an. „Die Cremeschnitten", sagte ich und gab ihm die Autoschlüssel.

8. Kapitel

Behinderter Sex und verzweifelte Nazi.
Die Wiener Kriminalpolizei ermittelt.
Vom Elend des Rabatts

Der Abend verlief ruhig. Ich half an der Schank aus. Der Dozent ließ sich ein Backhuhn schmecken und konnte, meiner Erzählung zum Trotz, seine Augen nicht von Anita lassen, die zwischen den Bankreihen hin und her eilte, Bestellungen entgegennahm, kassierte und für jeden Gast ein freundliches Wort fand. Für den Dozenten aber hatte sie mehr als nur ein freundliches Wort übrig. Der Soziologe trank drei Viertel Weiß, die er mit einiger Überwindung schluckweise zu sich nahm. Nun steht der gemeine „Brünnerstraßler« im Ruf, ein besonders saurer Tropfen zu sein. In diesem Fall jedoch war der Wein ohne Schuld. Ich hatte die Szene von der Schank aus überblickt und fügte jedem Glas, das für den Dozenten bestimmt war, einen Schuß Hesperidenessig zu. Kein Wunder, daß der Dozent, sobald Anita außer Sichtweite war, sich schüttelte wie ein Hund, der aus dem Wasser steigt.
Kurz nach elf Uhr verließ der letzte Gast den Heurigen. Längst schon hatte der Besitzer, der legendäre Peter Binder, sich in seine Privaträume zurückgezogen. Anita und ich machten uns auf den Heimweg. Der Dozent kam mit; wie ein Schoßhündchen lief er, sein

Rad schiebend, hinter uns beiden her. Er war so betrunken, daß wir ihn nicht der Straße überantworten konnten. Würde er die Nacht eben in meiner Rumpelkammer verbringen.

Meine Wohnung liegt in einem weitläufigen kommunalen Wohnbau aus den fünfziger Jahren des vergangenen Jahrhunderts. Die Fassaden des „Koschierhofes", welcher nach einem Pionier der Arbeiterbriefmarkenbewegung benannt ist, waren in einem schmucken Grau saniert worden. In den Gärten verblühte der Flieder, und mehrere Meter hohe, düstere Wände aus Thujen tauchten die im Erdgeschoß gelegenen Wohnungen in ein ewiges Dämmerlicht. Ich verglich die Lage meiner Wohnung gern mit jener eines Häuschens auf den Lofoten. Keine Ansprache, kein Entkommen, kein Licht, ewiges Dahindämmern zwischen Koloniakübeln und Hundescheiße. Aber im Gegensatz zu den norwegischen Inseln lebten im Gemeindebau keine Berufsfischer und depressive Landärzte, sondern einfache Menschen, von denen die meisten das Fischen nach Berufen längst aufgegeben hatten. Der Prozentsatz der Langzeitarbeitslosen im Bau wurde nur von dem der Pensionisten übertroffen. Rechtsextreme Parteien hielten bei Wahlen aller Art eine stabile Zweidrittelmehrheit. Ich wunderte mich oft, daß es nie zu Übergriffen kam, wenn dunkelhäutige Burschen Werbeprospekte austrugen oder die wenigen politisch Andersdenkenden sich zu Wort meldeten. Offensichtlich waren unsere Faschisten für Aktionen schon zu sehr ausgelaugt, was der Welt immerhin eine neue Spielart dieser politischen Richtung zuführte, den an sich selbst ermattenden Faschismus, die letzte Rettung der Antifaschisten.

Meine Wohnung versetzte den Dozenten trotz oder gerade wegen seiner Trunkenheit in Verzückung. Verwinkelt und klein, aber bis zur Decke voll mit Büchern, Schiffahrtszeitschriften und Andenken von Donauschiffen. Eine Schiffsglocke, ein kaputtes gestohlenes Radar, mehrere Fernrohre und ein von der Decke im engen Vorraum hängendes Tau, das sogenannte Fitneßcenter. Größer konnte der Kontrast zur Villa des Dozenten in Hietzing nicht sein. Wenig später saßen wir in der Kombüse, so hieß meine Küche, und sie trug den Namen zu Recht: Sie war ebenso eng, ebenso dunkel und ebenso funktional eingerichtet wie eine Schiffskombüse des frühen zwanzigsten Jahrhunderts. Herzstück waren eine unterfahrbare Arbeitsfläche und ein winziger, ausziehbarer Tisch. Während der Dozent sich in sein Notizbuch vertiefte, trug ich Anitas Angaben in Karteikarten ein, die ich in einem Schuhkarton aufbewahrte. Angesichts der sprudelnden Einnahmen hellte meine Stimmung sich wieder auf, und als Anita den Wunsch nach einem Rioja äußerte, kramte ich in der Rumpelkammer, die auch als Weinkeller diente, eine Flasche vom Besten hervor, was der heruntergekommene Supermarkt um die Ecke zu bieten hatte, einen Rioja Riserva mit Drehverschluß, der immerhin doppelt so teuer gewesen war wie ein Liter Vollmilch.

Während der Buchungen kam es zu einem geschäftlichen Konflikt. Anita wollte für den Mann in der Reihenhaussiedlung einen Krisenrabatt von fünfzig Prozent herausschlagen. Der leitende Angestellte einer Computerfirma sei vor kurzem gekündigt worden und außerstande, seine Familie davon in Kenntnis zu setzen. Er brauche Anitas Trost mehr denn je. In Anbetracht der langjährigen gedeihlichen Geschäftsbeziehung wäre doch ein Rabatt vertretbar. Ich widersprach kategorisch; wer mit Rabatten um sich werfe, kündige den baldigen Bankrott an. Gerade in der Krise sei es unabdingbar, die Preise fix und die Konditionen berechenbar zu halten. Es gehe nicht an, daß auch noch Anita der freien Marktwirtschaft, die zu jener Zeit nur mit staatlichen Krücken vorankam, in den Rücken falle. In Zeiten der Krise sei von allen Solidarität gefordert und die Solidarität des freien Unternehmertums heiße nun einmal Profit.

Nach einem Blick auf die Karteikarte konterte Anita mit der Feststellung, daß der nämliche Kunde in den letzten drei Jahren immerhin den Gegenwert eines Mittelklassewagens bei ihr gelassen habe, da sei ein Entgegenkommen noch kein Verrat an der Marktwirtschaft.

„Antrag abgelehnt“, sagte ich. „Die freie Marktwirtschaft geht vor die Hunde, und wir, die sonst nichts haben als die Aussicht auf ein besseres Leben in der Leistungselite, mit ihr, wenn wir uns von Erwägungen leiten lassen, die der ökonomischen Denkungsart fremd sind. Als Vertreter der Floridsdorfer Schule der Ökonomie habe ich zwei Dinge gelernt. Erstens: Nur die Stärksten kommen durch. Zweitens: Es geht nichts über die radikale Gier der herrschenden Klasse. Als Angehörige der niederen Stände haben wir die vornehme Pflicht, die Rücksichtslosigkeit der Finanzbourgeoisie gegenüber der Allgemeinheit nicht nur zu übertrumpfen, sondern in den Schatten zu stellen. Jegliche Einschränkung des Gewinnstrebens ist daher von Übel, alle Abweichungen vom rechten Weg des grenzenlosen Profitstrebens führen ins Verderben. In diesem Zusammenhang erweisen karitative Unternehmungen sich als besonders ärgerlich, stellen sie doch nichts anderes dar als unproduktiv veranlagtes Kapital. Und du willst doch deinen Körper und deinen Geist nicht unproduktiv verschleudern!“

Der Dozent hörte offenen Mundes zu, aber entweder verstand er nichts von Ökonomie oder er war schon zu betrunken. Er gab jedenfalls keinen Laut von sich.

Ich prostete Anita zu und kostete vom Rioja. Dann öffnete ich das Kombüsenfenster und leerte den Wein mit einer großen Geste in die See, respektive in den Hof. Der Wein sei verdorben, erklärte ich. Dann legte ich eine Schallplatte mit griechischer Musik auf meinen vorsintflutlichen Plattenspieler, öffnete eine Flasche Ouzo und wusch drei Wassergläser aus. Nach einer halben Stunde Rembetiko wollte der Dozent, der den Schnaps in sich hineinschüttete, um endlich den Essiggeschmack loszuwerden, mit Anita Sirtaki tanzen. Bei

der ersten Drehung stieß er mit dem Kopf heftig an den Kühlschrank und ging zu Boden. Ich versorgte die blutende Schramme mit einem Heftpflaster und half dem Dozenten auf ein stählernes Klappbett, das ich in der Rumpelkammer aufgebaut hatte. Die Beine des Dozenten ragten ins Vorzimmer, aber der Kopf ruhte tief im Dunkel des Raums, zwischen einem Staubsauger und einem Kasten voll Schiffsdias.
Endlich war ich mit Anita allein. Doch die wurde von Minute zu Minute schläfriger. Kein Wunder, hatte sie doch nach zwei Hausbesuchen noch zehn Stunden beim Heurigen geschuftet; und die Uhr in der Kombüse zeigte zwei Uhr morgens.
Kaum hatte Anita sich ausgestreckt, schlief sie auch schon ein. Der Herr aus Hietzing bringt mich nicht um meine Rechte, sagte ich mir, schob Anita ein wenig seitlich, spreizte ihre Beine und bettete meinen Kopf auf ihre Scham. Dann schlief auch ich ein. Irgendwann schob Anita mich zur Seite, und als ich meine Seite des Betts aufsuchte, hockte der Dozent daneben. Ob ich Alka Seltzer vorrätig hätte, fragte er, ihm sei hundeelend. Sein Atem stank nach einer griechischen Schafherde. Ich wollte dem Unglücksraben einen Fußtritt geben, was aber infolge meiner gelähmten Beine nicht möglich war. Also strich ich ihm liebevoll mit der Hand übers Haar. Er solle verschwinden, flüsterte ich, sonst würde ich ihm den Blinddarm aus dem Bauch reißen und ins Maul stopfen. Er habe keinen Blinddarm mehr, sagte der Dozent traurig und trollte sich.

Am nächsten Morgen war er verschwunden. Hoffentlich ist er gut nach Hause gekommen, dachte ich zuerst, dann ärgerte ich mich über meine Fürsorglichkeit. Der Dozent ist ein erwachsener Mensch, der sich jederzeit ein Taxi leisten kann, sagte ich mir. Wenn er es vorzieht, im volltrunkenen Zustand mit dem Fahrrad durch die Stadt zu fahren, ist das seine eigene Entscheidung. Soweit kommt es noch, daß ich mich für die Erhaltung der vermögenden Klasse zuständig fühle. Wenn er auf dem Weg nach Hietzing im Wien-Fluß ersoffen ist, gerät die Welt deswegen nicht aus den Fugen.
Im Supermarkt um die Ecke besorgte ich das Frühstück. Als ich zur Wohnung zurückkehrte, fielen mir zwei Polizisten auf, die in der Anlage unterwegs waren. Ohne sich umzusehen, verschwanden sie in der Stiege, in der Anita wohnte. Anita war halb aufgewacht, als ich nochmals zu ihr ins Bett schlüpfte. Ohne ein Wort zu sagen, schlug sie die Decke zurück, rutschte mit dem Kopf auf meinen Bauch und schlief weiter. Ich zog ihr Becken an mich und versuchte, sie zu streicheln. Mit einer unwilligen Handbewegung wehrte sie mich aber ab. Ich fand das Verhalten ungehörig und meiner Stellung als Vermögens- und Lebensberater unangemessen. Aber so ist der Lauf der Welt. In der Ökonomie eine Koryphäe, bin ich in der Liebe über ambitioniertes Dilettieren nicht hinausgekommen.
Am späten Vormittag – wir hatten eben das Frühstück beendet – schlug das Schiffshorn an, das bei mir die

Funktion einer Türklingel hat. Ich spähte durch die Gardinen und sah einen Polizisten, der hingebungsvoll in der Nase bohrte.
Sie solle öffnen, flüsterte ich Anita zu, ich würde mich in der Rumpelkammer verstecken, da könne ich mithören. „Ich möchte wissen, was die Polizei von mir will.“ Anita zögerte. „Es geht um Juri“, sagte ich. Anita streifte einen Morgenmantel über, ging zur Tür und öffnete.
„Frau Holzapfel?“ sagte eine tiefe, männliche Stimme.
Ich trachtete danach, in der Kammer nirgends anzustoßen, und hörte durch den geöffneten Lichtschacht zu.
„Was wollen Sie mitten in der Nacht?“ fragte Anita ungehalten.
„Es ist bald zwölf. Dürfen wir reinkommen?“
„Kann ich es verhindern?“
Ich hörte Schritte und das Rücken von Sesseln.
„Wollen Sie sich nicht auch setzen?“ fragte einer der Polizisten.
„Ich stehe lieber“, kam es von Anita.
„Das hier ist die Wohnung von Herrn Groll“, stellte ein Beamter fest.
„Wir sind befreundet“, bestätigte Anita.
Ein wenig mehr Empathie könnte nicht schaden, dachte ich.
„Wir haben uns nach Ihnen erkundigt.“
Schweigen.
„Sie arbeiten beim Binder-Heurigen.“

Schweigen.
„Das ist die offizielle Arbeit."
„Und dann verdienen Sie sich manchmal etwas dazu."
Schweigen.
„Das ist die illegale Arbeit."
„Die uns aber nicht interessiert. Uns interessiert viel mehr Ihr Freund. Der Invalide."
„Ich kenn keinen Invaliden. Nur einen Rollstuhlfahrer", sagte Anita. Bravo, dachte ich. Meine Aufklärungsarbeit trägt Früchte.
„Den Herrn Groll meinen wir nicht", sagte der eine Beamte.
„Der Herr ist ja nicht invalid, er ist behindert", ergänzte der zweite.
„Wir sind ja nicht blöd."
„Wir wissen schon, daß man zu Invaliden nicht Invalider sagt", fuhr der zweite fort.
Was für eine tolle Truppe. Ihre niederösterreichischen Kollegen hatten recht. Die Wiener Kollegen sind wahrlich eigen.
Ob der Herr Groll da sei, fragte der eine Polizist. Der habe die Wohnung vor einer Stunde verlassen, erwiderte Anita. Sie erwarte ihn erst am Abend zurück. Das sei schön, sagte der eine Beamte, aber das sei für sie nicht von Belang. Sie interessierten sich nämlich für den Herrn Kuchlik, Vorname Horst.
Der sei aber nicht invalid, sondern herzkrank, antwortete Anita.
Sie redet zuviel, dachte ich.

„Sie geben also zu, daß Sie den Herrn Kuchlik kennen“, sagte der eine Beamte.
„Der Herr Kuchlik ist in der Invaliditätspension“, fügte der zweite hinzu.
„Also ist er invalid“, stellte der erste fest.
„Der Herr Groll und Sie sind mit dem Herrn Kuchlik befreundet“, vergewisserte sich der zweite Polizist.
„Ist das verboten?“
„Gar nix is verboten. Wir leben ja in dieser Demokratie“, sagte der eine Beamte.
„Auf die wir aufpassen“, der zweite.
„Daß sie sich nicht verlauft, diese Demokratie.“
„So ist das im Rechtsstaat.“
Ich hörte ein unterdrücktes Schmatzen und das Rücken von Tellern. Die Kerle bedienten sich an unseren Florentinern, die ich während des Abends in der Schank abgezweigt hatte.
„Wir würden gern von Ihnen wissen, ob Ihnen am Horst Kuchlik in den letzten Tagen was aufgefallen ist“, wollte der eine Beamte jetzt wissen.
Sie habe Horst schon längere Zeit nicht gesehen, entgegnete Anita.
Aber ihr Freund, der mit dem Rollstuhl, sei gestern bei Horst Kuchlik an der Donau gewesen! Ob das verboten sei, erwiderte Anita. Gar nichts sei verboten, kam es freundlich zurück.
„Weiß schon“, sagte Anita. „Wir leben in der Demokratie.“
„Bravo!“

Ob denn der Herr Groll etwas über den Herrn Kuchlik erzählt habe? Der sei nämlich ein mehrfach vorbestrafter Gewalttäter.
„Der Horst ist ein liebenswürdiger Mensch“, sagte Anita.
„Freilich“, sagte der eine Beamte. „Und wer's nicht glaubt, dem haut er den Schädel ein.“
Am Vortag sei in der Nähe von Kuchliks Fischerhütte eine weibliche Leiche auf einer Schotterbank gefunden worden. Spermaspuren seien nachgewiesen worden. Wahrscheinlich habe es sich um eine Prostituierte gehandelt.
„Sozusagen eine Kollegin von Ihnen“, ergänzte der zweite Beamte.
Diese Schweine, dachte ich und überlegte für einen Moment, ob es nicht klüger wäre, sich ihnen zu stellen, bevor Anita in ernste Kalamitäten geriet.
„Wir verdächtigen niemanden. Wir ermitteln nur“, hieß es da plötzlich.
„Reine Routine.“
„Wenn Sie was hören sollten, was den Herrn Kuchlik betrifft …“
„Oder den Herrn Groll …“
„Dann lassen S' uns das wissen.“
„Es ist auch im Interesse *Ihrer* Geschäfte.“
„Hab schon verstanden“, sagte Anita.
Ich hörte das Rücken von Sesseln.
„Vom Heurigen?“ hörte ich einen Beamten sagen, und der zweite ergänzte: „Großartige Mehlspeis.“

Am Tonfall hörte ich, daß der Polizist Anita bei diesen Worten angestarrt haben mußte.
„Is' schon gut", hörte ich Anita angewidert sagen. Ich wartete ein wenig, bis die beiden aus der Wohnung waren, und öffnete die Tür zum Vorraum. Plötzlich klopfte es, und einen Augenblick später war einer der Beamten auch schon wieder in der Wohnung. Ich mußte die Tür zur Kammer offenlassen und hoffen, daß der Beamte das nicht bemerkt hatte.
„Was ich vergessen hab", sagte der Polizist. „Richten Sie dem Herrn Groll aus, das Jugendamt macht sich Sorgen wegen dem Buben. Wahrscheinlich kommt er in ein Heim."

Ob Horst in Schwierigkeiten stecke, fragte Anita, nachdem sie auf meinen Zuruf die Eingangstür versperrt hatte und ich ins Schlafzimmer gefahren war. Das war nur eine Vorsichtsmaßnahme, denn dort waren die Fenster durch Jalousien verdunkelt. Ich traute dem Frieden nicht. Gut möglich, daß die Polizisten noch um das Haus schlichen. Anita wiederholte ihre Frage.
„Ich weiß es nicht. Irgend etwas ist da draußen passiert. Und Horst steckt mit drin. Ich hoffe nur, daß er keinen Blödsinn gemacht hat. Ich werd jetzt zu ihm fahren und ihn ausquetschen. Die Sache fängt an, unsere Geschäfte zu stören. Wir müssen die nächste Zeit vorsichtig sein. Du solltest dich ein paar Tage von deinen Kunden zurückziehen. Sag ihnen einfach, du brauchst ein wenig Erholung."

Anita nickte. „Und Juri?"
„Sobald ich weiß, was mit Horst los ist, können wir über die Zukunft des Buben nachdenken. Jetzt bringt das nichts."
„Ich weiß", sagte Anita. „Nachdenken über Dinge, die durch Denken nicht zu ändern sind, soll man sich abgewöhnen." Mit diesen Worten schlüpfte sie aus dem Morgenmantel und legte sich aufs Bett.
„Du hast eine halbe Stunde Zeit", sagte sie.
Das schätzte ich an ihr. Sie redete nicht um den Brei herum. Eine halbe Minute später lag ich neben ihr im Bett, zwei Minuten später saß sie auf mir, hatte die Augen geschlossen und fing an sich langsam zu bewegen. Zehn Sekunden später läutete ihr Handy. Sie lauschte angespannt, sagte nur: „In Ordnung", und legte auf.
„Horst?"
„Dein Dozent. Eine Katastrophe ist bei ihm zu Haus geschehen, du sollst kommen. Rasch!" Sie begann sich anzukleiden.
Ich bin selber schuld, dachte ich. Schon wieder pfuscht er in mein Sexualleben hinein. Wenn man solchen Leuten einen Finger gibt, nehmen sie gleich die ganze Hand. Sie können nicht anders, denn so sind sie reich geworden. Anstatt mit Anita zu vögeln, muß ich jetzt das Muttersöhnchen trösten. Wahrscheinlich hat jemand eingebrochen und ein paar Porzellanteller entwendet. Oder ein Hund hat den Jaguar seiner Mamà angepinkelt.

Ich bemühte mich, meinen Zorn hinunterzuschlucken Anita haßte Wutausbrüche, eine Folge ihrer Lebenserfahrung. Ich warf ein Jeanshemd über, gab Anita einen Kuß und fuhr aus der Wohnung. Wenig später querte ich die Donau und freute mich über die Passage der *Dawnbreak*, eines modernen holländischen Motorgüterschiffs. Und ich fragte mich, woher der Dozent Anitas Geheimnummer hatte.

9. Kapitel

Der Dozent, emotional überwältigt, hat eine Halluzination, die sich als Wirklichkeit entpuppt. Ich meinerseits, von der Wirklichkeit überwältigt, glaube zu halluzinieren. Madame Nostitz bewahrt Ruhe und fällt in Ohnmacht

Eine halbe Stunde später zog der Dozent mich über die drei Stufen in die Villa Nostitz. Er war bleich, seine Hände zitterten. „Sie glauben wohl, ich bin hysterisch", sagte der Dozent, dem das Wundpflaster auf der Stirn ein verwegenes Aussehen verlieh.

„Ich glaube gar nichts. Ich weiß nur, daß Sie besoffen mit dem Rad durch Wien gefahren sind."

„Das war kein Problem. Aber hier in der Villa, als ich mein Rad in den Garten stellte, muß ich gestürzt sein. Und dann hatte ich einen wunderschönen Traum. Ich hab geträumt, daß meine Mamà sich erhängt hat. Vor kurzem bin ich aufgewacht – und hab das da gesehen …"

Er öffnete die Tür zum Garten und half mir über eine Stufe hinaus. Als ich mich umdrehte, sah auch ich das Malheur. An einer frei stehenden Ulme hing eine weibliche Leiche, die Mamà des Dozenten. Für einen Moment war ich beeindruckt. Dann aber, ich fuhr langsam in den Park hinaus, fiel mir auf, daß die Gliedmaßen und der Kopf auf eine unnatürliche Weise zu Boden hingen.

„Sie ist nicht echt!“ rief ich dem Dozenten zu.
„Wenn meine Mutter noch lebte, würde sie Ihnen jetzt eine Ohrfeige verabreichen!“ rief der Dozent, der in sicherer Entfernung stehengeblieben war.
Mittlerweile war ich bei der Ulme angekommen. „Das ist keine Leiche, sondern eine Puppe!“ rief ich.
„Nein!“ antwortete der Dozent, dieses Mal in heller Panik. „Das ist nicht wahr!“
„Was ist nicht wahr?“ sagte da eine tiefe Stimme. Sie war mir nicht unbekannt, obwohl ich sie erst einmal gehört hatte. Es war die Stimme von Madame Nostitz. Die alte Dame stand auf dem Balkon im ersten Stock.
„Mamà!“ rief der Dozent entsetzt aus.
Jetzt wurde auch die alte Dame der Puppe gewahr. Ohne einen Laut von sich zu geben, sank sie zu Boden.

Eine halbe Stunde später lag Madame im Salon und wurde von der Schwester des Dozenten, die zwei Häuser weiter wohnte, betreut. Ich saß mit ihm im Gang. Neben uns lag die Puppe.
„Die Kleider von meiner Mutter, die sind echt“, murmelte er. „Wer, um Himmels willen, kommt auf eine derart abartige Idee?“
Ich durchsuchte die Puppe und fand in der Seitentasche des Kostüms einen Zettel. Auf ihm stand in schwarzen Lettern: „Letzter Aufruf! Vernunft annehmen!“
„Wer schreibt so etwas?“ fragte ich den Dozenten. Er schüttelte hilflos den Kopf.

Für mich blieb nichts mehr zu tun. Ich mußte dringend weiter. Im Gegensatz zum Dozenten steckte Horst tatsächlich in Schwierigkeiten. An der Donau eine Frauenleiche im Wasser, in Hietzing eine Frauenpuppe am Baum. Die Puppenspiele des Dozenten konnten warten. Der Dozent bat mich um eine Minute, dann sprang er auf und stürmte in den ersten Stock. Sofort erhob sich ein scharfer Wortwechsel, aus dem ich die sanfte Stimme des Dozenten kaum, die bellend scharfe Stimme seiner Schwester allerdings gut verstehen konnte. Er wolle Mutter zu Tode erschrecken, sei ein skrupelloser Mörder. Die Stimme kippte ins Hysterische, die Schwester war dem flüchtenden Dozenten gefolgt. „Schmarotzer! Erbschleicher!" hallte es über die Treppe. Als der Hausarzt eintraf und feststellte, daß die alte Dame in Ordnung sei, aber Ruhe brauche, kam es noch einmal zu einem Konflikt zwischen dem Dozenten und seiner Schwester. Er endete damit, daß sie wutentbrannt aus der Villa stürmte und ihre Mutter in der Obhut des Hausarztes zurückließ.

Auf dem Weg zu Horsts Hütte schwieg der Dozent. Seine Hände zitterten. Ich versuchte, ihn durch ein flottes Liedlein abzulenken. Da seine Hände danach noch stärker zitterten, verdoppelte ich meine Anstrengung und schmetterte Schlager aus den siebziger Jahren. Zuerst klopften die Handballen des Dozenten noch im Takt auf das Armaturenbrett, dann, ich war gerade bei „Theo, wir fahr'n nach Łodz" angelangt, trommelte er mit den Fäusten dagegen. Mitten im Refrain hörte ich auf. Er sah mich erstaunt an, seufzte tief und fiel in den Sitz zurück. Endlich. Ich hatte seinen Zorn auf meinen Gesang transferiert und den Dozenten dadurch ruhiggestellt. Dem Stadium der Ablenkung folgte jenes der Aufklärung. Durch ein paar gezielte Fragen machte ich mir ein Bild von dem Fall. Nachdem seine Mutter den bereits mit der Tochter akkordierten Rückzug von der Unternehmensspitze verschoben hatte, hing die Schwester des Dozenten in der Luft. Niemandem mußte so sehr daran gelegen sein, die alte Dame, die seit zehn Jahren mit fünf Bypässen lebte, von denen vier verstopft waren, aus dem Verkehr zu ziehen. Eine baumelnde Schaufensterpuppe in den Kleidern der Mutter im Garten – das war nicht nur für herzschwache Personen eine Herausforderung. Das Stadium der Lösung würde nicht allzu schwer zu verwirklichen sein. Ich mußte nur darauf achten, daß ich aus der Geschichte ein ordentliches Honorar herausschlagen konnte. Aber noch hielt der Dozent sich bedeckt, mit keinem Wort erwähnte er, daß er meine Hilfe brauchte. Sein Leidensdruck war noch nicht groß genug. Auch gut, dachte ich mir. Ich kann warten. Das Honorar wird dadurch nur höher.

10. Kapitel

Eine Bewährungsprobe für den Dozenten.
Über einige Hauptfehler im Klassenkampf.
Die Wahrheit und nichts als die reine Wahrheit,
auch wenn sie von Horst kommt

Schon von weitem sahen wir Göttlichers Benz, Mondls Maserati und einen dritten Wagen, einen Jaguar älteren Datums. Ich versteckte meinen Renault in einem von Brennesseln überwucherten Weg. Der Ausstieg mit Joseph war mühsam. Der Dozent fluchte leise wegen der Nesseln und der Unmengen von Gelsen, welche uns umschwirrten. Ich tat, als würde ich die Plagegeister ignorieren. Im Blickschatten einiger Pappeln schlichen wir uns an. Für Joseph war die Berg- und Talfahrt eine arge Zumutung, er ächzte und quietschte erbärmlich.

„Was wollen wir von den Herrschaften?" flüsterte der Dozent. „Wenn ich das wüßte, wäre ich nicht ausgestiegen", raunte ich zurück. Ob er sich ein wenig bei der Hütte umschauen solle, fragte der Dozent weiter. Das wäre verdienstvoll, antwortete ich. Ich schärfte ihm ein, vorsichtig zu sein. Herren aus der besseren Gesellschaft seien zu jeder Teufelei fähig. Der Dozent lächelte und verschwand. Ich blieb hinter einer dicken Silberpappel und lugte durch den Feldstecher, während der Dozent sich über den Steinwurf zur

Donau vorkämpfte und an ihrem Ufer bis zu Göttlichers Hütte schlich. Ich war überrascht, wie gewandt er sich an der Rückseite der Hütte hochhantelte und eine Lauschstellung unter dem halb geöffneten Fenster einnahm.

Im Anschleichen und Belauschen eines potentiellen Feindes war ich an der Militärakademie Jahrgangsbester gewesen. Meine Kameraden an der Akademie waren zum Teil reaktionär, zum Teil auch rechtsextrem, sie waren aber, was die gemeinsame Arbeit anlangte, verläßliche Kumpel. Daß ich auch die Spezialausbildung einer kleinen Eliteeinheit erfolgreich abschloß, hat mich seinerzeit mit unbändigem Stolz erfüllt. Ein Millionärssöhnchen mit Mumm, das war etwas Neues. Mamà hatte drei Universitätsprofessoren mobilisiert, die mich für den Zivildienst fit machen sollten und mir eine unheilbare Wirbelsäulenverkrümmung, psychische Labilität und ein entzündliches Darmleiden bescheinigten. Mit meiner sportlichen und körperlichen Hyperaktivität würde ich unbewußt meine mangelnde Eignung für den Beruf eines Elitesoldaten kaschieren. Ich habe die drei Befunde auf dem Weg zur Stellung in einen Mistkübel geworfen. Daß ich Groll mit meinen militärischen Fähigkeiten helfen konnte, erfüllte mich mit Befriedigung. Wieder einmal zeigte sich, daß alles, was man mit Leidenschaft und Hingabe unternimmt, irgendwann einmal von Nutzen ist. Wären die leidigen Ohnmachtsanfälle beim Anblick von Blut nicht gewesen, wer weiß, vielleicht wäre ich heute Militärsoziologe im Generalsrang.

Der Dozent kauerte unter dem Fenster und nahm Eintragungen in seinem Notizbuch vor. Ich konzentrierte mich darauf, das Umfeld im Auge zu behalten. Lange Zeit geschah nichts, dann passierten zwei Schiffe Göttlichers Hütte, talwärts fahrend, ein slowakisches Schubschiff namens *Liptov* und ein umgebauter Schlepper der staatlichen ungarischen MAHART-Reederei, die *Gyöngyös*. Als ich das Fernglas vom Strom auf den Treppelweg zurückschwenkte, sah ich Horst eiligen Schrittes näherkommen. Von Juri war keine Spur, auch sein Fahrrad war nicht zu sehen. Vielleicht hatte Horst den Buben einkaufen geschickt. Auch der Dozent hatte Horst gesehen, er brachte sich rechtzeitig über den Steinwurf in Sicherheit. Keine Sekunde zu früh, denn schon stieg Horst die Leiter hinauf. Die Tür öffnete sich und wurde sofort hinter ihm geschlossen.
Der Dozent huschte zu mir und hockte sich auf die Fersen.
„Ich habe nur Bruchstücke verstanden. Die drei beflegeln einander, und sie reden schlecht über Horst."
„Weiter!"
„Einer sagte immerzu: Kommt nicht in Frage! Nicht einmal im Traum. Ein anderer hielt lange Reden, die auf mich wirkten, als würde ein Staatsanwalt das Für und Wider einer Beweiswürdigung vortragen."
„Und vom dritten haben Sie nichts gehört?"
„Der jammerte immerzu: Ich mach da nicht mit. Ich bin mit euch fertig. Ich bring mich um. Darauf wurde er von den anderen angeschrieen. Er solle die Nerven

nicht verlieren, sie würden die leidige Sache schon regeln. Ja, leidige Sache, sagte der eine. Dann sagte der Jammerer noch etwas von Mördern und Heuchlern, die schlimmer seien als die Pest. Mehr hab ich nicht verstanden, weil Ihr Freund im Anmarsch war."
„Gut gemacht", sagte ich.
Der Dozent lächelte erfreut und steckte sein Notizbuch ein.
„Was jetzt?"
„Ganz einfach. Wir müssen Horst dazu bringen, uns die ganze Wahrheit zu sagen. Anders können wir ihm nicht helfen."
Was ich mir bis jetzt zusammenreimen konnte, war beunruhigend. Jedenfalls schlimm genug für Juris Hoffnungen, beim Vater bleiben zu können. Die Wasserleiche, die Wiener Polizei in meiner Wohnung, Horsts Raufhandel, wahrscheinlich mit Primar Mondl. Was ich nicht wußte: In welchem Ausmaß war Horst in die Sache verstrickt? Wie groß war die Gefahr, in der er steckte?
Da wir im Moment nichts ausrichten konnten, fuhren wir in den nächsten Ort und bogen in eine Straße ein, die zu einer offenen Mülldeponie führte. Die Deponie grenzte an den Flughafen, die nördliche Landebahn war nur ein paar Dutzend Meter entfernt und man konnte die wackelnden Flugzeuge beobachten, wenn sie sich schwerfällig dem Aufsetzpunkt näherten. Schon von weitem waren ihre Positionslichter zu sehen, manchmal fädelten sich drei, vier Flugzeuge

hintereinander auf. Wenn auf der Donau kein Schiffsverkehr herrschte, fuhr ich manchmal hier heraus, um mit Joseph zu trainieren. Man konnte gut gegen den Wind fahren, die hereinschwebenden Flugzeuge sorgten für etwas Abwechslung und eine anregende Luft. Kerosin ist gut für die Konzentration.
Wir überquerten Straßenbahngeleise der einstigen Vorortelinie Wien–Preßburg. Angeblich waren die Wiener in der Monarchie und sogar noch in der Ersten Republik mit dieser Linie sonntags nach Bratislava in die Konditorei gefahren. Vor Jahren befanden sich hier noch ein Stationshäuschen und die Reste eines Bahnsteigs. Vor dem Häuschen stand eine rote Ottomane, auf der Deponiekatzen lagen, und auf dem Dach konnte man noch ein Schild mit der Aufschrift „Reichsbahn" lesen. Ich holte Joseph aus dem Wagen und beschleunigte auf der asphaltierten Straße, die parallel zum Flughafenzaun verlief, auf ein scharfes Fußgängertempo. Der Dozent eilte neben mir her.

Es klingt vielleicht hart, aber ich weiß, wovon ich spreche. Von Menschenführung hat G. keine Ahnung. Er macht aus allem ein Geheimnis und tut so, als hätte nur er seine fünf Sinne beisammen. Was immer auch da draußen geschehen sein mag, es wird die Welt nicht zum Einsturz bringen. G. versucht, eine Räubergeschichte zu konstruieren, die auf der ganzen weiten Welt nur er aufzulösen vermag – fürs erste spiele ich das Spiel mit. Ich bin ja nicht hier, um einen verschrobenen Vorstädter zu hofieren, sondern um Erfahrungen von einer Welt zu sammeln, zu der ich sonst keinen Zutritt habe.

Eine Stunde später waren wir wieder auf dem Weg zu Horsts Hütte. Noch auf der Höhe des Fischrestaurants „Rostiger Anker“ passierten uns die Wagen der Herrenrunde, Mondls dunkelbrauner Maserati, Göttlichers dunkelgrauer Benz und der dunkelblaue Jaguar des Sektionschefs aus dem Finanzministerium. Auf der holprigen Piste wirkten die drei wie Schlachtschiffe auf Abwegen.
„Da spionieren wir den dreien hinterher, und dann begegnen wir ihnen auf der Straße. Ein Ermittler sollte immer im Verborgenen bleiben“, sagte der Dozent.
„Wo lernt man diesen Unsinn?“
„Auf der Militärakademie“, antwortete der Dozent.

Juris Rad lehnte an Horsts Hütte. Bevor der Dozent mir über die Rampe zur Hütte hinauf half, ersuchte ich ihn, mit dem Jungen einige Zeit zu verschwinden, ich mußte mit Horst allein sprechen. „Gehen Sie mit dem Buben in die Au, oder zeigen Sie ihm die Stelle, wo Sie einst in die Donau gestürzt sind. Aber plaudern Sie nichts aus, Juri braucht nicht alles zu wissen.“
Die letzten Worte verschluckte ich fast, denn Juri hatte uns gehört und lief uns entgegen. Er müsse dringend mit mir sprechen, sagte er, es sei wichtig und es müsse

jetzt sein, solange der Vater noch schlafe. Er zog mich von der Rampe auf einen Weg, der unterhalb der Hütte in die Au führte. Am Dammfuß befand sich eine geräumige Toilette, die auch für mich geeignet war, wahrscheinlich die einzige Behindertentoilette bei einer Fischerhütte an der Donau. Horst hatte sein ganzes handwerkliches Können in das Bauwerk gelegt, und Horst war, was das Improvisieren handwerklicher Dinge anlangte, ein Genie, was sage ich, ein Kapazunder. Einen Moment, sagte Juri und verschwand hinter dem Häuschen. Bald war der Bub mit einem Nylonsäckchen zurück, dem er einen größeren Fetzen roten Stoffs entnahm. Er hielt den Stoff vor seine Brust und wirkte damit wie ein Torero, dem ein böses Schicksal die halbe Muleta geraubt hatte.

„Hab ich an der Donau gefunden“, sagte Juri.

„Wo?“

„Auf dem Weg von der Nachbarhütte zum Fluß. Der Fetzen hat sich an einem Busch verfangen, und er war naß. Ich hab ihn getrocknet.“

Der Fetzen könnte vom Kleid der Wasserleiche sein. Aber selbst das besagte nicht viel. Der Fetzen war naß, er mußte also nicht von Göttlichers Hütte und dem Herrenabend stammen, könnte ebensogut angetrieben worden sein. Und doch waren das ein paar Zufälle zuviel: der Herrenabend, Horst mit Geld, die Prügelei mit Mondl, die Aussprache der drei honorigen Herrschaften, die in großer Erregung stattgefunden haben mußte. Und jetzt der rote Stoff.

„Gut, daß du mir das gezeigt hast. Ich weiß jetzt, woran ich bin“, sagte ich leise.
„Steht es schlecht um den Vater?“
„Das kann ich erst sagen, wenn ich mit ihm geredet habe.“
„Und wann wird das sein?“
„Jetzt. Wenn du und der Dozent weg seid. Nimm ihn auf eine Tour in die Au mit, zeig ihm deine alte Hütte, aber red nicht zuviel, er braucht nicht alles zu wissen.“
Der Junge verzog das Gesicht. Verständlich, daß er gern dabei gewesen wäre. Sicher hätte er auch gelauscht, aber so war mir der Dozent ein Garant dafür, daß Juri nicht alles mitbekam.
„Ich brauche noch etwas von dir!“
Der Junge sah neugierig auf mich herab.
„Was?“
„Den Stoff. Du kriegst ihn wieder, großes Ehrenwort!“
Unter Umständen konnte das Stück Horsts Schicksal besiegeln. Falls Spuren von Horst an ihm gefunden würden. Andererseits war der Stoff auch so etwas wie eine mögliche Überlebensgarantie, falls es darum gehen sollte, Horst aus der Umklammerung der drei Herren zu befreien. Zögernd reichte Juri mir den Nylonsack, ich öffnete ihn, nahm den Stoff heraus und verstaute ihn im Geheimfach der rückwärtigen Bespannung von Josephs Sitz. Niemand würde dort Nachschau halten. Aber ich war in der Lage, jederzeit auf das Beweismittel zuzugreifen.

Mit den Worten „Kommen S', ich mach Ihnen eine Führung", schnappte Juri sich den Dozenten, und schon liefen die beiden stromabwärts. Juri wandte sich einmal verstohlen nach mir um und grinste.
Horst war aufgewacht, er saß auf der Veranda und schenkte zwei Gläser Wein ein.
„Was is' mit dir los? Warum schickst die beiden weg?"
„Weil ich was hör." Gekühlt war der weiße Schankwein vom Heurigen zwei Klassen besser.
„Was hörst denn?" Horst beugte sich vor.
„Ich hör ein Vogerl singen. Ein schiaches, altes Vogerl mit häßlichen Kratzern im Gesicht."
„Da hörst aber viel. Ich, zum Beispiel, hör gar nix."
„Weil du terrisch bist, lieber Horst. Ich kann's dir aber ausdeutschen."
Horst beugte sich noch weiter vor. „Was soll das heißen? "
„Das!" Ich schlug mit der Faust auf den Verandatisch. Gläser und Blumenvasen fielen um, Horsts Hose wurde naß. Er blieb ruhig, stand auf, holte neue Gläser und schenkte ein. Ich schlug nochmals auf den Tisch, wieder fielen Gläser. Äußerlich blieb Horst noch immer ruhig, aber seine plötzlich zitternde Hand verriet, wie es wirklich um ihn stand. Wieder schenkte er die Gläser voll, schob eins mir zu und schaute mich herausfordernd an. Ich erwiderte seinen Blick nicht, hob das Glas und schüttete den Inhalt in Horsts Gesicht. Er wollte aufspringen, aber ich drückte ihn auf den Stuhl zurück. Dann packte ich ihn am Kragen

und zog ihn an mich. Wenige Zentimeter von seinem Mund entfernt sagte ich leise und scharf. „Du schlagst niemanden mehr. Verstehst du? Niemanden! Der Horst Kuchlik ist der friedlichste Mensch von der Welt.“ Ich zog ihn noch weiter an mich, küßte ihn fest und lange auf die Lippen und ließ ihn abrupt los. Horst sank zurück und rieb sich die Augen.

Zwei Gläser später, wir hatten sie schweigend getrunken, redete Horst. Er hatte begriffen, daß es, wollte er meine Freundschaft nicht verlieren, mit der Geheimniskrämerei vorbei war.

„Du weißt, daß beim Nachbarn öfters Herrenabende stattfinden“, sagte er. „Daß ich einkaufe und am nächsten Tag saubermache.“

Ich nickte. Die Herrenabende in der Nachbarhütte waren mir schon lange zuwider. Die drei Gockel benahmen sich wie Renaissancefürsten, saßen im Bewußtsein ihrer Allmacht auf der Veranda und winkten gönnerhaft der vorüberfahrenden Schiffsplebs zu. Dazu schlürften sie teure Weine und Champagner und ließen sich von gekauften Mädchen verwöhnen. Ich habe die Unterhaltung der drei ein paar Mal belauscht. Es ging immer um dieselben Dinge: Karrierewünsche, Intrigen und steuerschonende Finanzanlagen. Ich hatte die drei observiert, weil ich hoffte, ein paar Tips für meine Finanzberatung abzustauben. Was die drei einander anzudrehen versuchten, fiel in Floridsdorf schon vor Jahren unter die Rubrik „Voodoo-Economics“.

„Hörst du mir überhaupt zu?“
Ich riß mich zusammen. „Deine Worte erquicken mein Wesen, welches nun mit Macht zum Durchbruch dringt.“
Horst brummte etwas Unverständliches und fuhr fort: „Vorgestern war’s wieder soweit. Die drei haben sich wieder einmal die Ehre gegeben. Der Göttlicher, der Primar Mondl und der Finanzheini.“
Er meinte Odilo Graetz von Hardengraetz aus dem Gurktal, ein hoher Beamter im Finanzministerium, der als Abteilungsleiter im Heeresbeschaffungsamt wegen notorischer Bestechlichkeit untragbar geworden und ins Finanzministerium abgeschoben worden war, wo er als Sektionsleiter in der Bankenaufsicht mitmischte.
„Die drei alten Knacker“, sagte Horst. „Und eine junge Hur.“
Ich goß Wein nach.
„Das ist noch nicht ungewöhnlich“, sagte ich. Die Cartellbrüder trafen sich regelmäßig. Für weibliche Begleitung war immer gesorgt, der Nobelwinzer aus Nußdorf verfügte auch jenseits der Grenze über gute Kontakte. Einige Male sah ich in der Nähe von Göttlichers Hütte große Schlitten mit slowakischen oder ungarischen Kennzeichen, in denen Herren saßen, die auch bei Neumond die Sonnenbrillen nicht abnahmen.
„Gegen zwei in der Früh hat der Göttlicher bei mir ans Fenster geklopft, ich soll mitkommen“, setzte Horst fort. „Neblig war’s und es hat genieselt. Der Göttlicher

war ganz aus dem Häusel. Die Kleine ist eingangen, hat er nur gesagt. Die Kleine is' eingangen. Ich muß ihm helfen!"
Ich schaute fragend auf.
„Also bin ich rüber."
„Und Juri?"
„Hat geschlafen wie ein Ratz."
Wenn das nur stimmt, lieber Horst, dachte ich. Wenn es um seinen Vater ging, sein gleichmäßiges oder röchelndes Schnarchen, war der Bub Experte. Er hört sogar den Wimpernschlag, wenn Horst die Augen aufschlägt.
„Ich laufe also zur Hütte. Und was seh ich? Der Primar plagt sich mit einer nackten, dürren Kleinen ab. Herzmassage, Animation und so. Es hat aber nix mehr genutzt, das Dirndl war mausetot. Der Mondl hat die jungen Dinger ja immer mit Aufputschmitteln vollgepumpt, daß sie nicht schlappmachen. Der Odilo war abgefüllt, hat nur vor sich hingestiert wie ein Ochs. Und der Göttlicher hat gejammert wie eine rollige Katz. Die Drecksau."
Er drehte das Glas in seiner Hand und redete weiter.
„Ich soll die Kleine entsorgen, haben s' gesagt. Soll sie in die Donau schmeißen, aber so, daß sie nicht vor Preßburg auftaucht. Fünfhundert Euro haben s' mir gegeben." Er führte das Glas an den Mund, setzte es aber, ohne getrunken zu haben, wieder ab.
Es waren zweimal fünfhundert. Horst sagte noch immer nicht die ganze Wahrheit.
„Weiter!"

„Ja weiter, immer nur weiter in der Sauerei! Ich hab die Kleine geschultert, zur Donau runtergeschleppt und dann: Pfiat di Gott, Lackerl."
Meine Vorahnung hatte nicht getrogen. „Du bist ein Unglücksrabe, Horst. Was sag ich, ein Trottel. Prost!" Ich nahm einen großen Schluck.
„Eh", sagte Horst und folgte meinem Beispiel nicht.
„Auf dem Weg zur Donau hast dir nicht nur das Gesicht, sondern auch das Hirn zerkratzt." Es war unfaßbar. Die drei bringen einen Menschen um, und Horst räumt einfach die Leiche weg, als wär das der übliche Morgenputz. Was soll man mit einem mannigfach gefährdeten Freund tun, der selbst sein ärgster Feind ist? Horst nickte eifrig und seufzte. Aber nun kam die Selbstanklage zu spät.
„Und warum sind s' jetzt bös auf dich, deine Herren? Wo du ihnen doch so einen Gefallen getan hast. Einen Freundschaftsdienst unter Nachbarn. Ein bissl eine Leiche entsorgt."
Plötzlich schaute Horst mich mit pfiffiger Miene an. „Weil die noch größere Trotteln sind", sagte er.
„Lüg mich nicht an, Horst!"
Horst schob das Glas weit von sich und schaute mir in die Augen. „Ich hab die Kleine so ins Wasser gelegt, daß sie zwei Biegungen weiter antreiben mußte. Mit der Wasserleich hab ich die drei Götter in der Hand."
So viel Gerissenheit hätte ich Horst nicht zugetraut. Ich nickte anerkennend, blieb im Innersten aber skep-

tisch, weil ich mir vorstellen konnte, was nun folgen würde: ein Motivenbericht. Kleinganoven sind darin groß.

„Ich hab mir gedacht, die Arschlöcher haben die Kleine umgebracht, und nix wird ihnen passieren“, fuhr Horst fort. „Die Polizei wird sich einen Dreck um eine kleine Hur aus der Slowakei oder aus Ungarn scheren. Da hab ich mir weiter gedacht, daß die Kleine nicht umsonst gestorben sein soll. Sie soll dem Juri helfen. Dreihundert Euro pro Monat. Bis er selber verdient.“ Leise fügte er hinzu: „Der Bub hat am Sonntag Geburtstag, und hätte ich die paar Hunderter nicht abgestaubt, könnt ich ihm nicht einmal ein Paar Schuh kaufen, geschweige denn ein Rad.“

Da war also der Motivenbericht. In all seiner Jämmerlichkeit.

„Da hast aber viel gedacht, Horst“, sagte ich. „Ist das jetzt die volle Wahrheit?“

„Die spüren das gar nicht, was sie da zahlen sollen. Das ist für die ein Klacks.“

Ich brummte zustimmend.

„Denen da drüben gehört die Welt. Die lassen sie sich wegen einer toten Hur nicht wegnehmen. Die stecken das weg wie unsereiner einen Gelsentippl.“

Die Analyse war in Ordnung. Nun ging es aber um die Handlungsanleitung.

„Ich frag dich noch einmal, Freund! War das jetzt die volle Wahrheit?“

Horst schaute zu Boden und sagte tonlos: „Nein.“

Es war wie bei einem schlechten Theaterstück. Kurz vor dem Ende bäumen die Kräfte der Finsternis sich noch einmal auf und drohen zu obsiegen. Schließlich setzt das Gute sich aber doch durch und ein sittlich geläutertes Publikum verläßt, von der eigenen Heuchelei besoffen, den Musentempel.
Er habe die Kleine im dichten Nebel über den Steinwurf getragen, sagte Horst, sei dann mit ihr durch das flache Wasser bis zu Juris Schotterbank gewatet und habe das Mädchen gleich neben dem Umpirestuhl, den er von einem Tennisplatz gestohlen hatte und den Juri so gern für seine Flußbeobachtungen und sporadisch auch für Hausaufgaben nützte, in die Hauptströmung der Donau gleiten lassen. Unglücklicherweise aber habe er wegen des schallschluckenden Nebels den Motorlärm eines bergwärts fahrenden Motorgüterschiffs überhört. Als er den Motor endlich wahrgenommen habe, sei es zu spät gewesen, die Leiche sei bereits im Wasser getrieben. Er habe gedacht, sie werde entweder von den Schrauben zerstückelt oder aber vom Schiffsrumpf so weit zur Seite gedrückt, daß sie aus der Hauptströmung ins Kehrwasser gezogen und auf Juris Schotterbank angespült würde. Folglich habe er dann noch eine halbe Stunde Juris Schotterbank überwacht, die Leiche aber nicht mehr gesehen. Daß sie schon in der nächsten Biegung angetrieben worden war, habe ihn nicht sehr verwundert. Aber sein Zorn und seine Verbitterung über das Geschehene seien so groß gewesen, daß er nicht zu seiner Hütte zurückgekehrt sei,

sondern zu den drei Herren, die im Aufbruch begriffen waren. Auf dem Weg zu ihren Limousinen habe er ihnen eröffnet, daß sie von nun an für Juri zu zahlen hätten. Göttlicher hätte ihm heimlich Geld zugesteckt, die andern hätten ihn aber nur mit einer Handbewegung abgetan.

„Ich will doch nur einen winzigen Teil von der Welt. Ist das so schlimm?“ sagte Horst mit einer von Groll und Trotz rauchigen Stimme.

Ich sagte nichts. Selbstverständlich war es schlimm. Man soll sich nicht mit Brosamen begnügen, am Ende kriegt man nicht einmal die und es wird einem noch etwas weggenommen. Im Klassenkampf, so hat Wenzel Schebesta mich gelehrt, kann man viele Fehler begehen. Man kann die Rücksichtslosigkeit des Gegners überschätzen, man kann die eigenen Stärken unterschätzen, man kann dem idiotischen Gerede, daß die Wahrheit in der Mitte liege, alle in einem Boot säßen und beim Reden die Leute zusammenkämen, auf den Leim gehen, man kann sich von seiner eigenen Feigheit klein machen lassen und man kann so lange nach einem ultimativ richtigen Zeitpunkt suchen, bis es definitiv zu spät ist – all diese Fehler können tödlich sein, und das nicht nur in Floridsdorf. Zwei weitere Fehler sind darüber hinaus auch noch abgrundtief dumm. Einer davon ist das Jammern über die Ungerechtigkeit der Welt, das meist mit einem assoziierten Fehler im Schlepptau auftritt, dem Delegieren des Protests an korrupte Vertreter der eigenen Schicht. Der

allerdümmste Fehler im Klassenkampf aber ist die Bescheidenheit in den Forderungen und den Zielen. Horst fing mit den letzteren beiden an.
Er wolle das Geld ja nicht für sich, sondern für Juri, sagte er.
„Ich frag dich, Groll: Ist *das* schlimm?"
Ich reagierte nicht.
„Du an meiner Stell hättest genauso gehandelt", sagte Horst dumpf.
„Sicher nicht."
„Jetzt tu nicht so. Du bist auch nix Besseres. Was hättest du schon anders gemacht?"
„Ich hätt mehr verlangt. Viel mehr. Und das als Einmalerlag auf ein gut verzinstes Sparbuch."
Horst führte das Glas an den Mund, stellte es aber wieder zurück. Er war zu einer Erkenntnis gelangt.
„Du bist ein noch größerer Gauner als ich."
„Danke." Er war auf dem richtigen Weg.
Horst nahm hitzig einen großen Schluck und dann gleich noch einen und noch einen, bis das Glas leer war. Dann sah er mich mit wäßrigen Augen an und sagte.
„Was machen wir jetzt?"
Ich überlegte nur kurz, dann erwiderte ich: „Lieber Horst! Am besten ist es, wir machen jetzt keine Fehler."
Ich tastete nach dem Stoffetzen in Josephs Bespannung. Der würde dort bleiben, er war jetzt *mein* Druckmittel für die honorigen Herren.

In der Ferne sah ich Juri und den Dozenten zurückkehren.
„Ich werde die Sache jetzt für dich übernehmen, Horst“, sagte ich. „Du mußt aus dem Schußfeld. Schon wegen dem Buben. Und du mußt mich über alles auf dem Laufenden halten. Wenn ich merke, daß du zu tricksen anfängst, ist es aus. Dann bist du wegen versuchter Erpressung im Häfen und dein Bub im Heim.“
Horst wackelte seinen Löwenkopf auf und ab. „Irgendwie wachst mir die Geschichte eh über den Kopf.“ Auch er hatte die beiden jetzt gesehen.
„Was is’ mit dem Komiker? Er stört.“
Ich lächelte. „Der Dozent ist in Ordnung. Er wird uns noch viel Freude machen, wirst sehen.“

Auf der Veranda drehte Juri den Dozenten wie eine Schaufensterpuppe. Der Grund war nicht zu übersehen. Der Dozent hatte ein feuerrotes Mal im Gesicht.
„Er wollte sich wieder von einer Liane zur anderen schwingen“, sagte Juri.
Der Dozent zwinkerte mir zu.
„Aber die Liane ist zurückgeschnalzt“, fuhr Juri fort.
Der Dozent zuckte die Achseln und lächelte. Juri verdrehte theatralisch die Augen.
Kurz bevor wir abfuhren, führte ich den Dozenten zur Urwaldtoilette. Als ich allein zur Hütte hochfuhr, wurde ich Ohrenzeuge des folgenden Dialogs.

„Hast du gewußt, daß Jason, der arge Naut, nachdem er vom Kolchos flüchten mußte, die Donau stromaufwärts gefahren ist?"
„Wer ist Jason?"
„Ein griechischer Held."
„Wer sagt das?"
„Der Dozent."
„Und hast du gewußt, daß der griechische Name für die Donau Istros ist? Auf deutsch: Ister!"
„Von mir aus."
Mit seiner hellen Bubenstimme zog Juri ein Resümee: „Von der Donau versteht der Typ nix. Und in der Au führt er sich auf, als wär er in einem Tarzan-Film. Aber er erzählt interessante Geschichten. Aus der Historie und so."

Auf der Rückfahrt zu meiner Kanzlei räusperte der Dozent sich einige Male bedeutungsvoll. In gedrechselten Sätzen entwickelte er mir dann, wie sehr er die Arbeit mit mir schätze und daß er mit Hingabe weiter in diesen sowohl menschlich als auch soziologisch interessanten Fall involviert bleiben wolle.
„Schön, daß Ihnen die Arbeit Spaß macht", sagte ich und wurde sehr mißtrauisch.
Der Dozent fuhr fort. Zwar scheue er sich, es auszusprechen, aber er habe eine Bitte, und ohne eine Antwort von mir abzuwarten, erbat er meine Hilfe bei der Puppengeschichte. Mit einem Honorar wolle er mich

nicht beleidigen, aber eine angemessene Aufwandsentschädigung habe er selbstredend vorgesehen.
„Einverstanden“, sagte ich. „Aber Horst und Juri gehen vor.“
„Das ist auch meine Bedingung“, sagte der Dozent.
Ich war mit dieser Wendung nicht unzufrieden. Erstens würde ich die Kinderei im Villenviertel im Handumdrehen geklärt haben, zweitens konnte ich das Geld gut gebrauchen, und schließlich bot sich die Gelegenheit, den Dozenten in seinem häuslichen Umfeld kennenzulernen. Es ist nützlich, über die familiären Behinderungen von Mitarbeitern informiert zu sein. Man erspart sich dadurch unliebsame Überraschungen. Ich klärte mit dem Dozenten noch, daß wir Mobiltelefone bräuchten, eines für ihn, eines für mich, eines für Juri.
„Die kann ich besorgen“, meinte er. „Gleich morgen früh.“
Ob er Geld brauche, fragte ich. Der Dozent hob abwehrend die Hände. Daraufhin weihte ich ihn in die Grundzüge von Horsts Problem ein. Daß ich vorhatte, mit ihm gemeinsam in die Erpressung einzusteigen, mit einer Summe, die auch in Hietzing für ein anerkennendes Kopfnicken sorgen würde, behielt ich für mich. Schließlich bot ich dem Dozenten die Hand. Er schlug erfreut ein.

11. Kapitel

Ein feudaler Auftritt in Österreich und
eine revolutionäre Großtat in Algerien.
Auf dem Weg zum Doppelagenten

Plötzlich erstarrte der Dozent. Mit vor Schreck geweiteten Augen deutete er auf den Parkplatz. Dann sprang er auf, schnappte sein Rad und flüchtete in den Gemüsegarten der alten Mutter Binder, die es sich nicht nehmen ließ, auch in ihrem neunzigsten Lebensjahr mittags schmackhafte und weithin geschätzte Hausmannskost auszukochen.

Anita und ich wandten den Blick, und tatsächlich vollzog sich vor unseren Augen ein eindrucksvolles Schauspiel. Eine mattschimmernde Jaguar-Sportlimousine aus den siebziger Jahren parkte nicht etwa auf dem Parkplatz neben anderen Autos ein, sie rollte langsam vor und hielt direkt vor dem Eingang zum Heurigen. Ein hagerer Mann in dunkelblauer Livree stieg aus, umrundete bedächtig das langgezogene Heck und öffnete den Wagenschlag mit einer leichten Verbeugung. Die vornehme Kappe hatte er abgenommen und unter die Achsel geklemmt. Er reichte der gebrechlich wirkenden Madame Nostitz die Hand, worauf sie, auf ihn gestützt, durch die Bankreihen trippelte. Die alte Dame mit schlohweißem Haar trug ein cremefarbenes Kostüm, über das sie ein leichtes Jäckchen im selben

Farbton geworfen hatte. Mit stolz erhobenem Kopf durchmaß sie das staunende Publikum, das die Unterhaltungen längst eingestellt hatte, um nichts von der Szene zu verpassen. Ich beeilte mich, der alten Dame entgegenzueilen. Ich verbeugte mich knapp, aber exakt, griff nach ihrer freien Hand – im letzten Moment streckte sie sie mir entgegen – und hauchte einen Kuß. Als ich den Blick hob, sah ich ihre Mundwinkel nervös zucken. Ich interpretierte das als Zustimmung für meine Begrüßung.

Mit den Worten „Ich darf doch vorgehen!“ rollte ich voraus, schob den einen oder anderen Tisch oder Fuß eines entgeistert glotzenden Heurigengastes zur Seite und wies Madame Nostitz mit einer höflichen Geste den besten Platz auf der Klientenbank meiner Kanzlei zu. Sie sollte so zu sitzen kommen, daß sie mein Geschäftsschild vor Augen hatte. Der Chauffeur, es mußte sich um den ominösen Herrn Kálmán handeln, nahm dezenterweise auf der Nachbarbank Platz. Auch Herr Kálmán hatte langes weißes Haar, und er trug einen gut getrimmten weißen Schnauzbart, der ihm ausnehmend gut stand. In der Monarchie wäre er spielend als Husarenoberst durchgegangen.

„Es freut mich, Sie in meiner Kanzlei begrüßen zu dürfen“, sagte ich zu Madame. „Darf ich Ihnen einen Aperitif anbieten?“

„Sehr gern. Ich hätte gern ein Viertel Welschriesling und ein Zwiebelschmalzbrot“, sagte sie mit rauchiger Stimme.

Herr Kálmán beschied sich mit Mineralwasser, einer halben Portion Blutwurst, Kren und einer halben Packung Mannerschnitten. Der Mann war äußerst diszipliniert. Auf den ersten Blick wirkte er etwas schläfrig und abwesend, aber tatsächlich ließ er Madame keinen Moment aus den Augen.
Nachdem die Eingangshöflichkeiten ausgetauscht waren, kamen wir schnell zur Sache. Sie habe sich entschlossen, die leidige Puppengeschichte nicht der Polizei zu übergeben, sagte sie. In wirtschaftlich schwierigen Zeiten könne das ihrem Unternehmen nur schaden. Ihr sei aber daran gelegen herauszufinden, wer ihr da so übel mitspiele. Eine allfällige Bestrafung stehe dabei nicht im Vordergrund, wenn sich aber herausstellen sollte, daß sie aus generalpräventiven Gründen unerläßlich sei, würde sie die Sache an Herrn Kálmán delegieren, der habe dafür eine geübte und sichere Hand. Ich lächelte Herrn Kálmán zu, er sah mich nur ernst an. Ob ich mir vorstellen könne, für sie tätig zu werden, schloß Madame Nostitz.
Ich hatte an etwas Ähnliches gedacht, als sie vorgefahren war, aber jetzt wollte ich meinen Triumph ein wenig auskosten.
„Verstehe ich Sie richtig – Sie wollen mir einen Auftrag erteilen?"
„So ist es." Sie biß herzhaft in das Schmalzbrot.
„Das muß ich mir erst überlegen", sagte ich gedehnt. „Wären Ihnen drei Tage Bedenkzeit recht?"

Madame Nostitz nahm einen großen Schluck vom Wein. Dann seufzte sie, und in diesem Seufzer hörte ich ihre jahrzehntelange Erfahrung mit aufsässigen Kunden und ineffizienten Angestellten mitschwingen. Sie sah mich aus kleinen Augen an und sagte:
„Ich gebe Ihnen drei Minuten."
Ich hatte den Bogen wohl ein wenig überspannt und antwortete: „Sehr wohl, Madame. Ich freue mich, Ihnen mitteilen zu können, daß wir den Auftrag annehmen."
„Wir?" Die Augen der alten Dame wurden noch enger.
„Im Hintergrund gibt es bei mir immer ein paar verschwiegene Mitarbeiter", sagte ich. „Exzellente Kräfte."
Der wichtigste war Joseph, mein Rollstuhl. Dann kam schon ihr Sohn, aber das behielt ich für mich.
„Ich brauche Ihnen nicht zu sagen, daß ich auf absolute Diskretion zähle", sagte Madame Nostitz mit einem Anflug von Langeweile. „Sollte unsere Absprache bekannt werden, lasse ich Sie von meinen Firmenanwälten mit Klagen überhäufen. Sie können Ihr Business dann im Atlasgebirge fortsetzen."
Ich schwieg. Madame drohte mir, das hieß, sie nahm mich ernst. Und: Sie steckte in echten Schwierigkeiten. Daß sie meine Kanzlei mit dem Ausdruck Business belegt hatte, ließ mich von einer scharfen Antwort absehen. Schließlich verfügte ich auch im Atlas-Gebirge über gute Verbindungen.
Als Ende der fünfziger Jahre die algerische Befreiungsfront ihren Guerillakrieg in die Städte trug, waren auch

ein paar Floridsdorfer Arbeiterbuben dabei, die sich vom revolutionären Geist der in Europa populären algerischen Revolution anstecken ließen. Sie kämpften mit einem später prominent gewordenen Sozialisten namens Karl Blecha. Ab 1958 war er als Organisator eines Hilfskomitees für die Algerische Befreiungsfront (FLN) aktiv. Auch die in Wien lebende kommunistische Publizistin und Schriftstellerin Eva Priester – Tochter eines russischen Adeligen und eine der schönsten und frechsten Bolschewikinnen, die je über das Erdenrund wanderten – war im Befreiungskampf. In Algier sind heute noch eine Straße und ein Gymnasium nach ihr benannt. Schließlich war es ein Floridsdorfer namens Karl Ehn, der dem englischen Arbeiterbuben und Schriftsteller Allan Sillitoe, der in seinem Roman „Brennender Baum" den Partisanenkrieg beschrieb und nicht nur von mir zu den Großen seines Faches gezählt wird, in einem Hinterhalt der Franzosen das Leben rettete. Ein Sohn des Karl Ehn arbeitete in den achtziger Jahren im Atlasvorgebirge jahrelang für die Voest-Alpine als Eisenbahningenieur, er ist mit einer Berberin verheiratet und hat drei entzückende Fratzen mit ihr. Sie leben in Oran und schicken zum Jahrestag der Unabhängigkeit immer ein Familienfoto. Mit der Realisierung ihrer Drohung hätte die alte Madame Nostitz mir eine große Freude bereitet.

„Selbstverständlich habe ich eine angemessene Aufwandsentschädigung vorgesehen", fügte Madame, von meinem Schweigen offenbar verunsichert, hinzu.

„Ich nehme grundsätzlich keinen Vorschuß", sagte ich.
„Ich verstehe", erwiderte Madame Nostitz.
„Allerdings verschließe ich mich nicht gegen ein Anbahnungsentgelt, das mit dem endgültigen Honorar, welches ich erst nach erfolgreicher Mission festlege, gegengerechnet wird."
„Wären Ihnen fünfhundert Euro recht?"
„Tausend verbuchen sich leichter", erwiderte ich.
„D'accord", sagte Madame Nostitz und winkte ihrem Chauffeur. Der hatte das Geld bereits in der Hand. Ich hatte denselben Fehler begangen wie Horst. Ich war zu billig gewesen.
Madame bestand darauf, ihre und Herrn Kálmáns Rechnung selber zu begleichen. Ich begleitete die beiden zum Ausgang. Sie stieg ebenso vornehm und zerbrechlich, wie sie gekommen war, in den Fond des Jaguars. Herr Kálmán wendete, majestätisch nahm das schwere Coupé Fahrt auf. Im Vorbeifahren nickte Madame mir huldvoll zu. Als ich in den Heurigen zurückfuhr, verfolgten die Gäste meine Bewegungen mit scheuem Respekt. Selbst der greise Kriminalkomissar Ledwinka, der schon viele Leichen den Fluß hinuntertreiben gesehen hatte, schaute mir interessiert zu. Ich fuhr zu meiner Kanzleibank und bestellte bei Anita noch ein Glas Wein. Eingedenk des Auftrags vom Dozenten sagte ich leise zu Joseph: „Jetzt sind wir ein Doppelagent." Er knarrte zufrieden.
Bald fand sich auch der Dozent wieder ein, er war nervös und unsicher. Anita betrachtete ihn mit unverhoh-

lener Sorge. Ich fragte mich, was sie wohl an ihm fand. Daß er einen flachen Bauch hatte und in seiner bübischen Schüchternheit an dreiundzwanzig verstorbene Hollywoodschauspieler erinnerte, konnte es nicht sein. Der Dozent brannte darauf, von mir eine Kurzfassung des Gesprächs mit seiner Mamà zu bekommen; ein Ansinnen, das ich rundweg abschmettern mußte. In meiner Branche sind strenge Diskretion sowie akkurate Zahlungsmoral die höchsten Güter.

Er sei drauf und dran, sich in Dinge einzulassen, von denen er bislang nicht einmal gelesen habe, räsonierte der Dozent, er müsse wissen, woran er bei mir sei. Sollte ich gegen ihn arbeiten, wäre das für ihn unerträglich.

„Arbeiten Sie denn jetzt gegen mich?“ Seine Hand, die er auf dem Tisch liegen hatte, zitterte leicht.

Ich schüttelte den Kopf.

„Ich muß Ihnen vertrauen können“, wiederholte er und sah mich fordernd an.

„Das können Sie“, sagte ich, seinen Blick erwidernd.

„Kann ich mich wirklich und wahrhaftig darauf verlassen?“ Er quengelte wie ein übermüdetes Kind.

„Hören Sie“, sagte ich und hob die Stimme. „Ich bin kein Muezzin und kein Hohepriester. Ich rezitiere keine Suren und käue keine Psalmen wieder. Sperren Sie Augen und Ohren auf und lassen Sie die Dinge an sich herankommen. Wenn alles überstanden ist, können Sie sich immer noch fürchten.“

Der Dozent nickte mehrfach, dann machte er mit der Hand eine Bewegung, als würde er Brotkrümel vom Tisch streichen.
„Das waren jetzt gute Worte“, sagte er. „Ich brauche das. Manchmal.“ Er lächelte verlegen.

Ich konnte Groll den wahren Grund meiner Unruhe nicht mitteilen. Ich konnte nur hoffen, daß er den Subtext meines Verhaltens annähernd verstand. Die Wahrheit ist: Ich litt schlicht an Existenzangst. Endlich hatte ich mich in meiner Privatgelehrtenexistenz so wohlig und produktiv eingerichtet, daß ich keinerlei Wunsch nach Veränderung dieses Zustands hegte. Mamàs Vorhaltungen betreffs meiner – in ihren Augen – stockenden Karriere waren zwar demütigend und nervenaufreibend, aber angesichts meiner monatlichen Apanage und der damit verbundenen Freiheit von Universitätsbürokratie und anderem Schnickschnack konnte ich damit leben. In meinen Augen war ich ja kein Versager. Im Gegenteil, ich publizierte regelmäßig in angesehenen kriminalsoziologischen Journalen. Meine Arbeiten über sozioökonomische Grundgesetze des informellen Sektors, vulgo Schwarzarbeit, und meine Langzeitstudie über das redundante Freizeitverhalten hoher Funktionäre von Arbeiter- und Wirtschaftskammer wurden in Fachkreisen mit Wohlwollen und Interesse aufgenommen. Mit letzterer Arbeit schaffte ich es sogar in die Tagespresse, ich wurde mehrfach zitiert. Daß Arbeiterkämmerer bessere Tarockierer waren als ihre Kollegen von der Wirtschaftsseite und zu kühneren und strategisch eleganteren Spielzügen neigten; daß dieses Phänomen sich bei fortschreitendem Alkoholkonsum aber ins Gegenteil verkehrte, weil die Wirtschaftskämmerer auch im Zustand beträchtlicher Trunkenheit nichts von ihrem uninspirierten und schlechten Spiel einbüßten, während die Arbeiterkämmerer regelrecht verfielen, wurde als feine Spitze gegen die Kultur der Sozialpartnerschaft verstanden. Nicht zuletzt der Studie wegen wurde ich von der Arbeiterkammer in einen offenen Arbeitskreis kooptiert, der zweimal jährlich tagt. Ich habe nur noch nicht herausgefunden, was das Thema des Arbeitskreises ist. Man will sich ja nicht durch dumme Fragen blamieren.

Ich bin mit meinem Leben zufrieden. Mich plagt kein industrieller Ehrgeiz, und meine sporadischen Frauenbeziehungen sind sowohl meiner komplexen Persönlichkeitsstruktur als auch meinen ausgefallenen sexuellen Neigungen durchaus angemessen. Mein Lebensziel besteht darin, daß alles so bleibt, wie es ist.

Die Puppengeschichte droht nun meine Existenz ins Wanken zu bringen. Ich fürchte, daß Mamà glaubt, ich hätte mit der Sache etwas zu tun, würde gegen sie intrigieren, um von dem mir zustehenden Erbe wesentlich mehr als die Apanage zu lukrieren. Vielleicht glaubt Mamà, ich würde im Verein mit meiner verhaßten Schwester agieren, wir hätten eine Abmachung getroffen, die da lautete: rascher Tod der Firmenchefin, Nachfolge durch Schwester Alice und ihren stockblöden Architektengespons und eine ordentliche Abfindung für mich.

Die Kooperation mit Groll entwickelt sich mühsam, aber ich lerne täglich dazu. Es wäre doch zu schön, könnte ich die Reise nach Istrien mit Groll antreten und dort den „Bolnica-Komplex" recherchieren. Im übrigen würde ich es schwer ertragen, den Kontakt zu Fräulein Anita zu verlieren. Ich war auf dem besten Wege, sie anziehend zu finden. Aber da gab es Konkurrenten, und bei meinem Glück mit Frauen würde es schon schiefgehen, bevor es einmal klappen würde. Also konnte ich beruhigt und folgenfrei ein wenig in sie verliebt bleiben und heimlich von ihr träumen. Wenn es denn stimmt, daß ich beziehungsunfähig bin, wie meine Schwester entdeckt zu haben glaubt, dann gibt es dafür drei gute Gründe. Erstens habe ich Angst, daß Frauen in mir nur das Geld sehen, und zweitens habe ich Angst um das Geld. Den dritten Grund vergesse ich immer, aber ich wäre nicht überrascht, wenn auch er mit Geld zu tun hätte. In Zeiten der Wirtschaftskrise sind schon viele wohlhabende Menschen verarmt und büßten dadurch auch ihre geistige Freiheit ein. Manche dieser Unglücklichen sind dann in die Politik gegangen, andere wurden Schriftsteller. Und man fragt sich, wo die Unglücklichen mehr Schaden anrichten.

12. Kapitel

Von Spießbürgern, Renegaten und Lokomotivführern der Geschichte. Eine patente Geschäftsfrau hat eine anstrengende sexuelle Obsession

In der Nacht saßen der Dozent und ich noch lange beim Heurigen und hatten eine gute Lagebesprechung. Mir wurde bewußt, daß der Dozent in mehrfacher Hinsicht für mich wichtig war. Die des wachen und interessierten Zuhörers zählte zu den wichtigsten. In seiner Gegenwart bemühte ich mich um eine gewählte Ausdrucksweise. Mit Phrasen gab der Dozent sich nicht zufrieden; er war von dem Gedanken besessen, daß Floskeln zur Lähmung des Denkens führen. In seinem Notizbuch sammelte er die schrecklichsten Verfehlungen. Wenn wir an der Donau saßen und keine Schiffe zu sehen waren, las er mir manchmal aus den Aufzeichnungen vor, um meine Stimmung aufzuhellen: In einer Rezension war da die Rede von *einer routinierten Schreibe*, in einem Leitartikel tadelt ein Chefredakteur die träge *Denke* der Regierung. Der Gewerkschaftspräsident verkündet, daß er in *keinster* Weise in die fatalen Spekulationsverluste der Gewerkschaftsbank verwickelt ist und sagt damit das Gegenteil von dem, was er sagen will. Finanzierungen von Autobahnen werden *dargestellt*, die Regierung wiederum ist gut *aufgestellt*, und der Sozialminister gibt bekannt, daß Änderungen im Pensionswesen *angedacht* sind. Mit diesen Unworten geben jene, die sie in Umlauf bringen, die Tatsache bekannt, daß sie das Denken eingestellt haben, sagt der Dozent. Mit ihrer Pseudosprache seien sie nicht einmal in der Lage, dem Denken ein ehrendes Andenken zu bewahren. Sie stünden unter dem unbeherrschbaren Zwang, jedes Wort, jeden Satz, jeden Gedanken zu erniedrigen und zugrunde zu richten.

So verdanke ich dem Dozenten die Erkenntnis, daß sprachliche Disziplin die Denkwerkzeuge schärft, und das wiederum beflügelt die Arbeit. Zum ersten Mal in meinem Leben spürte ich, daß das Einzelkämpfertum, auf das ich immer so stolz gewesen war, auch eine bornierte Seite aufweist.

Was Horst anging, so erzählte der Dozent nichts, was ich mir nicht längst auch zusammengereimt hatte. Aber seine Beobachtungen von Horst und Juri waren korrekt, auch seine Annahmen über die wahrscheinlichen Gegenstrategien der drei alten Herren zeugten von einer tiefen Kenntnis seiner Klasse und deren Perfidie. Jedenfalls stärkte seine Erzählung den *team spirit* unserer Unternehmung. Er sei jetzt dabei, einen großen Coup zu landen, sagte er, und er sei froh, diese einmalige Chance ergreifen zu dürfen. Ich ließ ihn in dem Glauben, daß er heroischen Tagen entgegensah, und nahm ihn in aller Freundschaft mit zu mir nach Hause. Anita zog es vor, in ihrer Wohnung zu übernachten. Zu meiner großen Verwunderung war der

Dozent nicht enttäuscht. Bei einer Flasche Mineralwasser erörterten wir noch ökonomische und soziologische Fragen der Binnenschiffahrt. Er schrieb mehrere Seiten in seinem Notizbuch voll.

Am nächsten Morgen suchten wir zuerst ein Elektronikgeschäft auf. Schon nach einer halben Stunde kehrte der Dozent mit drei freigeschalteten Handys zurück. Danach chauffierte ich ihn zu seiner Hausbank in die City, wo er ein Sparbuch mit einem Losungswort eröffnete. Ich hatte ihm eingeschärft, auf eine konservative Verzinsung zu achten. Wir Floridsdorfer Finanzexperten zählen nämlich, was die Verwaltung von Kundengeldern anlangt, zu den Seriösen in der Branche. Das Maß unserer Seriosität war unter anderem daran ablesbar, daß die Floridsdorfer Finanzschule, die seit Jahren ein gedeihliches Wirken entfaltete und von der Krise unberührt blieb, selbst in Fachkreisen unbekannt war. Der Dozent und ich hatten vereinbart, daß nur wir beide Zugriff auf das Konto haben sollten. Sollte mir etwas zustoßen, müsse er die Sache fortführen. Horst räumten wir keinen Zugang zum Geld ein, und das aus gutem Grund. Binnen kurzem wäre der Mann, der noch nie in seinem Leben über Geld verfügt hatte, dem Kontrollverlust erlegen. Bei begründeten Wünschen allerdings würde er sich an mich oder den Dozenten wenden können, und wir würden ihm die benötigte Summe ausfolgen. Für die weiter laufende Lebensmittel- und Medikamenten-

versorgung würde ich mir einen Kostenersatz genehmigen. Kurzfristig dachte ich auch daran, einen Batzen für Anitas Bankschulden abzuzweigen, aber noch bevor ich dem Dozenten diesen Gedanken unterbreiten konnte, hatte ich ihn auch schon verworfen. Man soll Arbeitsbereiche nicht miteinander vermengen, das trägt von vornherein den Keim des Scheiterns in sich. Getrennte Konten, getrennte Betten und getrennte Buchführung sind bürgerliche Errungenschaften, hinter die man nicht ungestraft zurückfällt.
Gern hätte ich mit Wenzel Schebesta über den Coup gesprochen, aber das kam nicht in Frage. Er war zwar ein großer Theoretiker, aber mit Geld konnte er, das gab er selber zu, nicht umgehen. Aus diesem Grund hatte er sein Leben auch so eingerichtet, daß er nie über Geld verfügte. Der alte Schebesta war ein kluger Mann.

Das Weingut Göttlicher lag an einer steil ansteigenden, engen Straße in Wien-Nußdorf. Sie war zu beiden Seiten von abstoßenden Biedermeierhäusern gesäumt. Hin und wieder unterbrach eine Villa aus den letzen Jahrzehnten die Ensembles, aber die Abweichungen vom Ortsbild eines reich gewordenen Winzerdorfs waren dezent und zeugten von Wohlstand.
Wenn Bürger allzu lange im Reichtum schwimmen, werden ihre Bewegungen kraftlos, und die Kreise, die sie ziehen, immer kleiner, bis sie sich schließlich nur mehr um sich selbst bewegen. So auch hier. Die rekon-

struierte Dorfstraße zeugte vom intellektuellen Niedergang der Anwohner: Die Asphaltstraße war in eine Gasse mit hohem Kopfsteinpflaster zurückgebaut worden. Mit dem Rollstuhl war hier kein Weiterkommen. Uns blieb nichts anderes übrig, als durch das geöffnete Tor in Göttlichers Weingut einzufahren. Das Fahrrad des Dozenten, welches auf der Rücksitzbank befestigt war, ragte aus dem geöffneten Dach hervor. Ich hätte es vorgezogen, den Wagen in der Nähe zu parken und mich ein wenig umzuschauen. Außerdem hatten wir in einer Sackgasse einen braunen Maserati gesehen, einen jener Sportwagen, die selbst in den bürgerlichen Bezirken Wiens nicht zum Alltag zählten. Der Primar mußte bei den Göttlichers sein, und der Umstand, daß er seinen Wagen nicht im Weingut parkte, ließ darauf schließen, daß er etwas zu verbergen hatte.

Den asphaltierten Innenhof begrenzten Haselnußsträucher und Fliederbüsche, dazwischen führte ein ausgetretener Weg in den Rücken des schönbrunngelb gefärbelten Gebäudes. Ich holte Joseph aus dem Wagen, der Dozent stellte sich neben mir auf. Er hatte mein Sakko an, das für ihn viel zu weit war. In die innere Brusttasche hatte er Wintersocken von mir gestopft. Es sah aus, als führte er eine großkalibrige Feuerwaffe mit sich. Eine dunkle Sonnenbrille sowie ein Stecktüchlein komplettierten seine Erscheinung. Das Stecktüchlein war ein schwarzes Höschen von Anita.

Wir standen einige Minuten und warteten. Als niemand erschien, schaltete ich die Zündung ein und drehte das Autoradio auf höchste Lautstärke. Nach schweren Unwettern in Westösterreich nähere sich der Stadt eine Flutwelle, sagte ein Sprecher, die Schleusen zum Entlastungsgerinne der ohnehin vom Schmelzwasser in den Bergen hohen Donau würden noch in der Nacht geöffnet. Ich dachte an Horst und Juri und tröstete mich mit dem Gedanken, daß ihre Hütte für ein fünfzigjähriges Hochwasser ausgelegt war. Der Lärm zeitigte keine Wirkung, das Weingut wirkte wie ausgestorben. Ich erinnerte mich eines Ratschlages von Wenzel Schebesta und wechselte den Radiokanal. Der sogenannte Kultursender bringe entweder Religionssendungen oder Wagner-Musik, hatte er gesagt. Und tatsächlich kündete ein vergeistigter Sprecher eben den dritten Akt einer Germanensaga an. Mit dem Namen Wagner verbinde ich entweder Turl Wagner, einen Stürmer des Wunderteams, oder Wagners Steinofenpizza. Die Musik war für mich einigermaßen ungewohnt. Es handelte sich um ein auf- und abschwellendes Geraune, das von einem röhrenden Hirsch überlagert wurde. Man erkenne österreichische Bildungsbürger daran, daß sie bei Wagner-Musik aus ihren Löchern gekrochen kommen, um gemeinsam geistig in die Knie zu gehen, hatte Schebesta erklärt. Tatsächlich erschien jetzt eine klein gewachsene, etwas füllige Frau. Ihr Haar war schwarz, wodurch der Erscheinung ein gewisses mediterranes Flair zuwuchs.

Sie ging aber keineswegs in die Knie, weder körperlich noch geistig. Wer man sei und was man hier wolle, fragte sie mit einer resoluten Stimme, von der der Dozent später behauptete, es handle sich um einen brünnhildschen Alt. Das Weingut sei geschlossen, verkündete die Frau. Man möge sich telefonisch an die Marketingabteilung wenden.
Man sei auf der Suche nach dem Besitzer, erwiderte ich höflich. Es gehe um eine geschäftliche Angelegenheit.
Herr Göttlicher sei nicht im Haus, antwortete die Frau.
„Da Sie offensichtlich zu den leitenden Dienstboten in diesem Anwesen gehören, denn so benehmen Sie sich in Ihrer Gastfreundschaft“, fuhr ich fort, „frage ich Sie nochmals, ob Herr Göttlicher nicht vielleicht doch in irgendeinem Winkel dieses Schuppens aufzufinden ist. Und für den Fall, daß er tatsächlich nicht da ist, was mein Freund und ich nicht recht glauben können, weil da drüben der Wagen des Herrn Göttlicher steht, hätten wir gern gewußt, wann mit seiner Rückkehr zu rechnen ist.“
Der Dozent hatte mich mit einer knappen Handbewegung auf einen anthrazitgrauen Benz aufmerksam gemacht, der halb von einem Weingartentraktor verdeckt wurde.
Sie sei kein Dienstbote, sondern Hermine Göttlicher, die Gattin des Hausherrn, erklärte das dunkelhaarige Geschöpf. Sie führe auch die Geschäfte. Ihr Gemahl

sei mit dem Geländeauto im Gelände. „Dort gehört er auch hin“, fügte sie hinzu.
„Es geht um gewisse Vorkommnisse bei einem Herrenabend“, sagte ich. „Eine Routinesache. Sie kennen das ja.“
Sie kenne das mitnichten, hieß es. Und sie habe bereits erwähnt, daß der Mann nicht da sei. Des weiteren habe sie keine Ahnung von einem Herrenabend, sie führe nämlich eine glückliche Ehe und verbitte sich Störungen jeder Art. Außerdem spende sie für „Licht ins Dunkel“.
Den Tonfall kannte ich nur zu gut. Hin und wieder tauchen beim Binder-Heurigen hochgestellte Personen aus den vermögenden Kreisen der Stadt auf. Sie kämen nicht so sehr der exzellenten Backhühner, sondern der, wie sie sagen, unvergleichlichen Atmosphäre wegen. Nach dem dritten Viertel verbrüdern sich die näselnden Herrschaften dann mit dem Floridsdorfer Proletariat und sind von ihrer Volksnähe ganz besoffen.
Hermine Göttlicher betrachtete den Dozenten eingehend.
„Könnte es sein, daß wir uns vor nicht allzu langer Zeit bei einem Vortrag im Rathaus gesehen haben? Es ging, wenn ich mich recht erinnere, um spirituelle Aspekte der Quantentheorie.“
Der Dozent reagierte nicht.
„Mein Assistent besucht keine Vorträge“, sagte ich. „Er ist vom Lago di Pergusa bei Enna in Kalabrien. Es gibt

dort keine Vorträge." Ich wußte sehr wohl, daß der See irgendwo zwischen Palermo und San Cipirello an der sizilianischen Autostrada lag. Ich wollte Frau Hermine nur auf ihre Weltläufigkeit testen.
Sie fiel auf den Trick nicht herein und würdigte mich keiner Antwort.
„Arrivederci, die Herren", sagte sie und wandte sich zum Gehen. Da antwortete der Dozent, und zwar in fließendem Italienisch, das von ihr wie selbstverständlich beantwortet wurde. Ich überlegte kurz, ob ich ein paar Brocken Polnisch einwerfen sollte, die ich von einem Tankstellengehilfen an der Brünner Straße aufgeschnappt hatte. Hermine Göttlicher hatte sich aber bereits zurückgezogen.
Wir räumten das Feld. Weder hatte ich Göttlicher angetroffen, noch hatte ich die Nachricht von der angepaßten Erpressungssumme überbracht. Die Sache schien doch nicht so einfach zu sein, wie ich ursprünglich angenommen hatte. Vielleicht waren meine Kenntnisse über die herrschende Klasse doch ein wenig schematisch.
Für ein paar Momente dachte ich darüber nach, ob man die Göttlichers wohl zur Bourgeoisie rechnen mußte oder ob sie doch noch zur besitzenden Mittelschicht zählten. Das Weingut schien zwar nur wenig Angestellte zu beschäftigen, aber im Hof waren auch zwei Lieferwagen mit der Aufschrift „Göttlich guter Wein vom Weingut Göttlicher" gestanden. Das in Schreibschrift gehaltene Emblem war mit Weinreben

umrankt und zeugte von der kreativen Brillanz einer Werbeagentur. Mit Hilfe der Lastwagen wurde wohl die österreichische Gastronomie versorgt. Wer sich eine Werbeagentur und Lastkraftwagen leisten konnte, mußte unter den kleinbürgerlichen Mittelschichten zu den oberen Rängen gehören.
Ich erinnerte mich einer Bemerkung von Engels in einem Brief an Marx, derzufolge das Kleinbürgertum der verkommenste Haufen sei, der je in die Geschichte gespuckt habe. Der alte Schebesta zitierte den Satz immer wieder, wenn er reaktionäre Äußerungen von Heurigengästen hörte. Wenn die Arbeiterklasse sich auflöst und die Bourgeoisie zur Lumpenbourgeoisie verkommt, hat die Diktatur der Klein- und Spießbürger begonnen, sagt Schebesta. Es ist dies eine gesellschaftliche Formation, die sich durch Größenwahn, Fremdenfeindlichkeit und einen bis ins Religiöse gesteigerten Provinzialismus auszeichnet. Schebesta läßt keinen Zweifel daran, daß Österreich seit den späten achtziger Jahren in diesem Stadium der Fäulnis angelangt ist. Und zu all dem kommt noch eine hartnäckige Intellektuellenfeindlichkeit. Zwar hatte der alte Schebesta nicht einmal einen Hauptschulabschluß, infolge seiner jahrzehntelangen Privatstudien und der Schlußfolgerungen, die er daraus und aus der Kenntnis der Floridsdorfer Wirklichkeit zog, mußte er aber als Großintellektueller angesprochen werden. Schebesta zufolge sei der Status eines Intellektuellen an Universitäten nicht zu erwerben, ein abge-

schlossenes Studium besage nichts. Mehr noch. In den meisten Fällen gingen von den Universitäten halbgebildete Fachidioten ab, die sich mit ihren beschränkten Fähigkeiten der herrschenden Klasse andienten. Nur in seltenen Glücksfällen geselle sich zu einem Universitätsstudium auch ein unabhängiger Geist, der offen für Neues sei. Die wenigen, die in diesem radikalen Sinne als wirkende Intellektuelle anzusprechen seien, kämen entweder, so wie er, aus illiteraten Verhältnissen, oder aber sie stammten aus der Großbourgeoisie und hatten, wie Engels, Ho Chi Minh, Brecht, Castro und Mandela, schon früh die Klasse gewechselt. Daß Schebesta sich so selbstverständlich in die Reihe der Großen einordnete, zeugte von scharfer Analyse und einer daraus resultierenden Unerschütterlichkeit seines Charakters. Man solle einen Gedanken nicht deswegen gering schätzen, weil man selber ihn hat, pflegt Schebesta zu sagen. Allerdings gelte das nur für jene Köpfe, die in der Weltgeschichte, der Philosophie und vor allem der politischen Ökonomie drei Studienjahrzehnte zugebracht hätten und nicht nur mit den Klassikern des Sozialismus, sondern auch mit den herausragenden Denkern der Moderne auf Duzfuß stünden. Einzig vor diesem Hintergrund kann Schebestas Verachtung für die Sozialdemokratie verstanden werden. Dieser unterstellte Schebesta eine perfide Strategie. Sie habe die revolutionäre Arbeiterschaft mit wiewohl notwendigen, so doch zeitlich längst überfälligen Sozialgesetzen abgespeist. Gleichzeitig habe sie aber ihren politischen Willen gebrochen, indem sie das Zu-Kreuze-Kriechen vor Kanzel, Kapital und Kronen Zeitung zur höchsten Tugend der niederen Stände erhob. Dieserart seit Jahrzehnten paralysiert, sehe die zerzauste Klasse sich nunmehr dem Wüten der Finanzmärkte schutzlos ausgeliefert. Zutiefst verunsichert werfe sie sich aus Trotz und Verzweiflung in die Arme von Totengräbern all dessen, was von ihr einst als würdevolles und solidarisches Leben erstrebt worden war. Von Selbsthaß, Xenophobie und Rechtsextremismus infiziert, sei die österreichische Arbeiterschaft zum Spielball der besitzenden Klassen verkommen. Daß ihre Partei immer noch Kanzler und Minister stelle, sei nur Ausdruck des Elends. Müßig zu sagen, daß Schebesta in diesen Befund auch die umtriebigen Dienstleister der kulturellen Industrien einschloß. Für diese Schicht hatte Schebesta nur Spott und Häme übrig. War er gut gelaunt, nannte er diese Herrschaften „akademisches Kulturgesindel", war seine Stirn vom extensiven Studium der Klassiker zerfurcht, nannte er sie „Wesen, die fortwährend auf ihren eigenen Schleimspuren ausrutschen."

Die Lage ist schlimmer, als sie sich uns derzeit zu erkennen gibt, sagt Schebesta. Wir tun folglich gut daran, optimistisch in die Zukunft zu schauen.

So widerwärtig die Renegaten der Arbeiterklasse in Sozialdemokratie und Gewerkschaft auch seien, politische Hüllen, die sich dem Abzocken und Intrigieren verschrieben hätten, so wertvoll seien die wenigen seriösen Überläufer der herrschenden Klasse für den gesellschaftlichen Progreß. Ihnen sei es zu danken, daß kommende Lokführer der Geschichte ihr Neuerungswerk nicht im Zustand der Bewußtlosigkeit beginnen müßten. Schebesta liebte dieses antiquierte Bild von der Revolution, vor allem deshalb, weil Züge über die Fähigkeit verfügen, sich auf derselben Schiene vor *und* zurück zu bewegen. Außerdem war Schebestas Vater einst Schlosser in der Floridsdorfer Lokomotivfabrik gewesen, deren Belegschaft die Geschichte Österreichs in den Jahren vor dem und während des Ersten Weltkriegs sowie in den dreißiger Jahren und in den Wochen des Oktoberstreiks im Jahr 1950 maßgeblich prägte. Schebesta liebte die Revolution, er war aber nicht blind für ihre Irrwege. Die Dialektik lehre nämlich, daß so manches, was als Revolution beginne, in finsterer Rückschrittlichkeit ende. Über diese Katastrophen, die sowjetischen Lager, den Terror der Kulturrevolutionäre in China und die Todesfelder Kambodschas, konnte Wenzel Schebesta ganze Abende ohne Unterbrechung dozieren, bis er erschöpft in ein unendlich trauriges Schweigen verfiel. Und doch komme die Geschichte ohne Revolutionen nicht aus, sagte der alte Schebesta dann ein paar Tage später mit Leidenschaft. Im gesellschaftlichen Prozeß würden Neuerungen sich letztlich immer nur durch Umstürze vollziehen. Die Vorstellung einer gedeihlichen und stetigen Entwicklung der Menschheit zum Höheren gab Schebesta der Lächerlichkeit preis. Wer als Ziel das Fortwursteln des

Immergleichen propagiere, bereite künftigen Eruptionen den Weg. Je unbeweglicher die Verwalter des Status Quo sich gebärdeten, desto mächtiger die folgenden Massenerhebungen. Zwar könne dieser Kreislauf zwischenzeitlich auch faschistische Ausprägungen umfassen, *in the long run* – Schebesta flocht gern englische Wendungen in seine Betrachtungen ein, weil die Korrespondenz zwischen Marx und Engels ihn mit Haut und Haar erfaßt hatte – seien aber auch diese nur ein Durchgangsstadium zur nächsten Umwälzung. Ob diese Lokomotive dann vor oder zurück fahre, bleibe offen.

Wenzel Schebesta war ein brillanter Kopf, über die Großbourgeoisie hatte er aber keine praktischen Kenntnisse. Durch meinen aktuellen Fall war ich dabei, ihn auf diesem Gebiet zu überholen. Dennoch galt: ein Intellektueller wird erst dann zu einem Großintellektuellen, wenn er Schüler heranzieht. Der große Schebesta hat nur einen Schüler, der aber ist von exemplarischem Talent, vereint er doch rasche Auffassungsgabe und Prinzipienfestigkeit mit der Kühnheit des Handelns. Es wird Zeit, daß die Menschheit dies zur Kenntnis nimmt.

Vor dem Hintergrund dieser Überlegungen stand fest: Der Dozent war ein Bourgeois, aber er fungierte nicht als solcher. Viel Schaden erwuchs der Menschheit aus seiner Existenz nicht. Vielleicht würde es mir möglich sein, den Dozenten über die soziale Frage aufzuklären. Vielleicht könnte ich ihn zu meinem Schüler machen.

Ein paar Schritte von Göttlichers Weingut befand sich ein Heurigenrestaurant, das einen gut ausgeschilderten Behindertenparkplatz aufwies. Allerdings war der Parkplatz von einem schwarzen Range Rover besetzt. Ich schickte den Dozenten zur Rekognoszierung vor; tatsächlich lag hinter der Windschutzscheibe kein Berechtigungsausweis. Ich parkte meinen Wagen vor dem Rover, so daß dessen Wegfahrt blockiert war. Dann holte ich Joseph hinter dem Sitz hervor.

„Sind Sie sicher, daß Ihre Vorgangsweise rechtlich gedeckt ist?“ fragte der Dozent.

„Ich bin mir sicher, daß sie es *nicht* ist.“

„Warum handeln Sie dann gegen das Gesetz?“

„Weil ich ins Weingut zurück will, mit dem Rollstuhl auf dieser Rumpelpiste aber nur ein paar Meter fahren kann.“

Der Dozent nahm die Antwort mit einem Kopfschütteln hin. Die Verfassung und das Recht seien der Himmel der Demokratie, flicht der alte Schebesta gern in seinen Redefluß ein. Er beruft sich dabei auf einen gewissen Hegel, einen Philosophen aus dem Berlin des neunzehnten Jahrhunderts, der bei Marx studiert hat und als Erfinder der Dialektik gilt. Schebesta zufolge arbeitete der Mann hauptberuflich als Schleusenwärter an der Havel. Am Hebewerk hätten sich ihm die wahrhaft tiefen Einsichten erschlossen. Offensichtlich fühlte auch der Dozent sich dem Himmel der Demokratie und dem Himmelbett der Rechtsstaatlichkeit sehr verbunden. Wir Floridsdorfer pflegen einen

gelasseneren Umgang mit dem Recht. Wir befolgen es, ohne es zu kennen, und brechen es, wenn wir es kennen. Die Durchsetzung des Rechts sei gleichbedeutend mit der Befestigung der Klassenherrschaft, sagt Schebesta weiters. Auch diese Einsicht beherzigen wir. Wir kennen unsere Herrschaften gut; aus diesem Grund nähern wir uns ihrem Recht auch mit einer großen Portion Mißtrauen.
Der Weg zwischen den Haselnußstauden und Fliederbüschen führte zu einem Nebeneingang des Weinguts. Die Tür war verschlossen, aber ein Fenster stand offen. Der Dozent stieg in die Wohnung ein und öffnete mir die Tür. Vorsichtig bewegten wir uns durch das Haus. In den Räumen befanden sich ausschließlich Stilmöbel. Louis-quinze, murmelte der Dozent angesichts eines Sekretärs und eines ausladenden Stuhles anerkennend, und im nächsten Raum sagte er, nachdem er kurz vor einer Sitzgruppe halt gemacht hatte, mit Kennermiene: „Louis-seize, in Österreich auch Josephinismus und in Deutschland Zopfstil genannt."
Daß einer seinen Kopf mit unnützem Zeug vollstopft, konnte ich noch ertragen. Daß er den Bildungsmüll auch noch wie eine Monstranz stolz vor sich herträgt, nicht. Er solle den Mund halten und erst wieder reden, wenn er gefragt werde, zischte ich ihn an. Vor Schreck machte der Dozent einen Schritt zurück und stieß an einen Luster, wahrscheinlich „Wickerl-siebenunddreißig". Der Luster klirrte. Ich beschleunigte, stieß

aber auf unerwarteten Widerstand. Die Zimmer waren mit Teppichen ausgelegt, Joseph war kaum zu manövrieren, weil seine Räder in dem hohen Flor versanken. Ein normales Linoleum mit Karomuster hätte es auch getan, aber so sind die feinen Herrschaften eben. Der Protzwert kommt so weit vor dem Gebrauchswert, daß letzterer oft nicht mehr auszumachen ist. Das Haus schien menschenleer, als wir plötzlich aus dem ersten Stock Schritte hörten. Wir versteckten uns unter der Treppe und sahen Hermine Göttlicher in einer seltsamen Aufmachung an uns vorübereilen. Sie trug Lederstiefel und ein enges Korsett. Sie huschte durch die Büroräume, kehrte aber plötzlich um und stürmte noch einmal in den ersten Stock. Ich hielt ein wenig Umschau in den aufgeschlagenen Rechnungsbüchern. Viele Zahlen standen in ordentlichen Reihen unter- und nebeneinander. Ich schloß daraus, daß das Geschäft gut lief. Da stupste der Dozent mich an. Er hatte einen Frachtenaufzug entdeckt. Ohne zu zögern, fuhr ich auf die Plattform, zog den Dozenten an mich, drückte einen Knopf, und schon schwebte die Plattform mit uns in die Tiefe. Wir landeten im hintersten Teil eines Weinkellers. Weit vorn war eine hölzerne Sitzbank zu erkennen, vor der ein halbnackter Mann, in dem ich bald Primar Mondl erkannte, ungeduldig auf und ab ging. Gleichzeitig hörten wir die Stiefel von Hermine Göttlicher auf der Treppe und es wurde klar, was sie vorher vergessen hatte: eine lange, vielschwänzige Peitsche.

In der Folge bekam ich einen tiefen Eindruck davon, was glückliche Ehen in bürgerlichen Kreisen ausmacht. Der Primar hatte sich, kaum war er Hermines ansichtig geworden, auf die Knie begeben. Dazu ließ er die Zunge heraushängen und keuchte wie ein Radrennfahrer auf dem Rendezvousberg in Stammersdorf. Frau Göttlicher knallte mit der Peitsche auf den Boden. Der Mann winselte. Zwischendurch stieß er Satzfetzen hervor, in denen er seine Geilheit beklagte. Er sei eine verkommene Drecksau und bedürfe einer schmerzhaften Züchtigung. Sie müsse rücksichtslos ausfallen, er habe nichts anderes verdient, und so fort. Währenddessen versuchte er, Hermines Stiefel zu küssen. Daraufhin wurde das Strafausmaß erhöht. Frau Hermine befaßte sich eingehend mit Mondls Gesäß, dieses wurde ordentlich versohlt. Primar Mondl grunzte dazu im Takt. Der Dozent reckte seinen Kopf so weit vor, daß ich ihn zurückreißen mußte. Bürgerliches Sexualverhalten schien erregend auf ihn zu wirken. Das Grunzen wurde tiefer und ging in ein heiseres Keuchen über. Plötzlich sprang Mondl auf und zeigte dabei einen kleinen, halb erigierten Schwanz, dessen Eichel viel zu groß für den Schaft schien. Mit einer schnellen Bewegung packte Mondl Hermines Haare und riß sie zu Boden. Dann fing er an, sie mit Schlägen und Fußtritten zu traktieren. Dabei stieß er Verwünschungen aus, und diese stießen bei Frau Göttlicher auf Gegenliebe. Nicht aufhören, schrie sie. Sie sei seine Sklavin, sei ihm verfallen, des weiteren sei sie seine

Sklavin und komme von ihm nicht los und so weiter. Die beiden folgten einer eigenen Choreographie, in der die Frau von dem Mann durch den Weinkeller gezerrt und gevögelt wurde. Mondl beugte sie über den Tisch und stieß mit solcher Wucht in sie, daß er die Frau samt dem schweren Tisch an ein mannsgroßes Eichenfaß schob. Hatte der Mann es mit der Prostituierten ähnlich gemacht, war ihr Kreislaufversagen nicht verwunderlich. Erstaunlich aber, wie viel Hermine Göttlicher aushielt, sie feuerte ihren Hengst immer wieder aufs neue an. Er schlug ihr auf den Hintern und riß ihren Kopf an den Haaren zurück. Auf einmal hielt er aber inne, japste nach Luft, riß sich von ihr los, taumelte zur Seite und ließ sich auf einen Stuhl fallen.

„Mach jetzt nicht schlapp!“ rief Hermine Göttlicher. „Jetzt, wo ich fast soweit bin, macht er schlapp“, jammerte sie. Sie näherte sich ihm unterwürfig und wollte sich auf ihn setzen, was er aber mit einem rüden Stoß unterband. So leicht ließ Hermine sich jedoch nicht abschrecken. „Los, fick mich, du Drecksau! Stell Dir vor, ich bin eine slowakische Hur mit roten Stöckelschuhen!“

Mondl sprang auf. „Hat er also das Maul nicht halten können, dein Trottel von Mann. Ich hätt es mir denken können.“ Er griff nach seinen Kleidern.

Hermine umklammerte ihn. Mit den Fäusten schlug sie auf seine Brust ein und beschimpfte ihn, worauf er ihr mit der flachen Hand ins Gesicht schlug. Sie stürz-

te zu Boden, und als sie wieder auf den Knien war, schaute sie erstaunt auf. Walter Göttlicher stand, eine Hand in der Hosentasche, vor Primarius Mondl. Ruhig sagte er: „Daß du's weißt: Der Trottel von Mann wird die Mutter der armen Kleinen aufsuchen. Was dann geschieht, hast du dir selbst zuzuschreiben." Er wandte sich zum Gehen, unterbrach die Bewegung aber und kehrte in die Ausgangsstellung zurück. „Ach, ja. Fast hätt ich's vergessen. Wenn ich zurückkomme, bring ich euch um. Nacheinander. In diesem Sinne: Bis später."
Winzer Göttlicher schlurfte Richtung Ausgang davon.
„Walter, hör zu! Das ist alles ein Mißverständnis. Deine Frau ...", rief Mondl ihm nach. Man hörte aber bereits Göttlichers Schritte auf der Treppe.
Hermine war zusammengebrochen. Ein Häufchen Elend, kauerte sie auf dem Boden. Mondl war in Hose und Hemd geschlüpft. Sie versuchte, sich an ihn zu klammern. Er schob sie mit dem Fuß beiseite. Sie wimmerte und schluchzte. Von oben hörte man einen startenden Motor. Mondl sprintete durch den Gang und eilte die Treppe hinauf.
„Was jetzt?" flüsterte der Dozent.
„Aufpassen!" Ich fuhr mit Joseph in die dunkelste Stelle neben einem riesigen Eichenfaß. Auf der Stirnseite war das Faß offen, man konnte drinnen auf Stühlen sitzen und tafeln. Als die weinende Hermine Göttlicher sich näherte, schnitt ich ihr den Weg ab.
Sie war so überrascht, daß sie keinen Ton von sich gab.

„Was ich hier gesehen habe, Frau Göttlicher, ist mir egal, und ich hab es auch schon vergessen“, sagte ich. „Nicht vergessen kann ich allerdings, daß Ihr Mann beim Herrenabend von neulich am Tod einer jungen Frau beteiligt war. Sie wissen, was ich meine.“

Hermine Göttlicher starrte mich an. Ich hatte damit gerechnet, daß sie einige Zeit brauchen würde, um zu sich zu kommen. Also wiederholte ich den Text. Als sie Anzeichen von Klarheit zeigte, fuhr ich fort.

„Ihr Gatte hat meinen Freund, Horst Kuchlik, gebeten, die Leiche in der Donau verschwinden zu lassen. Horst hat ihm den Freundschaftsdienst auch erwiesen. Unglücklicherweise trieb aber die Leiche auf einer Schotterbank in der Nähe der Fischerhütten an. Seither ermittelt die Polizei. Wir sind Geschäftsfreunde des Herrn Kuchlik, der von den drei Herren mit einem Bettel hätte abgespeist werden sollen. Wir sind zu Ihnen gekommen, um in diesem tragischen Fall auf die Einhaltung grundlegender bürgerlicher Verkehrsformen zu pochen.“

Im Zustand existentieller Erregung neigen viele Menschen dazu, sekundäre Fragen vorzureihen. So auch Frau Göttlicher, die plötzlich wissen wollte, wie ich mit dem Rollstuhl in den Keller gekommen sei. Wobei ich natürlich anmerken muß, daß die Frage der Erreichbarkeit von Orten niemals sekundär sein kann. Im Grunde war diese Frage sogar wichtiger als alle anderen. Aber im gegebenen Kontext paßte ihre Erörterung nicht in den Gesprächsablauf.

Mittels des Frachtenaufzugs, sagte ich. Rollstuhlfahrer seien Zivilisationsfolger. Und fügte hinzu, daß der Lift dringend einer Wartung bedürfe.
Bei Hermine Göttlicher meldete sich die Geschäftsfrau zurück. „Was verstehen Sie unter bürgerlichen Verkehrsformen?“ Ihre Augen maßen den Dozenten von Kopf bis Fuß. Er schien ihr zu gefallen.
„Zuallererst verstehe ich darunter eine Welt, in der alles und jedes seinen Preis hat. Das gilt besonders für den Verlust eines jungen, talentierten Menschen, dem die Welt offen gestanden wäre.“
„Sie wollen mich also erpressen.“
„Was ich will, gnädige Frau, ist nicht so wichtig. Was ich tun muß, ist wichtig. Vor allem für Sie. Stellen Sie sich nur vor, was geschieht, wenn die Wahrheit ans Licht kommt! Drei Herren aus der besten Gesellschaft Wiens, verstrickt in eine schlüpfrige Geschichte mit tödlichem Ausgang! Welche Konsequenzen das für das berufliche Fortkommen, die Geschäfte und das Ansehen, sofern noch eines da ist, hätte, brauche ich Ihnen nicht auszumalen.“
„Um Gottes willen! Niemand darf davon erfahren!“ Frau Göttlicher schien erst jetzt die Dimension ihres Problems zu verstehen.
„Sehen Sie, genau deshalb sind wir hier. Um Ihnen zu helfen. Um das Schlimmste zu verhindern.“ Der Dozent deutete eine Verbeugung an. Die Sonnenbrille hatte er wieder aufgesetzt.

„Wir wollen verhindern, daß die Reputation Ihres Weinguts und der Ruf der Mitbeteiligten Schaden nehmen. Wir garantieren Ihnen unbedingtes Stillschweigen. Allerdings sehen wir uns gezwungen, eine gewisse Bearbeitungsgebühr einzuheben, um unsere Auslagen zu decken. Außerdem, und damit befinden wir uns beim Kern unseres Anliegens, wollen wir für den Sohn des schwer herzkranken Herrn Kuchlik ein wenig Geld auf die Seite legen, um die Ausbildung des Buben zu finanzieren."

Kaum war von Geld die Rede, mutierte die Winzerin von einer geschockten Geliebten zu einer gerissenen Geschäftsfrau.

„Selbstverständlich", sagte sie. „Die Hilfe soll nicht zu Ihrem Schaden sein. Wäre Ihnen mit fünftausend Euro geholfen?"

Da stand sie, verheult und geschunden, im Nuttenoutfit vor wildfremden Männern, und feilschte. Angesichts dieser Kaltschnäuzigkeit empfand ich fast so etwas wie Hochachtung.

„Fünftausend im Monat klingen nicht schlecht", sagte ich.

„Da liegt ein Irrtum vor. Ich dachte natürlich an eine Einmalzahlung", sagte Frau Göttlicher.

„Natürlich", sagte ich. „Auch da können wir uns treffen. Ich bin ein Gegner monatlicher Überweisungen. Da kann allerhand schiefgehen. Das Risiko, daß ein korrupter Bankbeamter etwas abzweigt und sich damit ein schönes Leben in Nußdorf macht, ist zu groß.

Außerdem weiß man nicht, ob es in zehn Jahren überhaupt noch Banken geben wird. Und zehn Jahre wird die Ausbildung unseres tapferen Buben schon noch dauern. Deshalb ist es besser, die fünftausend mit zwölf zu multiplizieren, das wären dann sechzigtausend Euro Jahresbetrag."
„Sie sind verrückt!" sagte Frau Göttlicher.
Der Dozent nahm jetzt die Sonnenbrille ab und betrachtete die erotische Erscheinung der Winzerin mit großem Interesse. Hermine Göttlicher wirkte zuerst etwas unsicher, dann aber straffte sie ihren Leib und hielt dem Blick in einer etwas aufreizenden Pose stand.
„Keineswegs", erwiderte ich ruhig. „Ich bin kein Anhänger des schnellen Profits. In Finanzfragen arbeite ich mit nachhaltigen Perspektiven. Wir hätten also gern die sechzigtausend, und zwar, wie wir bereits besprochen haben, mit zehn Jahren Laufzeit, womit wir insgesamt von sechshunderttausend Euro sprechen. Das ist, über die Jahre gerechnet, für eine mittlere Ausbildung nicht viel. Außerdem fallen keine versteckten Gebühren und Steuern an. Das Geld wird, wie es in Ihren Kreisen üblich ist, steuerschonend angelegt. Wir erwarten den Betrag, der sich übrigens trefflich dritteln läßt, in bar, und das morgen Abend um dieselbe Zeit. Hier, im Weingut."
Hermine Göttlicher verzog das Gesicht zu einer weinerlichen Fratze. „Das ist … so viel kann ich nicht … da muß ich erst mit meinem Mann reden!" jammerte sie.

„Gnädige Frau, wir sind Geschäftsleute. Wir haben Erfahrung. Wir haben Verständnis. Wir haben aber auch Anstand im Leib. Und der sagt: Bitte beleidigen Sie nicht unsere Intelligenz. Nach allem, was wir hier gesehen haben, hat es nicht den Anschein, als würden Sie auch nur in der unbedeutendsten Frage den Rat Ihres Mannes einholen."
Nun wechselte die Göttlicher ihre Taktik.
„Wie stellen Sie sich das vor? Technisch, meine ich. Glauben Sie, ich kann einfach auf die Bank gehen und einen Millionenbetrag abheben?"
„Ja, das glaube ich."
„Und was soll ich dem Bankbeamten sagen? Er wird mißtrauisch werden."
„Es wird Ihnen etwas einfallen", sagte ich. „Wir treffen uns also morgen hier. Neunzehn Uhr. Sechshunderttausend Euro."
„Unmöglich!" rief Hermine Göttlicher.
Ich fuhr ein paar Meter und drehte dann abrupt um.
„Es tut mir leid, gnädige Frau, aber ich habe etwas vergessen!"
„So? Ihre Manieren vielleicht? Oder den Verstand?"
Sie reagierte wie erhofft. Ich war sehr zufrieden mit ihr.
„Ich habe vergessen zu sagen, daß wir den Betrag, siebenhunderttausend Euro, in großen Scheinen erwarten."
Hermine Göttlicher stampfte zornig mit dem Fuß auf.
„Das ist vollkommen … das ist … aberwitzig!"

„Achthunderttausend Euro werden sich doch unter drei honorigen Herren auftreiben lassen“, sagte ich begütigend, als ginge es um drei Wurstsemmeln.

„Aber … der Primar Mondl hat grade erst eine Scheidung hinter sich, eine überaus teure Scheidung. Der Mann ist praktisch bankrott!“ rief die Göttlicher.

„Umso glücklicher wird er sein, wenn er dennoch dreihunderttausend Euro zur Rettung seiner Reputation und zur Förderung der Jugend lockermachen kann.“

Jetzt erst hatte die Frau begriffen. „Um Gottes willen“, sagte sie. „Das wird ja immer mehr.“

„Das ist das Wesen einer nachfrageorientierten Ökonomie“, sagte ich. „Ich danke Ihnen, daß Sie den Betrag großzügigerweise auf neunhunderttausend Euro aufgestockt haben.“

Der Dozent wandte sich ab. Ob aus Scham oder weil er das Lachen kaum zurückhalten konnte, weiß ich nicht.

„Und wer garantiert, daß Sie das Geld tatsächlich für den Buben zurücklegen?“ Hermine Göttlicher konnte sich nur mehr schwer beherrschen.

Das war tatsächlich eine gute Frage. Die Göttlicher entging daher einem weiteren Aufschlag.

„Sie haben mein ehrliches Gesicht. Das ist heutzutage im Geschäftsleben schon sehr viel. So ein ehrliches Gesicht kann man nirgendwo kaufen, es ist der Spiegel eines ehrlichen und guten Lebens. Glauben Sie denn, daß jemand, der im Rollstuhl sitzt, nicht längst andere

Schwerpunkte in seinem Leben entwickelt hat, als dem schnöden Mammon hinterherzulaufen? Noch dazu, wo es mit dem Laufen nicht mehr klappt? Halten Sie mich für so unsensibel? Ich wickle das gegenständliche Projekt ausschließlich aus einem tief empfundenen Freundschafts- und Verantwortungsgefühl für Herrn Kuchlik und seinen Sohn ab."

Nun war Frau Göttlicher verwirrt. Sie wußte nicht, ob ich sie auf den Arm nahm oder ob da jemand in lauterer Absicht mit ihr sprach. Hilflos hob sie eine Hand und ließ sie wieder sinken.

Ich kam zum Ende. „Ein letztes noch, gnädige Frau: Eine Sachverhaltsdarstellung liegt bei einer Vertrauensperson. Sollte uns oder Horst oder dem Buben etwas zustoßen, liegt das Konvolut inklusive Zeugenaussagen mit der Angabe der genauen Daten im Posteingang des Justizministeriums und bei drei Zeitungen. Au Revoir!"

Der Dozent war hinter mich getreten. Ich verschränkte die Arme vor der Brust, und der Dozent führte mich zum Materiallift.

Aus den Aufzeichnungen des Dozenten

Man spricht zwar immer davon, daß sich hinter den Fassaden des Bürgertums so manche Privathölle verbirgt, aber ich hätte nie gedacht, daß es in anderen Haushalten noch schlimmer hergeht als bei mir zu Haus. Bin sehr neugierig, ob Groll die ganze Sache nicht über den Kopf wächst. Wenn es so sein sollte, werde ich einspringen. Er soll sehen, daß er ohne mich nicht weit kommt. Wenn man vierundvierzig Jahre lang wie ein unmündiges Kind behandelt wird, ist es zu spät, die Dinge zum Besseren zu wenden. Täglich durchstöbert meine Mutter meinen Schreibtisch. Sie liest meine Post, ob von Frauen oder wissenschaftlichen Instituten. Sie leugnet das beschämende Verhalten nicht einmal und behauptet in ihrer Arroganz, ich sei für das Geschäftsleben untauglich; wenn Sie meine Post überwache, sei das nur zu meinem Besten. Aus diesem Grund sah ich mich auch gezwungen, die Nummer für Horsts Konto auswendig zu lernen. Groll gravierte sie in eine Querstrebe des Rollstuhls, aber so schwach, daß nur ein Wissender sich die Nummer zusammenreimen konnte. Es reicht, daß Mutter in wenigen Minuten die Nummern unserer Handys herausfand. Wenn Sie es wagen sollte, mich anzurufen, versenke ich das Telefon in der Donau und zünde nächtens die Villa an. Ein Plan, der mir in letzter Zeit mehr und mehr der einzige Ausweg aus der verfahrenen Situation mit Mamà zu sein scheint.

13. Kapitel.

Warum der flinke Joseph behindert ist.
Der Feldherrenhügel ist eine Gruft mit Richtmikrophon.
Zur Solidarität innerhalb der herrschenden Klasse

Ich ging davon aus, daß Hermine Göttlicher ohne Verzögerung die Freundesrunde informieren würde. Die Chancen, daß das Geld morgen tatsächlich da sein würde, schätzte ich auf fünfzig zu fünfzig ein. Der Dozent beruhigte mich aber. Dreihunderttausend seien für jeden der Beteiligten durchaus aufzutreiben. Was mir ein wenig schmeichelte, war der Umstand, daß der Dozent mit Hochachtung von meinem unternehmerischen Elan sprach. Er sei zwar jetzt Kompagnon einer kriminellen Unternehmung, meinte er, aber noch nie in seinem Leben habe er sich besser gefühlt. Seltsam, wie rasch man Menschen den Eindruck verschaffen kann, zu etwas nütze zu sein.

Wenn es gelänge, bei Hermis Treffen mit den alten Herren als stilles Mäuslein dabei zu sein, könnten wir die größten Risiken für unser Unternehmen abschätzen. Aus diesem Grund wartete ich in meinem Wagen. Allerdings nicht, ohne den Seitenspiegel an der Fahrertür des Range Rovers mit meinem Wagenschlüssel zerkratzt zu haben. Jedermann, der unberechtigt auf einem Behindertenparkplatz steht, hat Anspruch auf ein Souvenir.

Es dauerte keine halbe Stunde, da fuhr Göttlichers Benz aus dem Weingut. Das Tor schloß automatisch, das war keine Überraschung. Womit ich allerdings nicht gerechnet hatte, war Winzer Göttlicher am Steuer des Wagens. Und neben ihm saß mit versteinerter Miene Ehefrau Hermi. Die beiden wirkten, als seien sie auf dem Weg in die Volksoper. Ich folgte ihnen mit einigem Sicherheitsabstand. Tatsächlich fuhren die beiden über die Heiligenstädter Straße in Richtung Stadt. Als sie in den Gürtel einbogen, war das Ziel, Mondls Arbeitsstätte, klar. Am weißen Gebäude der Volksoper prangte ein Plakat, das zwei Frauen in einem heißen Kuß zeigte, die Hand der einen steckte tief im Slip der andern. Es war die Werbung für ein Stück namens „Kiss me, Kate!". Wahrscheinlich eines jener seichten amerikanischen Sommermusicals, die ohne täppische sexuelle Anspielungen nicht auskommen. Nach der U-Bahn-Station Michelbeuern bogen die beiden auf das Gelände des Allgemeinen Krankenhauses ein. „Ich wette mit dir, daß die beiden Termin und Übergabe des Geldes platzen lassen", sagte ich laut zu Joseph. „Das bevorstehende Treffen der drei Herren dient der Akkordierung dieser Position. Auch gut, das erhöht die Zahlungen um weitere dreißig Prozent. Und jede erneute Verzögerung bringt eine weitere Erhöhung. Sie können es sich aussuchen." Joseph knarrte zustimmend.
Den Dozenten hatte ich längst per Mobiltelephon zum Behindertenparkplatz beim Haupteingang bestellt. Er

würde in wenigen Minuten mit dem Fahrrad, von der City kommend, dort eintreffen. Das Telephon funktionierte hervorragend, störend waren nur die Vibrationen, die von ihm ausgingen. Diese Technik steckt noch in den Kinderschuhen, sagte ich mir.

Göttlicher nahm die kleine, nur für behinderte Autofahrer und die Rettung reservierte Straße und stellte seinen Benz auf einen der beiden groß beschilderten Behindertenparkplätze. Der Jaguar des Sektionschefs stand daneben. Dieses Mal parkte ich aber nicht hinter den Frevlern, sondern nahm den Weg in die Tiefgarage, wo es mehrere Behindertenparkplätze gab, die auch alle frei waren. Kein Wunder, der Weg von den unterirdischen Behindertenparkplätzen zum Haupteingang war zehnmal so lang wie der Weg von den oberirdisch gelegenen.
In der Parkgarage lud ich Joseph aus und rollte die riesige Halle entlang bis zu einem kleinen Asphalthügel, der zu einer Tür führte, die sich automatisch öffnete und den Weg zu einem Lift freigab. Auch dessen Tür, das wußte ich von früheren Besuchen, öffnete sich automatisch. Die Automatik der ersten Tür war kaputt, es war Schwerstarbeit, die Tür gegen die massive Stahlfeder aufzustemmen. Dafür sprang die Tür zum Behindertenlift bereitwillig auf, und ich fuhr mit Schwung in die Kabine. Allerdings ging die Tür nicht mehr zu, der Lift konnte daher nicht hochfahren. Wieder war es eine herkulische Leistung, die Tür so

lange zuzudrücken, bis der Mechanismus einschnappte und der Lift auf die Ebene des Haupteinganges hochschwebte. Schön, daß die Krankenhausbetreiber sich um die körperliche Fitneß von uns Behinderten kümmern, sagte ich zu Joseph. Der grummelte nur etwas Unverständliches zurück. Er mochte es nicht, als behindert vereinnahmt zu werden. Das konnte ich zwar verstehen, in der Sache aber lag Joseph falsch. Auch die Angehörigen von behinderten Menschen werden behindert. Mitgefangen, mitgehangen. Abermals erwies das Öffnen der Tür sich als schwierig. Jedoch nicht weil die Elektronik streikte, sondern weil ein Mann in Rettungsfahreruniform eine in Weiß gekleidete schwarzhaarige Frau von hinten gegen die Tür des Lifts vögelte. Als die Frau mich schemenhaft durch das Plexiglas wahrnahm, hörte sie nicht auf, sondern verdoppelte ihre Anstrengungen. In jedem anderen Fall hätte ich zugewartet, aber ich befand mich im Dienst, und im Dienst kenne ich kein Pardon. Mit ganzer Kraft warf ich die Tür auf, worauf zuerst die Frau, die sich mit den Händen an der Glastür abgestützt hatte, auf den Boden plumpste, dann ihr Beschäler. Mit der Tür schob ich die beiden zu einem Haufen. Kaum hatte ich freien Weg gewonnen, sprintete ich den einsamen Gang entlang, bis ich die Eingangshalle des Allgemeinen Krankenhauses erreicht hatte. Dort fuhr ich in hohem Tempo eine scharfe Kurve. Einem alten Mann, der am Stock ging, konnte ich noch ausweichen, einem Kübel mit Schnittblumen nicht.

Der Dozent wartete vor dem Behindertenparkplatz. Er fragte, ob ich von einem Blumenkorso käme. Ich sah zur Seite und bemerkte mehrere Tulpenblüten in Josephs Speichen. Sie kleideten ihn gut, daher beließ ich sie. Mondls Abteilung lag im vierten Stock. Aber schon auf dem Weg zum Lift sahen wir die Freundesgesellschaft, Hermine Mondl und die drei Herren, in einen Gang einbiegen. Der Dozent schnappte sich von einem Wäschewagen eine grüne Ärztekluft und warf sie sich über. Mich versteckte er unter einer weißen Decke. Vorsichtig bogen wir um die Ecke und sahen, wie die Gruppe, geführt von Mondl, in einen Hörsaal eintrat. Wir hörten, wie die Tür von innen verriegelt wurde. Ich war ratlos. Der Dozent aber hatte eine Idee. Er hastete mit mir zum Lift. Im ersten Stock irrten wir einen Gang entlang. Unvermittelt hielt der Dozent an und drückte eine Klinke. Die Tür ging auf, der Dozent grinste übers ganze Gesicht. Er zog mich hinein, klemmte einen Stuhl unter die Klinke und deutete mir, näherzukommen. Wir befanden uns im Steuerraum eines kleinen Studios, das oberhalb eines Hörsaals angebracht war. Ein Stockwerk unter uns saßen die Göttlichers und von Hardengraetz, sie waren gut für uns zu sehen. Primar Mondl ging auf und ab und schüttelte zornig den Kopf. Hermine Göttlicher sprach eindringlich auf die Männer ein. Der Dozent beschäftigte sich fieberhaft mit einem großen Mischpult. Wir sahen nur Hermine, die den drei Männern offenbar eine schlimme Nachricht überbrachte. Ihr

Mann stützte den Kopf auf beide Hände und starrte ins Leere, der Sektionschef schlug mit der Faust mehrmals auf den benachbarten Stuhl. Der Dozent schob vorsichtig zwei Regler nach oben und nickte mir mit Verschwörermiene zu.

„Unmöglich", hörte ich Mondl sagen. „Ich zahle dem Kretin keinen Cent. Eine unerhörte Frechheit. Selbst wenn ich das Geld hätte, von mir kriegt der Horst höchstens einen Totenschein."

„Ich seh schon die Überschriften: Alte Herren vögeln Mädchen zu Tode!" erwiderte Odilo Graetz von Hardengraetz. Seine Stimme war unangenehm hoch und dünn, außerdem näselte er.

„Du hast ja nur Angst um deine Pension", sagte Mondl.

„Ein Ruhestandsgenuß ist keine Schande. Hab schließlich ein ganzes Leben dafür gearbeitet. Wenn du der Kleinen nicht deine Aufputschpulverln eingeflößt hättest, wär sie noch am Leben", konterte Odilo.

„So fesch, wie sie war. Und so zart", sagte Göttlicher.

„Du hast sie schon sehr brutal genommen, lieber Mondl. Ich hab schon geglaubt, die bricht auseinander."

Hermine Göttlicher machte ein paare schnelle Schritte und spuckte vor Mondl aus. Er packte sie fest an den Oberarmen, zerrte sie zur Stuhlreihe und drückte sie in einen Stuhl.

Währenddessen demonstrierte Göttlicher mit den Händen. „So eine Taille. Das arme Ding."

„Arm sind *wir*", sagte von Hardengraetz. „Die Kleine hat's hinter sich."

„Wie gut die gerochen hat! Arme Jana", meldete Göttlicher sich wieder.

„Walter!" rief Hermine, seine Frau. „Ich muß doch sehr bitten."

„Bis Bratislava sollte sie treiben, mindestens bis Bratislava. Und dann laßt der Trottel sie an der ersten Schotterbank auflaufen", fuhr Mondl fort. „Das hätten wir auch zusammengebracht. Da hätten wir den Horst nicht dazu gebraucht. Der Horst ist für alles zu blöd. Medizinisch gesehen sollte er dreimal in der Stunde tot umfallen. Ich weiß nicht, was den noch am Leben erhält."

„Na, immerhin ist er noch lebendig genug, dir eine ordentliche Abreibung zu verpassen", warf Göttlicher ein.

„Ich wollt ihn einschüchtern. Da solltet ihr mir dankbar sein."

„Wißt ihr, was das für ein Parfüm war von der Jana?" wollte der Winzer jetzt wissen.

„War wirklich saudumm von uns, daß wir die Kleine nicht selber … wenn du nicht so besoffen gewesen wärst, lieber Walter …"

„Und du nicht durchgedreht wärst, lieber Odilo", entgegnete Mondl.

„Wie sie da gelegen is. So zart, so schön", sagte Göttlicher.

„Und du mit deiner Wiederbelebung nicht gescheitert wärst", setzte Odilo fort. „Wir werden alt, meine Herren, so ist das. Alte Herren machen Fehler. Schreckliche Fehler."

„Die Jana hat sicher eine Mutter, und vielleicht hat sie auch eine Tochter, ein ganz kleines, zartes Wesen, so ein herziges mit großen Augen. Man muß mit der Mutter Kontakt aufnehmen. Ich glaub, das gehört sich", sagte Göttlicher und wischte sich Tränen aus den Augen.

„Willst sie vielleicht als Ersatz für die Tochter holen? Fürs nächste Mal? Das wär gelungen!" meldete sich Hermine. „Du bist ja noch verkommener, als ich geglaubt hab."

„Man sollt mit der Mutter reden", beharrte Göttlicher.

„Was willst ihr denn sagen? Daß die Tochter einen Betriebsunfall gehabt hat? Walter! Walter! Du bist unheilbar naiv."

„Und du redest, daß es einem graust", brach es aus Göttlicher hervor. „Und so etwas ist ein Spitzenbeamter. Ich krieg Magenkrämpf, wenn ich dir zuhör!"

„Denk an deine prominenten Weinkunden", erwiderte Mondl. „Er denkt an seine Pension. Und ich denk an meinen Vertrag als Primar und meine Firmenbeteiligungen. Und an meine osteuropäischen Immobilienaktien."

„Mein Beileid, lieber Mondl. Bist nicht der einzige, der Blut gelassen hat. Ich hab extra einen Kredit aufgenommen und hab Papiere von diesem arroganten Kaffeeröster gekauft."

„Von dem? Du auch? Wieviel?"

„Zu viel."
„Da kann ich nur kondolieren. So haben wir halt alle unser Kreuz zu tragen", sagte von Hardengraetz.
„So redet einer mit Ritterburg und Erlebnis-Wald", sagte Mondl.
„Was willst denn anderes machen im Gurktal! Was?" näselte von Hardengraetz. „Bei uns rennen die Leut vorm eigenen Schatten davon."
„Ist halt ein Pech, daß die jungen Dinger heutzutage nichts aushalten", sagte Mondl.
„Du hättest allen Grund, zu schweigen. Und dann sollst dich genieren den lieben langen Tag", sagte Göttlicher.
„Der Walter übertreibt schon wieder", meinte Primar Mondl.
„Er is halt ein Sensibler. Ein sensibler Weinbauer. Man glaubt es nicht, aber auch so was gibt's."
„Aber tot war sie schon, gell! Richtig tot. Gebracht hab ich sie lebendig, und dann war sie mausetot", rief Göttlicher.
„Walter, sei still!" zischte Hermine.
„Keiner hat das wollen, was da geschehen ist. Niemand ist schuld. Ein Unfall. Bedauerlich. Und ärgerlich. Eine Bedrohung unserer bürgerlichen Existenz. Und wir haben nur die eine", sprach von Hardengraetz auf Walter Göttlicher ein.
Der aber ließ seiner Trauer freien Lauf. „Wie sie da gelegen is. So schön. Und wie die gerochen hat! So zerbrechlich."

„Halt den Mund, Walter!“ Hermine war näher gekommen und hob die Hand zum Schlag.
„Schlag zu! Geliebtes Eheweib. Schlampe. Menschlicher Abort!“ sagte Walter und schluchzte. Im letzten Moment fiel Mondl Hermine in den Arm.
In diesem Moment ging die Tür zu unserem Studio auf. Eine verblüffte junge Ärztin stand vor uns. Auf dem Arm trug sie Skripten und ein vorsintflutliches Tonbandgerät.
„Oh Pardon“, sagte sie. „Ich wußte nicht …“
„Kommen Sie nur, wir sind schon fertig“, unterbrach der Dozent, der den Lautstärkeregler rechtzeitig zurückgefahren hatte. Er schnappte Josephs Griffe und schob mich in den Gang hinaus.
„Sind Sie Professor Fischer aus Iserlohn?“ fragte die junge Frau den Dozenten. Mich würdigte sie keines Blickes, den Professor traute die dumme Gans allein dem Dozenten zu.
Ich kam seiner Antwort zuvor. „Professor Fischer ist heute früh tödlich verunglückt“, sagte ich.
„Das darf nicht sein“, rief die Frau. „Ich wollte bei ihm dissertieren!“
„Das wird jetzt schwer gehen. Er wurde von einem Zug erfaßt, als er die Gleise überqueren wollte. Zu Fuß!“
„Das ist eine Katastrophe“, stammelte die Jungärztin.
Der Dozent drückte sanft die Tür zum Studio zu.
„Ja, wir alle sind erschüttert“, sagte ich und sah zu Boden.

Die Ärztin raffte sich plötzlich auf. „Sie sagten, Professor Fischer habe zu Fuß Gleise gequert. Das ist unmöglich! Professor Fischer sitzt doch im Rollstuhl!" Sie wußte, daß der Professor im Rollstuhl sitzt, dennoch hielt sie nur den Dozenten für professorenwürdig. Soviel Dummheit verlangte nach einer Lektion.

„Das war ja der Grund seines Suizids. Professor Fischer hatte vorige Woche eine spontane Remission, konnte plötzlich wieder laufen. Er ist mit den geänderten Umständen nicht zurecht gekommen, der Ärmste. Mit dem Leben im Rollstuhl hatte er sich arrangiert, eine Existenz als Gehender erschien ihm nicht mehr als lebenswert. Im Vertrauen gesagt, es war ein Suizid." Ich faßte sie am Oberarm und drückte ihn.

„Kopf hoch", sagte ich. „Es gibt auch andere Berufe."

„Aber … Wie können Sie nur …?" Die Jungärztin war sehr verunsichert.

„Sie entschuldigen uns", unterbrach der Dozent. „Wir müssen zu einem Symposion!" Und schon zog der Dozent mich von der jungen Ärztin fort.

Vor dem Lift im nächsten Gang machte der Dozent mir schwere Vorwürfe. Ich sei ein Ungeheuer, ein rachsüchtiges Monstrum.

„Bei klugen Köpfen ist die Rachsucht als Berufskrankheit anerkannt", entgegnete ich. „Die Krankenkassa bewilligt in solchen Fällen ohne weiteres einen Kuraufenthalt im Bad Stich bei Krumpendorf am Wörthersee. Bevor Sie sich weiter im Ton vergreifen, sagen Sie mir lieber: Woher kannten Sie den Saal? Und das Studio?"

Er habe dort drei Semester lang studiert, wie Schauspieler psychiatrische Krankheitsfälle darstellten, sagte der Dozent. „Für einige Fälle durfte ich sogar die Drehbücher verfassen. Es waren nicht die schlechtesten, so hoffe ich."
Ich war beeindruckt, ließ es mir aber nicht anmerken.
„Zu jener Zeit war ich in eine der Schauspielerinnen verliebt, eine hinreißende Rothaarige, zart und mit Bubikopf", fuhr der Dozent fort. „Wie diese französische Schauspielerin aus den Siebzigern, die gern mit Lino Ventura spielte, ich glaube, ihr Name war Marlène Jobert. Damals saß ich oft im Studio."
„Und manchmal haben Sie sich auch dorthin zurückgezogen, um ein Privatium anzuhängen!"
„In der Tat. Woher wissen Sie das? Übrigens heißt es Privatissimum."
„Sagte ich das nicht?"
In Liebesdingen war mein Dozent gar nicht so versponnen, wie ich immer angenommen hatte. Nur gut, daß Anita seinen Schwärmereien Grenzen setzte. Zumindest hoffte ich, daß es so war. Auf die Charakterstärke des Dozenten wollte ich nicht setzen, Freunde vögeln mit Vorliebe die Frauen anderer Freunde.
In der Eingangshalle sahen wir einen jüngeren, sportlichen Rollstuhlfahrer. Zwei Männer in Ärztemänteln eilten ihm nach. „Professor Fischer!" riefen sie. Der Rollstuhlfahrer blieb stehen. Ich hielt ebenfalls auf den Rollstuhlfahrer zu.
„Professor Fischer?"

„Ja?“ Der Mann lächelte. Es war offensichtlich, daß er sich freute, auf einen rollenden Kollegen zu treffen.
„Mein Name ist Schall und Rauch. Freue mich, Sie zu sehen. Freue mich kolossal. Ist nicht selbstverständlich heutzutage. Gefahr droht besonders von pünktlichen Zügen. Die Bahn, ein Trauerspiel, was sage ich… Übrigens: nehmen Sie sich vor einer blonden Dissertantin in acht, sie denkt geringschätzig über Rollstuhlfahrer. Insolventes Pack, auch die anderen Studenten. Schön, daß Sie … und so weiter, dringender Termin. Freue mich wirklich außerordentlich!“ Ich klopfte dem verdatterten Kollegen jovial auf die Schulter, nickte den beiden Wiener Ärzten gönnerhaft zu und fuhr mit schnellen Armstößen davon.
„Ihre Auftritte sind an Peinlichkeit nicht zu übertreffen“, sagte der Dozent, während wir zum Parkplatz strebten. „Außerdem muß es *indolent* heißen, geistig ausbaufähig oder lernschwach, wie man in ihren Kreisen wohl sagt.
„Ich verkehre nicht in Kreisen“, erwiderte ich. „Bin ja kein Trottel.“
„*Insolvent* heißt zahlungsunfähig!“
„Eben darauf wollte ich hinaus, verehrter Dozent. Insolvent wie unser Freundeskreis. Ich sehe unser Bußgeld immer mehr zusammenschmelzen. Kaum kommt man zu Geld, ist man auch schon ein Opfer der Finanzkrise. Was muß der Mondl auch in osteuropäischen Immobilien spekulieren! Soll er ein Hutschpferd im Prater kaufen. Oder einen Wasserturm im

sonnenverbrannten Weinviertel. Das sind seriöse Geldanlagen."

Bei Mondl sehe er derzeit auch nur geringe Chancen, pflichtete der Dozent mir bei. Nicht nur, daß der Mann offensichtlich kein Geld habe, sei er auch in keiner Weise zahlungswillig. Von Hardengraetz könne er nicht einschätzen, vielleicht sei seine Angst vor einem Skandal groß genug, aber wetten würde er nicht darauf. Bei den Göttlichers hingegen bestünden gute Chancen, ihren Anteil zu lukrieren.

„Ich werde Ihnen etwas sagen, verehrter Herr Dozent! Wenn Sie mich fragen, kriegen wir von niemandem Geld", widersprach ich. „Unsere einzige Chance ist die Hermi Göttlicher, die sich an ihrem Mann und Mondl rächen will. Bei dieser unglücklichen Frau müssen wir ansetzen."

Kaum hatte ich geendet, erhielt ich einen Anruf von Madame Nostitz. Es sei dringend erforderlich, daß ich bei ihr vorbeikomme. Die Sache dulde keinen Aufschub.

„Wahrscheinlich eine zweite Puppe", sagte der Dozent. „Meine Schwester läßt nichts unversucht."

Wir verabredeten uns gegen achtzehn Uhr bei Horsts Fischerhütte. Der Dozent solle einstweilen mit dem Rad vorausfahren. Ein leichter Sprühregen hatte eingesetzt. Darauf angesprochen, meinte der Dozent nur, er sei nicht aus Zucker.

14. Kapitel

Blockade im Allgemeinen Krankenhaus.
Madame Nostitz meldet eine weitere Überraschung.
Ein verschlossener Ungar öffnet sein Herz

Vom Informationsschalter besorgte ich mir das Ausfahr-Ticket und rollte zum Lift. Nach einigem Kampf gingen die Türen auf. Dieses Mal störte ich niemanden beim Liebesspiel. Vor der oberen Tür lag eine Visitenkarte: Dr. Verena Gergelyi. Anästhesie und Intensivmedizin, Landeskrankenhaus Oberwart. Ich steckte die Karte ein. Kurze Zeit später stand ich mit meinem Wagen vor einer geschlossenen Schranke und führte die Garagenkarte in den Schlitz ein. Ich wartete darauf, daß die Schranke sich öffnete. Sie rührte sich nicht. Ich drückte den Sprechknopf an der Säule. Eine gelangweilte Männerstimme fragte:

„Was soll das?"

In der Stimme lag soviel Ennui, daß man sich auf der Stelle hätte entleiben können. Ich hielt stand. Schließlich hatte ich in Floridsdorf eine harte Schule durchlaufen.

„Guten Tag", sagte ich. „Ich bin Rollstuhlfahrer und habe die Karte eingeführt, und nun warte ich darauf, daß die Schranke hochgeht."

„Bei uns geht gar nix hoch", antwortete die Stimme mit großer Verachtung. „Sie befinden sich in einer Universitätsklinik. Ihnare Nummer!"

„Gern“, sagte ich. „Welche? Die Sozialversicherungsnummer oder die Autonummer?“
„Hören Sie“, sagte da die Stimme, die langsam wach zu werden schien. „Wollen Sie mich papierln?“
„Ich will nur das gastliche Haus verlassen.“
„Ihnare Nummer“, sagte die Stimme nochmals. Sie war jetzt schneidend.
„Nullachtfünfzehn“, sagte ich. Im Rückspiegel bemerkte ich, daß hinter mir drei Autos auf meine Passage warteten.
„So eine Nummer gibt's net. Ich will die Nummer von Ihnaren Paragraph-Neunundzwanzigberta-Ausweis.“
„*Die* kann ich Ihnen leider nicht sagen, weil meine Brille in einer Tasche im Kofferraum liegt, und hier ist nicht genug Platz, um den Rollstuhl auszupacken.“
Zwei weitere Autos reihten sich hinter mir ein.
„Die Nummer!“ sagte die Stimme. „Oder Sie übernachten da.“
„Das habe ich nicht vor“, sagte ich mit Bestimmtheit.
„Dann müssens zahlen!“ sagte die Stimme.
„Mit Verlaub, auch das habe ich nicht vor. Behinderte Menschen parken hier gratis. Öffnen Sie jetzt die Schranke. Oder wollen Sie die Abfertigungsspur weiter blockieren?“
„Das geht Ihnen gar nix an, wem wir da blockieren“, sagte die Stimme. „Warum habens denn überhaupt die Karte reingesteckt?“
„Der Mann an der Information hat es empfohlen.“
Ein Fahrer hinter mir betätigte die Lichthupe.

„Die von der Information sind Wappler. Auf Wappler dürfens net hören."
„Ich werd es mir merken. Öffnen Sie jetzt?"
„Die Nummer!" sagte die Stimme.
„Ich kann sie nicht entziffern. Meine Brille liegt im Kofferraum. Und ich kann hier nicht aussteigen."
Ich überlegte kurz, ob ich Madame Nostitz anrufen sollte. Die verfügte sicher über einen kompetenten Rechtsbeistand. Andererseits wußte ich aber, daß man Probleme dieser Art am besten aus der Situation heraus löste.
„Sagen Sie mir eine Nummer!" bellte die Stimme. „Sie blockieren die Allgemeine Gesundheit! Soll ich Ihnen anzeigen?"
Ich dachte kurz nach. Dann sagte ich: „Achtzehnachtundvierzig Achtzehnsechsundsechzig Neunzehnvierzehn Neunzehnvierunddreißig Neunzehnachtunddreißig."
„Ausstellungsdatum!"
„Achter Mai Neunzehnfünfundvierzig."
„Ausstellungsbehörde!"
„Oberkommando der Wehrmacht."
Stille. Dann, nach einer weiteren Pause.
„Na also, warum nicht gleich."
Ich ließ den Motor aufheulen und passierte die geöffnete Schranke.

Auf der Fahrt nach Hietzing fiel mir ein, daß es in der Villa drei Stufen zu überwinden galt. Ich rief Madame

an und teilte ihr meine Bedenken mit. Aber Sie schien an alles gedacht zu haben. Herr Kálmán werde mir zur Hand gehen, er sei mit Invalidenfahrstühlen – sie verwendete tatsächlich diesen Ausdruck; wodurch das Honorar sich um einen Strafzuschlag erhöhte – ebenso erfahren wie ihr Sohn. Herr Kálmán habe nämlich einst in Ungarn als Sanitätsfahrer im Verteidigungsministerium gearbeitet.
Herr Kálmán erwartete mich vor der Villa. Interessiert beobachtete er, wie ich den Rollstuhl zusammenstellte. Er störte nicht und ersparte sich auch unnütze verbale Hilfsangebote. Er sah ja, daß ich zurecht kam. Wie von Madame angekündigt, erwies er sich auf den Stufen als versierter Kipper.
Die Vermutung des Dozenten war richtig gewesen. Seine Mutter war auf eine weitere Puppe gestoßen, dieses Mal im Keller. Herr Kálmán hatte die Puppe in den Garten getragen und auf dem Fauteuil einer Sitzgruppe abgelegt. Wiederum war die Puppe geschmackvoll gekleidet, mit Kleidern von Madame, nahm ich an. Der Zettel, der der Puppe beigegeben war, verkündete in Druckbuchstaben: „Letzte Warnung! Wer Abmachungen bricht, kann daran zerbrechen." Madame nickte mir triumphierend zu.
„Ihre Tochter scheint es schwer zu verwinden, daß Sie weiterhin die Firma führen." Ich legte das Papier zurück.
„Sie hat sich schon seit langem darauf gefreut", bestätigte Madame. „Zu früh gefreut." Sie ließ ein guttura-

les Lachen hören. Anschließend griff sie zum geeisten Schlehenlikör, fügte ihm einen Schuß Wodka bei und nahm einen großen Schluck. Ich lehnte den Wodka ab und beschied mich mit dem Likör. Er schmeckte nach gärender Frucade.
„Ich möchte aber, daß Sie in alle Richtungen ermitteln“, sagte sie. „Auch wenn die Indizien derzeit auf meine Tochter als Urheberin der Puppen hindeuten, möchte ich doch sicher sein können, daß nicht eine andere Person hinter diesen seltsamen Scherzen steckt. In meiner Position gibt es immer Neider.“
„Ich bin gar nicht der Meinung, daß die Indizien ausschließlich auf Ihre Tochter verweisen“, sagte ich. „Ich möchte nicht ausschließen, daß jemand Ihrer Tochter die Puppengeschichte unterschieben will. Wenn ich herausgefunden habe, welches Motiv dieser Jemand hat, ist der Fall gelöst.“
Madame setzte ihren Drink ab.
„Ich bin froh, einen derart umsichtigen und klugen Ermittler engagiert zu haben“, sagte sie ernst.
Ich dankte ihr mit einem höflichen Nicken und verabschiedete mich. Herr Kálmán half mir ins Freie.
Als ich in den Wagen einsteigen wollte, räusperte Herr Kálmán sich auffällig. Ob ich ein paar Minuten für ihn erübrigen könne? Wir machten uns zu einem kleinen Spaziergang durch das Villenviertel auf.
Die meiste Zeit lief er neben mir her, und wenn es allzu steil wurde, schob er Joseph mit einer Selbstverständlichkeit, als hätte er Jahrzehnte nichts anderes getan.

Und die ganze Zeit redete er mit seiner tiefen ungarischen Raucherstimme auf mich ein. Wir kamen an einer Villa in Hanglage vorbei. Das sei das Domizil des Prokuristen von Madames Fabrik, Magister Klinger. Der habe nach dem frühen Tod des alten Kommerzialrats Nostitz dessen Stellung nicht nur in der Firma, sondern, nach einigen Jahren des Wartens und Werbens, auch im Leben von Madame eingenommen. Gute neun Jahre hätten die beiden miteinander verbracht, dann aber, als klar geworden sei, daß die Tochter die Firma übernehmen werde, habe Klinger, der als Kavalier der alten Schule bei Frauen immer Erfolg gehabt hatte, seine Truppen neu aufgestellt und sei eine Liaison mit der Tochter eingegangen. Er wußte, daß Alice mit ihrer Psychotherapie-Ordination schlecht verdiente. Und ihr Mann, der Architekt, sei ein versoffener Zuschußbetrieb, der nicht einmal eine Hundehütte zustande bringe. Klinger wisse auch, daß Alice ohne ihn hilflos sein würde. Und so hätten die beiden sich zusammengetan. Sie benötigte sein Geschäftswissen, er brauchte die Nähe der kommenden Chefin, um sein Wissen um die Firma nicht brachliegen zu lassen. Wahrscheinlich, so der alte Chauffeur, machte Klinger sich Hoffnungen darauf, die Fabrik aus dem Hintergrund zu steuern und vielleicht einmal zur Gänze übernehmen zu können.

„Der Mann versteht etwas vom Geschäft“, fuhr Herr Kálmán fort. „Schade, daß sein Charakter so schäbig ist. Als Madame Nostitz die beiden in einem Donaurestaurant händchenhaltend und turtelnd ertappte, brach ihre Welt zusammen. Am nächsten Tag stellte Madame die beiden dann vor vollendete Tatsachen: sie mache weiter. Mehr hat sie nicht gesagt. Keine Vorwürfe, keine Anspielungen, nichts. Prokurist Klinger erhielt in Fabrik und Villa Hausverbot, die Tochter ebenso."

„Hatte Madame die beiden schon längere Zeit im Verdacht?" fragte ich.

Herr Kálmán schüttelte den Kopf. Madame hatte sich im Fischrestaurant nicht gezeigt, die beiden tappten seither im Ungewissen und hätten keine Ahnung, was Madames plötzlichen Sinneswandel verursacht haben könnte.

„Madame pflegte jedes Jahr ihren Hochzeitstag in diesem Fischrestaurant zu feiern. Allein. Und im Gedenken an ihren verstorbenen Mann. Sie ließ sich von mir hinbringen und drei Stunden später abholen. Die Tochter wußte von diesem Ritual. Sie hatte darauf vergessen, als sie mit Prokurist Klinger dort erschien."

Ich kannte die Lokalität gut. Halb Wien betrog sich dort. Die Zahl älterer Herren in schweren Limousinen, die dort mit jungen Geliebten auftauchten, ging an Wochenenden in die Dutzende. Die Gegend war ein von mir geschätzter Trainingsort. Das Donaukraftwerk war in der Nähe, man konnte während des Rollstuhltrainings die manövrierenden Schiffsverbände beobachten. Und wenn man die schäbige Behindertentoilette im Restaurant besuchte, hatte man nachher

Gelegenheit, über die Unverfrorenheit der hochmögenden Herren zu staunen, die mit ihren dicken Schlitten die Behindertenparkplätze blockierten. Die Abgeschiedenheit des Lokals erklärt auch, warum die lausige Küche des Restaurants sich über die Jahre halten konnte. Den Geschmacksnerven wurde dort zwar allabendlich der Krieg erklärt, die lauschigen Sitzecken mit den flackernden Kerzen hatten allerdings ihren Reiz.

Ob Herr Kálmán, ein klassischer Ungar, mit vollem schwarzem Haar, tiefliegenden dunklen Augen und einem gepflegten Schnauzbart, nicht seinerseits Pläne mit Madame hatte, hatte mich in dem Moment nicht zu interessieren. Die Sache schien mir doch zu klischeehaft. Doch dann fiel mir ein Satz des alten Kriminalbeamten Ledwinka ein, demzufolge in der Kriminalistik die Klischees alle stimmten, in Wahrheit sei es noch ärger. Es konnte also durchaus sein, daß der Chauffeur tatsächlich aus eigenem Antrieb und jahrzehntelanger Verbundenheit mit Madame handelte. Genausogut konnte er aber von Madame vorgeschickt worden sein, um die Ermittlungen in eine bestimmte Richtung zu lenken. Bis jetzt waren immerhin nur Motive für einen Racheakt der Tochter aufgetaucht.

Die längste Zeit hatte es getröpfelt, nun setzte feiner Nieselregen ein. Wir kehrten zu meinem Wagen zurück.

15. Kapitel

Sewastopol liegt an der Donau.
Das Hochwasser steigt.
Juri fährt zur Schule und ist verschollen

Der Dauerregen hatte den Treppelweg so sehr aufgeweicht, daß mein Renault wie ein Amphibienfahrzeug schlingerte. Der Wasserspiegel des Stroms war jetzt nur mehr einen halben Meter unter der Dammkrone. In ein, zwei Stunden würde die Donau auch hier über die Ufer treten. Aus den Nachrichtensendungen im Radio erfuhr ich, daß im oberösterreichischen Machland bereits die ersten Gehöfte evakuiert worden waren. Ich würde Horsts Hütte mit dem Wagen nicht mehr erreichen, soviel war klar. Es gab nur einen Ausweg. Vor einigen Jahren waren umfangreiche Baggerarbeiten zur Stabilisierung der Fahrrinne durchgeführt worden; drei gut fünfzehn Meter hohe Schotterberge erinnerten daran. Sie waren teils von Gras, teils von Weidensträuchern und jungen Pappeln bewachsen, und an ihrer Stirnseite befand sich jeweils eine steile Piste, die in Kurven auf den Hügel hinaufführte. Sie waren seinerzeit mit Bulldozern angelegt worden; Schnee und Regenwasser hatten den Pisten zwar zugesetzt, aber sie waren fest genug, daß man sie mit einem kleinen Wagen befahren konnte.
Die Schotterberge waren bei Kindern beliebt, sie stürmten hinauf, purzelten unter Gejohle herunter

oder suchten nach besonders schönen Kieseln, die sie dann in hohem Bogen in den Strom warfen. Manchmal zogen sich auch verliebte Pärchen in der Dämmerung auf die Hügel zurück, um von dort den Sonnenuntergang über dem Strom zu betrachten.
Auch mit dem Rollstuhl waren die Pisten befahrbar. Juri und Horst hatten mich ein paar Mal hinaufgeschoben, um mit mir auf den Strom und die Schiffe zu schauen. Einige Zeit hatte Juri eine Hütte auf dem mittleren Berg unterhalten, mit einer bunten Wimpelfolge, die die Botschaft „Nicht anlegen, Pest an Land!" signalisierte. Juri hatte die Hütte „Sewastopol" getauft, weil er in einem Landser-Heftchen auf die Geschichte dieser Festung im Zweiten Weltkrieg gestoßen war. Das Heftchen stammte von Mutters Liebhaber, dem Tauchlehrer. Der Mann verschlang die reaktionären Geschichten im Dutzend. Juri durfte sie nur abseits der Hütte lesen. Wenn sein Vater sie in die Hände bekam, zerriß er den „Nazikrempel". Horst und ich hatten uns deswegen gestritten; ich vertrat die Meinung, wenn der Bub, der ohnehin leseschwach war, durch die Lektüre von Landser-Heftchen die deutsche Sprache erlerne, sei das in Ordnung. Den Inhalt könne man später neutralisieren, die Lesetechnik aber bleibe erhalten. Ich wußte zwar, daß Inhalt und Form nicht zu trennen sind, aber ich selbst hatte das Lesen in der Werksbibliothek der Hütte Krems gelernt, deren Bestand sich damals zur einen Hälfte aus Naziliteratur und zur anderen aus Spenden der Österreichisch-Sowjetischen

Gesellschaft zusammensetzte. Horst ist, was Juris Lesekarriere betrifft, gegenteiliger Ansicht. Es sei ihm lieber, sein Sohn bleibe Analphabet, als daß er sich mit Wehrmachtspropaganda abgebe. Horst ist ein guter Antifaschist, aber er versteht nichts von Dialektik.
Immerhin schienen Horst und ich die Hochwasserlage ähnlich eingeschätzt zu haben. Der Dozent erwartete mich, aufgeregt mit den Händen fuchtelnd, beim ersten Schotterberg. Er sprang zur Seite, ich gab Vollgas, und der Renault brummte mit seinen schmalen Reifen bis an die Spitze des Schotterberges.
Wenig später waren wir bei Horsts Hütte angelangt. Der Dozent hatte mich den Treppelweg entlang geschoben, Joseph war, wie meine Hände und Schuhe und Hosenbeine, von einer Schlammbinde überzogen. Horst war eben dabei, die letzten Gerätschaften in Sicherheit zu bringen. Er nickte uns zu und ging ohne Unterbrechung ruhig und konzentriert seiner Arbeit nach. Er baute die Daube ab, zerlegte sie in mehrere Teile und trug sie in die Veranda. Dann holte er Blumenkistchen, Gartengeräte und allerlei Kleinzeug. Von der Veranda aus hielt ich Ausschau nach Juris Fahrrad, konnte es aber nirgendwo entdecken.
„Wo ist der Bub?“ fragte ich Horst, als er sich auf seine Bank in der Veranda fallen ließ. Die Donau war braun und wild, sie gluckste und sprudelte, als käme sie mit dem Verdauen nicht nach. Mannsdicke Bäume trieben vorbei. „Die Strompolizei war da“, sagte Horst. „Ich soll alles dichtmachen und abhauen. Es kommt noch ärger.“

Horst würde die Hütte nie aufgeben. Die Frage konnte ich mir sparen. Aber wo war Juri?
„Sonst alles in Ordnung?“
„Der Odol war da.“
„Wer?“
„Der Komiker vom Finanzministerium. Der Senator.“
„Sektionschef“, verbesserte der Dozent.
„Der Hardengraetz? Was wollte er?“
„Dreimal darfst du raten.“
„Er wollte, daß du auf das Geld verzichtest.“
Horst nickte.
„Du hast es überspannt, Groll. Du verlangst zuviel. Und kriegst gar nichts. Ich wär mit ein paar tausend Euro glücklich gewesen.“
„Wir haben eine Vereinbarung, Horst! Du kümmerst dich um das Leben hier draußen, und ich mache den Rest. Ist es nicht so?“
Der Dozent warf mir einen nachdenklichen Blick zu.
„Und Sie?“ fragte ich ihn. „Wo waren Sie die ganze Zeit?“
„Darf ich zuerst fragen, wie die Dinge bei meiner Mutter liegen? Gibt es eine zweite Puppe?“
„Ja.“
„Ist meine Mamà sehr mitgenommen?“
„Im Gegenteil. Sie schien sich über die Puppe zu freuen. Im übrigen hat auch Ihre Schwester eine Puppe vorgefunden. Eine Frage meinerseits: Wie denken Sie über den Chauffeur?“
„Herrn Kálmán? Der ist in Ordnung.“

„Gut. Zurück zu unserem Aristokratenfreundchen. Hast du ihn geschlagen, Horst?"
„Ich nicht, aber dein Dozent …"
„Um ein Haar hätt ich ihn geohrfeigt", unterbrach der Dozent. „Ich bin selten einem derart schleimigen Menschen begegnet."
„Haben Sie ihn denn geohrfeigt?"
„Nein. Aber ich war nahe dran. Sehr nahe. Dazu stehe ich."
Das war also der Schläger, der im Dozenten schlummerte. Er stand dazu, nahe dran gewesen zu sein, Odilo zu ohrfeigen. Soviel Brutalität kann man sich nur leisten, wenn andere andauernd für einen die Dreckarbeit erledigen. Ein furchteinflößender Mann, mein Dozent.
„Es hat keine Schlägerei gegeben. Nicht einmal eine Ohrfeige", sagte Horst.
„Und was hat der Herr Sektionschef angeboten?"
„Einen feuchten Schas", sagte Horst.
„Zuerst hat er gejammert, wie wenig er verdient", sprang der Dozent ein. „Daß er ein Opfer der Krise sei und einen großen Teil seiner Alterssicherung an der Börse verloren habe. Daß er seinem Sohn helfen müsse, der in ein Wellness-Resort in Bulgarien investiert habe und dort auf Betrüger hereingefallen sei. Daß seine Frau an einer unheilbaren Krankheit leide und rund um die Uhr von vier slowakischen Pflegerinnen betreut werden müsse. Und daß er wegen eines Hausbaus in Rodaun verschuldet sei."

„Vierhundertsechzig Quadratmeter Wohnfläche", fügte Horst hinzu.
„Woher weißt du das?"
„Ich hab ihn gefragt."
„Er hat ihn sehr direkt gefragt", ergänzte der Dozent.
„Aber ohne Gewaltanwendung?"
„Ohne Gewaltanwendung", bestätigte Horst.
„Aber mit großer physischer Nähe", erläuterte der Dozent und deutete: fünf Zentimeter.
Ich kannte das von den Fußballspielen des FC Wien Nord. Wenn Spieler insultiert werden, pflanzen sie sich vor dem Übeltäter auf, so nah, daß sie dessen Atem riechen. Die berüchtigten Massenschlägereien auf den Floridsdorfer Fußballplätzen fingen oft so an.
„Mit Geld könne er nicht dienen", sagte der Dozent.
„Ich hab fast Mitleid mit ihm gekriegt", ergänzte Horst.
Der Dozent fuhr fort. „Sein Angebot war, kurz gesagt, dieses: Er bot an, Juri später einmal in ein Ministerium zu übernehmen. Auch wenn er schon in Pension sein sollte, sein Einfluß werde weiterhin gegeben sein. Über die Politik, die Cartellbrüder, die Golfpartner – er habe überallhin Kontakte, und so weiter. Als Aktenträger oder Portier würde der Bub eine gute Figur machen."
„Mein Juri als Aktenträger!" sagte Horst und schüttelte den Kopf.
„Der Sektionschef in seinem feinen Zweireiher stellte Juri tatsächlich eine Karriere E- oder D-Beamter in Aussicht! Eine bodenlose Frechheit", rief der Dozent.

„Wenn schon in ein Ministerium, wird mein Juri Minister!“ rief Horst. „Juri Kuchlik, Minister für Schiffbau und Verkehr.“
„Das ist aber noch ein weiter Weg bis dahin“, gab ich zu bedenken.
„Gar nicht weit. Jeder Trottel wird bei uns Minister. Schau sie dir doch an.“
„Hältst du deinen Sohn für einen Trottel?“
Horst überlegte. „Für die Politik ist mir mein Bub zu schad. Soll er was Ordentliches werden. Schiffskapitän. Schleusenwärter. Berufsfischer.“
„Was habt ihr dann mit dem Odilo gemacht?“
„Ich hab ihm höflich die Meinung gesagt. Daß er ein wandelnder Scheißhaufen ist, und daß er sterben gehen soll.“
„Das war tatsächlich Horsts letzter Satz: Geh sterben, Alter!“ Der Dozent sprach die Worte in feinem Hietzinger Akzent aus.
„Das gefallt ihm, dem feinen Herrn“, feixte Horst.
„In der Tat“, meinte der Dozent. „Der Satz hat Poesie und einen unwiderstehlichen Gestus. Wenn der Satz auf einen gemünzt ist, muß es schwer sein, ihm nicht auf der Stelle nachzukommen.“
Horst drehte sich zur Donau.
„Sie steigt nicht mehr“, sagte er. „Sehr gut. Wird der Bub auch bald da sein.“
„Wo ist er denn?“ fragte ich.
„Wo soll er schon sein? In der Schule, nehme ich an. Hab ihn heut früh dorthin geschickt. Auf deinen Rat hin.“

„Haben wir nicht schon Pfingstferien?“ fragte der Dozent.
„Woher soll ich das wissen?“ entgegnete Horst. „Ich weiß nur, daß in der Schule Kinder kaputtgemacht werden.“
Ich fragte, wann Juri weggefahren sei.
„Um halb acht.“
Jetzt war es sieben Uhr abends. „Vielleicht haben die Bullen ihn wegen des Hochwassers nicht mehr durchgelassen“, sagte ich.
„Meinen Juri halten keine zehn Pferde auf. Wenn der Juri will, kommt er zu mir durch.“
Aber dieses Mal kam Juri nicht. Auch um acht Uhr abends war er noch nicht da. Immer wieder hielten wir Ausschau nach dem Buben. Einzig Horst blieb gelassen. Sein Vertrauen in Juri war unerschütterlich. Horsts Sätze über die Schule gewannen für mich immer mehr an Plausibilität. Daß ein Vater seinem Sohn in einer derart gefährlichen Lage uneingeschränkt vertraut, bringt keine Schule der Welt zustande.
Der Dozent machte sich an Horsts altem Röhrenradio zu schaffen. Er wollte Nachrichten über das Hochwasser hören.
Horst war darüber ungehalten. Er schaltete das Radiogerät nur ein, um samstagnachmittags die Ergebnisse der regionalen Fußballspiele zu hören.
Gebannt saß der Dozent vor dem Gerät und lauschte den Angaben des hydrographischen Dienstes. Wallsee, soundsoviel Zentimeter, Linz-Nibelungenbrücke, Grein, Kienstock in der Wachau, Krems, Kloster-

neuburg, Wien, Hainburg, Bratislava, Gönyü und so weiter. Prognose: gleichbleibend bis leicht steigend.

„Das seh ich auch mit freiem Auge", sagte Horst. „Dazu brauch ich kein Radio."

Der Dozent ließ sich nicht beirren und harrte in der Hütte aus, während Horst und ich das Netz der Daube säuberten.

Die Donau schmatzte und ächzte. Schwarze Wolken zogen rasch über den Strom. Immer wieder rissen sie auf und gaben den Blick auf einen Mond frei, der die Strudel und Plätten des Flusses in ein kaltes Licht tauchte. Wie die Theateraufführung einer Laientruppe, dachte ich, viel Aktion auf der Bühne, aber die Beleuchtung ist erbärmlich.

„Nein!" rief plötzlich der Dozent aus der Hütte. Ich schaute auf und sah Horst verständnislos den Kopf schütteln. Dann wandten wir uns wieder unserer Arbeit zu. Nach einiger Zeit ging die angelehnte Tür zur Hütte auf. Heraus trat der Dozent, er bewegte sich seltsam steif und ungelenk, als würde er an schwerem Rheumatismus leiden.

„Alles in Ordnung?" fragte ich.

„Nichts ist in Ordnung", sagte der Dozent. „Alles ist in Unordnung."

Horst schüttelte wieder den Kopf.

„Der Besitzer des Nobelweingutes Göttlicher hat sich in seinem Weinkeller erschossen. Es wurde durchgesagt. Im Radio." Der Dozent trat ans Geländer, er hielt sich mit beiden Händen fest.

Ich ließ einige Sekunden verstreichen und hörte dem Klang der Stimme nach. Wie ein schwaches Licht sich durch dichten Nebel tastet, so drang das Gehörte langsam in mein Bewußtsein.
Horst ließ das Netz fallen. „Im Radio! Der Göttlicher im Radio!"
„Zuvor hat er noch seine Frau erschossen. Mit einer großkalibrigen Waffe", setzte der Dozent fort.
„Aus", sagte ich.
„Ich kann nichts dafür", sagte der Dozent. „Ich überbringe nur die Botschaft."
„Das meine ich nicht. Ich sagte ‚aus', weil ich an unser Geschäft dachte."
„Das nenne ich Mitgefühl", sagte der Dozent. „Angesichts einer menschlichen Tragödie ans Geschäft zu denken."
Gerade in solchen Zeiten muß man ans Geschäft denken, dachte ich bei mir. Warum sollte ich Mitgefühl heucheln? Außerdem: Was bringt Mitgefühl für Tote? Mitgefühl ist für Lebende reserviert. Was Göttlicher und seine Frau anlangte, war höchstens Trauer angebracht. Und auch das nur, wenn man sie zu Freunden hatte. Wenn man sich die beiden vor Augen führte, vielleicht nicht einmal das. Alles was meine Gefühlswelt hergab, war Erstaunen. Und einen langsam in mir aufsteigenden Groll. Bevor die feinen Pinkel zahlen, bringen Sie sich lieber um. Im Verhaltenskodex der vermögenden Klasse mag das konsequent sein, elegant ist es nicht. Das weinerliche Gerede Göttlichers wegen

der armen Jana und ihres Mädchens war Schall und Rauch. Janas Kind würde leer ausgehen. Wie Juri, wenn wir nicht teuflisch gut aufpaßten.
„Ich weiß, was du jetzt denkst", sagte Horst.
„Ich auch", bekräftigte der Dozent.
„Noch bleiben zwei Zahler übrig", sagte Horst.
„Das reicht", beruhigte der Dozent.
„Wieviel habt ihr denn …?" fragte Horst.
„Genug", sagte der Dozent.
„Genug minus ein Drittel", ergänzte ich.
In dem Moment, als der Dozent sich nach dem Netz bückte, läutete sein Mobiltelefon. Ich zog es aus seiner Hosentasche, drückte auf eine Taste und hörte zu meiner Verblüffung Anitas Stimme. Sie fragte nach dem Hochwasser. Wir seien vor Stunden ertrunken und würden jetzt zwischen Komárom und Esztergom in der Donau treiben, sagte ich.
„Ah, du bist es", sagte Anita. Freudenausbruch war in ihrer Stimme keiner zu hören. Warum sie wohl den Dozenten anrufen wollte?
„Wie geht's euch dort draußen?"
„Gut. Könnte nicht besser sein. Naß ist es. Hast du eine Prognose gehört?"
„Sie haben einiges in den Stauwerken aufgefangen. Die richtige Flutwelle kommt erst. Dann müssen sie die Schleusen wieder ganz öffnen. Morgen nachmittag oder abend wird's eng. Ihr solltet verschwinden."
Leicht gesagt, Blume von Jedlersdorf, dachte ich. Und wer wartet auf Juri?

„Seid ihr gut versorgt?“ fragte sie weiter, aber der Subtext war ein anderer. Er lautete: Was ist mit dem Dozenten?
„Es ist genug Wein und Schnaps vorhanden“, erwiderte ich sachlich.
„Ist der Dozent bei euch?“
„Der ist auch hier. Warum?“
„Paß gut auf ihn auf. Am besten, du legst ihn an die Leine. Der hat noch nie ein Hochwasser aus der Nähe erlebt. *Eine* Wasserleiche genügt.“
„Aye, aye!“
„Sonst noch was?“
„Nicht daß ich wüßte.“ Daß Juri fehlte, brauchte ich ihr nicht auf die Nase zu binden.
„Schön, daß du dich so rührend um mich sorgst“, sagte ich.
„Habe ich das gesagt?“
„Ich dachte so. Ein Fluß im Ausnahmezustand, finstere Gesellen hinter mir her. Ein Himmelfahrtskommando.“
„Unkraut vergeht nicht“, entgegnete meine Geliebte.
„Aber einen Kuß schickst du mir schon.“
„Küsse werden nicht verschickt.“
Wieder einmal fragte ich mich, was mich bei dieser Frau hielt. Ihr Charme konnte so spröde sein wie das Eis eines Donauarms im Hochwinter. Aber wenn sie einen erst einmal im Fokus hatte, dann war sie großartig. Mit Haut und Haar gemeint zu sein, und jetzt und sofort. Hatte man das einmal erlebt, wollte man dieses Gefühl immer wieder haben. Es war eine Sucht,

und der Umstand, daß Anita um ihre Wirkung wußte, machte die Sache nicht einfacher.
Der Mond stand jetzt hoch über der dunklen Au, sein Licht tauchte den Strom in ein nervöses, zappelndes Grau. Auf dem Treppelweg Richtung Deutsch-Altenburg zeigten sich immer wieder verschreckte Rehe, die vor dem Hochwasser in den Nebenarmen flüchteten. Die Tiere sahen die Donau knapp unterhalb der Dammkrone und verschwanden dann wieder in der Au, auf der Suche nach höher gelegenen Abschnitten. Was sich aber nun gegen das Grau der Donau abzeichnete, war kein Reh und kein Hirsch, es war ein laufender Mann. Und als der Mann in Rufweite war und das Licht seiner Gestalt Konturen verlieh, wurde klar, daß der vermeintliche Mann ein Knabe war, der trotz des weichen Bodens sein Lauftempo nicht nur beibehielt, sondern noch steigerte.
Alle drei waren wir jetzt auf Juri aufmerksam geworden, und alle drei riefen wir seinen Namen.

Eine halbe Stunde später saßen wir mit dem Buben bei Würsteln und Brot. Juris rechte Gesichtsseite war gerötet. Das kam von der Ohrfeige, die er von Horst nach der ersten Umarmung bekommen hatte. Juris Appetit war außerordentlich.
Aber auch seine Geschichte war außerordentlich.
Während der Bub das zweite Paar Würstel verzehrte, erzählte er, daß Primar Mondl vor der Schule gestanden sei, mit seinem kaffeebraunen Maserati. Er habe

einen Kollegen in der Gegend besucht, ob Juri mit ihm eine kleine Spritztour machen wolle? In einer Stunde wären sie zurück.
Aus der einen Stunde wurden drei oder vier, denn Mondl fuhr mit dem Buben auf die Autobahn. Auf den sechzig Kilometern bis zur ungarischen Grenze führte er sein Spielzeug vor. Zweihundertfünfzig seien sie gefahren, sagte Juri, ehrliche zweihundertfünfzig. Bei diesem Tempo werde die Autobahn schmal wie eine Landstraße, langgestreckte Kurven müßten präzis genommen werden, und es sei ihm aufgefallen, daß die Kurve nicht in einem Zug, sondern in mehreren kleinen Bewegungen ausgesteuert werde, die Kurven würden mehr gesägt als rund gefahren, das komme von der Unebenheit der Fahrbahn, dem Wind und anderen Einflüssen, und er, Juri, habe Primar Mondl darauf hingewiesen, daß es sich in der Binnenschiffahrt ähnlich verhalte, bergfahrende Schubverbände fahren die Flußbiegungen nie rund und in einem Guß, aufgrund ihrer Länge und Masse und der unterschiedlichen Kräfte der Strömung sägen auch sie die Kurven, eine Biegung wird angefahren, die Schiffsverbände verharren auf der Stelle und warten, bis die Strömung eine neue Angriffsfläche findet, dann drehen sie den Verband ein paar Grad weiter in die Biegung, stechen hinein und wiederholen dieses Spiel mehrmals. Mondl habe nur genickt und sei noch schneller gefahren, aber nein, Angst sei nie aufgekommen, Mondl habe den Sportwagen immer im Griff gehabt.

„So", sagte Juri und führte vor, wie Mondl, mit leicht angewinkelten Armen und beiden Händen fest am Lenkrad, leise vor sich hin gepfiffen habe.
Auf der Rückfahrt seien sie über das neue Autobahnstück bis Kittsee dahingerast, dann aber habe Mondl die Autobahn verlassen und sei auf engen Landstraßen, einem Rallyefahrer gleich, bis Hainburg gefahren, wo er Juri auf eine Portion Eis einlud.
„Stellt euch vor; ich hab einen urgroßen Becher mit verschiedenen Beeren und fünf verschiedenen Eissorten bekommen und extra noch eine Schüssel Schlagobers und zwei Packerl Waffeln dazu!"
Wir heuchelten Begeisterung. Horst wollte wissen, warum Juri dann nicht auf und davon sei.
„Wenn du so einen Kübel Eis kriegst, rennst du nicht davon, sondern du wartest geduldig, was da noch kommen wird", beschied Juri, und ich mußte seiner Logik Respekt zollen.
Sie seien dann noch zum Golfplatz Hainburg gefahren, wo Primar Mondl Juri auf eine halbe Runde mitnahm. Anfangs sei der Bub noch Feuer und Flamme für den ihm unbekannten Sport gewesen, dann habe das Interesse angesichts der langweiligen holes – Juri sprach das Wort übertrieben nasal aus – nachgelassen. Daraufhin habe Mondl mit ihm die Ruine Röthelstein erkundet.
„Und dann hat der Herr Primar einen Fehler gemacht", sagte Juri und machte eine Kunstpause.

„Red“, sagte Horst nur. Der Ton, in dem er es sagte, ließ es Juri geraten erscheinen, ohne weitere Verzögerung fortzusetzen.
Mondl sei mit ihm die Bergstraße auf den Braunsberg hinaufgefahren, erzählte der Bub. Und von dort oben habe er einen bestürzenden Überblick vom Ausmaß des Hochwassers bekommen und mit einem Schlag gewußt, daß er schleunigst zurück müsse, um Horst bei der Evakuierung der Hütte zu helfen. Ohne ein Wort zu verlieren und über Stock und Stein zu Tal springend, sei er abgehauen. Mondl habe ihn zwar mit seinem Wagen verfolgt, aber vor dichtem Strauchwerk und umgestürzten Bäumen muß auch ein Maserati kapitulieren. Und dann sei er von Hainburg bis Fischamend an der Donau entlanggelaufen, die Donauarme hätten ihn immer wieder vom Ufer des Flusses in die Au gezogen, da habe er die meiste Zeit verloren. Auf die Geländestufe oberhalb der Au bei Wildungsmauer und Regelsbrunn habe er nicht hinauf gewollt, denn dort oben vermutete er zu Recht Polizei und Feuerwehr. Einen verschwitzten Buben, der ins Hochwassergebiet will, hätten sie nicht passieren lassen. Horst klopfte Juri auf die Schulter und schaute triumphierend in die Runde.
Juri fuhr fort:
Weil er die Dörfer mied, sei er, wann immer ein einmündender Donauarm ihn in die Au ablenkte, bei erstbester Gelegenheit zurück ans Donauufer, manchmal über umgestürzte Bäume kletternd, manchmal durch

neu gebildete Bäche watend. In der Dunkelheit habe er sich ein paar Mal verirrt, aber als der Mond endlich zu sehen war, sei er zügig weitergekommen.
„Große Literatur", sagte der Dozent und stieß einen tiefen Rülpser aus. Als er sich entschuldigen wollte, hielt ich ihm den Mund zu. Er hatte viel zu rasch ein Glas ums andere gekippt und war sternhagelvoll. Horst ging mit ihm ein paar Schritte zur Innenseite des Dammes und wartete, bis der Dozent sich erleichtert hatte. Klugerweise war er nicht an die Donau getreten. Die vorbeiströmenden Wasser waren schon so manchem betrunkenen Nachtschwärmer zum Verhängnis geworden. Am Friedhof der Namenlosen kann man ihrer gedenken.
Nachdem die beiden zurückgekehrt waren und der Dozent fortwährend nach einem Magenbitter von Fräulein Anita verlangte, brachte Horst ihn in die Hütte und ließ ihn seinen Rausch ausschlafen.
Dann fragte er Juri: „Hat er dich bedroht?"
Juri schüttelte den Kopf.
„Ich frag noch mal: Hat er dich bedroht?"
„Und ich sag noch mal: Nein! Bin ja kein Trottel. Kann mich schon wehren."
Aber dann rückte Juri doch mit der Wahrheit heraus. Primar Mondl hatte sich eingehend nach Horsts Gesundheit erkundigt, welche Medikamente er nehme, ob er in der Nacht schweißgebadet aufwache, ob er nach Anstrengungen schnaufe und so fort.
„Was hast du ihm geantwortet?" fragte ich den Buben.

„Daß der Vater noch nie im Leben geschwitzt hat. Daß er wunderbar Luft kriegt. Daß er die vorgeschriebene Menge Wein trinkt. Daß ich die Namen der Pulverln nicht auswendig weiß, aber sie anhand von Form und Farbe beschreiben kann. Und daß der Vater überhaupt der gesündeste Mensch von der Welt ist, der jeden zusammenschlagt, der das nicht glaubt."

Wieder klopfte Horst seinem Buben auf die Schulter.

Der spätere Abend verlief sehr harmonisch. Juri und Horst spielten „Mensch ärgere dich nicht", gerieten kurz in einen heftigen Streit und wechselten dann zum unverfänglicheren „Schiffe versenken". Horst verlor eine Seeschlacht um die andere, aber das schien ihm, der sich sonst erbittert gegen Niederlagen stemmte, nichts auszumachen, so groß war die Freude, seinen Buben wiederzuhaben. Ich hatte mich in meiner Decke vergraben und beobachtete die beiden noch eine Weile, bis ich langsam in einen unruhigen Schlaf sank.

16. Kapitel

Vermischte Träume

Im Schlaf geriet ich von einem Alptraum in den anderen. Zuerst träumte ich, daß Primar Mondl Juri in seinem Sportwagen betäubt und verschleppt hatte. Irgendwo im Wienerwald trug er den Jungen in einen Waldfriedhof, dort sperrte er eine pompöse Gruft auf, zerrte Juri in den Vorraum und trug ihn dann ein paar Stufen in einen muffigen Keller hinunter, in dem mehrere Särge standen. Die Familiengruft der Mondls. Die Familie war in dieser Wienerwaldregion seit Generationen führend. Ursprünglich waren die Mondls Großgrundbesitzer und Holzverarbeiter gewesen. Zur Zeit des Eisenbahn- und Schiffahrtsbooms im 19. Jahrhundert erwarb der Clan Kohlegruben im damaligen Fünfkirchen in Südwestungarn. Diese verkauften die Mondls an die DDSG weiter, welche die Kohle für ihre rasch wachsende Donauflotte, damals mit über tausend Schiffen die größte der Welt, benötigte. Mit dem Erlös stiegen die Mondls ins Waffengeschäft ein. Den Ersten Weltkrieg begrüßte die Familie mit heißem Herzen; am millionenfachen Leid verdiente sie sich dumm und dämlich. So dämlich, daß es einem Mondl gelang, in den zwanziger Jahren den größten Bankrott der damaligen Zeit hinzulegen. Die Waffenfabrik wurde erst in den dreißiger Jahren in enger Koope-

ration mit der Heimwehr wieder aufgesperrt. Die Deutschen gliederten den Betrieb in den SS-Wirtschaftskonzern ein; in mehreren Fertigungsstätten, die zum Teil unter Tage lagen, produzierten Zwangsarbeiter Panzergeschütze. Ein Zweig der männlichen Mondls war in Kriegsverbrechen verwickelt und flüchtete mit Hilfe des im Vatikan wirkenden österreichischen Bischofs Hudal nach Argentinien, wo die Mondls in den Anden eine Hotelkette aufzogen und bald für das Sommerquartier der heimischen Schinationalmannschaft verantwortlich zeichneten. Der Rüstungsbetrieb bei Alland wurde verstaatlicht. Nach dem Abzug der Sowjets im Jahr 1955 übernahm wieder ein Mondl, der Vater des Primars, die privatisierten Anlagen und führte bis in die frühen achtziger Jahre eine Munitionsfabrik, die für den Export und das österreichische Bundesheer arbeitete. Nach der endgültigen Schließung der Fabrik verblieb immerhin der beträchtliche Wald- und Grundbesitz im Eigentum der Familie.
Der Dozent hatte mir diese Unterlagen und jene über die Hardengraetz und Göttlichers zur Verfügung gestellt. Ich sollte wissen, mit welchen Familien wir es zu tun hatten. Keine der drei Familien war auf anständige Weise reich geworden – so viel war nach der Lektüre klar gewesen. Ich war von diesem Befund nicht überrascht gewesen, mehr denn je war ich aber entschlossen, die Herrschaften um den geplanten Betrag für Juris Zukunft zu erleichtern.
Der Film in meinem Kopf lief ungehindert weiter.

Nachdem er den betäubten Juri in der Gruft zurückgelassen hatte, stieg Primar Mondl in seinen Maserati und sprach einen kurzen Brief auf ein Diktiergerät. Der Brief war an uns adressiert. Mondl forderte uns auf, die Erpressung sein zu lassen, andernfalls wäre Juris Leben in Gefahr. Dann startete er seinen Wagen und raste nach Wien zurück, wo er an einer Primarbesprechung teilnehmen sollte. In einem Wienerwaldnest kam der rasende Maserati von der Fahrbahn ab und krachte in ein Gerätehaus der Feuerwehr. Der Wagen ging in Flammen auf, Mondl wurde per Hubschrauber ins Unfallkrankenhaus Mödling geflogen. Er hatte zahlreiche Brüche und schwere Schädelverletzungen erlitten. Nach einer Notoperation wurde er in einen künstlichen Tiefschlaf versetzt. Bleibende Hirnschäden waren nicht auszuschließen. Für uns war das eine Katastrophe. Niemand wußte, wo der Bub war. Wenn es Juri nicht gelänge, sich selber zu befreien, würde er einem qualvollen Ende entgegengehen. Deutlich sah ich die verstaubten Särge in der Gruft vor mir, und ich sah auch, wie Juri, der aus der Betäubung erwachte, sich langsam zu bewegen begann.
Ich schreckte aus dem Traum hoch und sah Juri tatsächlich vor mir. Er war an Horst gelehnt und schlief fest. Horst schnarchte leise. Das Mondlicht strich über seinen Hinterkopf. Aus der Hütte drangen die lauten Schlafgeräusche des betrunkenen Dozenten.
Noch nie hatte ich ihn so laut schnarchen gehört, und noch während ich mich darüber wunderte, war ich

wieder eingeschlafen und stolperte in einen weiteren Alptraum.
Ich kam wie alle Tage zum Heurigen, hungrig und durstig und voller Vorfreude auf Anita. Die Sonne schien, einige Weinbeißer saßen vor ihrem Glas, blätterten in einer Zeitung oder träumten von vergangenen Zeiten. Da ich Anita nirgendwo entdecken konnte, zog ich mich über eine Stufe in den Schankraum. Anita war wahrscheinlich in der Küche oder im Lagerraum dahinter. Aber auch in der Küche war keine Spur von ihr. Doch aus dem Lagerraum drangen schabende Geräusche. Ich öffnete vorsichtig die angelehnte Tür und fand eine Kollegin von Anita, die sich mit einem Zwanzig-Liter-Faß Frittieröl abplagte. Ich half ihr, das sperrige Ding in die Küche zu rollen und aufzurichten. Dann schlugen wir das Faß an der dafür vorgesehenen Stelle auf.
Auf meine Frage antwortete die Kollegin, daß Anita ihren Dienst nicht angetreten hatte. Sie habe aber zwei Briefe hinterlassen, einen für den Besitzer des Heurigens und einen für mich. Als ich das hörte, wurden mir die Knie weich und ich war froh, daß ich bereits saß. Mit zitternden Fingern öffnete ich den an mich gerichteten Brief und las:

Liebster Groll!
Nach langem Hin und Her habe ich mich zu einem Schritt entschlossen, der mein Leben hoffentlich für alle Zeit aus der Schlamastik bringen wird, wie Du immer zu sagen pflegst. Ich

weiß, daß ich Dir damit weh tu, ich weiß aber auch, daß Du der einzige Mensch auf der Welt bist, der meine Entscheidung versteht. Nicht einmal der studierte Herr Dozent versteht mich. Es fällt ihm schwer, mit mir zu kommen, obwohl er ziemlich auf mich steht. Er hat große Skrupel wegen eurer Freundschaft; aber ich hab ihn aufgeganserlt, und Du weißt, daß da keiner widerstehen kann. Sei ihm also nicht gram. Alles in allem ist er ja doch auch nur ein Mann. Wenn Du willst, kannst Du mir Schimpfworte verpassen (ich kenn sie alle, glaub mir), daß die Heurigenbänke wackeln. Nimm Dir also meinen Schritt nicht allzusehr zu Herzen. Ich gehe nicht wegen Dir, sondern weil ich die letzte Chance sehe, aus dem Hamsterrad zwischen Kellnerieren und Geldvögeln herauszukommen. Mit dem Dozenten verbindet mich bloß eine rudimentäre Inklination.

Im Traum fragte ich mich: Was, um Himmels willen, ist eine rudimentäre Inklination? Sie muß das Wort vom Dozenten haben. Er hat sie mit seinem soziologischen Geraune hypnotisiert.

Ich habe aber die Hoffnung, daß eben dieser Mann, der wirkt, als sei er nicht von dieser Welt, mein Leben wieder auf die Füße bringt.

Auf den ersten Blick magst du recht haben, Anita, denn der Dozent verfügt über ein ansehnliches Vermögen. Die Sanierung deiner finanziellen Probleme wäre für ihn nur eine simple Überweisung. Theoretisch! Denn auf den zweiten Blick ist es ganz und gar nicht so, daß der Dozent mit seinem Geld großzügig umgeht. Er hat das Sparen von seiner Mamà gelernt, und darin ist er ein Musterschüler. Besonders spart der

Dozent in der Liebe. Er ist von dem Gedanken besessen, daß Frauen nur sein Geld wollen. Der Arme! Woher er diese Meinung wohl hat? Um den Dozenten für dich zu gewinnen, liebste Freundin, wirst du dich darauf einstellen müssen, lange Zeit einmal für ihn zu bezahlen – beim Restaurantbesuch, beim Bücherkauf, bei gemeinsamen Reisen. Der Dozent wird deine Einladungen gern annehmen, und er wird sich so sehr daran gewöhnen, daß es schwer sein wird, ihm auch die andere Seite des Mondes zu zeigen.

Es hat keinen Sinn, uns zu suchen. Versuch nicht, uns zu folgen. Wahrscheinlich gehen wir weit weg, dorthin, wo uns keiner kennt, dorthin, wo eine neue Chance auf uns wartet …

Wie wär's mit Vorarlberg, Liebste? Dort wird sich keiner an dich erinnern wollen. Kapfenberg ist auch nicht schlecht. In Etmißl sind gerade neue Wohnhöhlen eröffnet worden.

Du sollst wissen, daß ich Dich sehr mag. Von Liebe will ich nicht reden, Du weißt, ich bin mit diesem Wort sehr vorsichtig. Aber weit davon entfernt waren wir nicht, das spüre ich. Wenn Du nicht betrunken bist, kannst Du ein passabler Liebhaber sein, und wenn Du nicht grade von Deinen Schiffen erzählst, bist Du auch ein charmanter Unterhalter. Frauen schätzen solche Männer, sie fühlen sich bei ihnen irgendwie erhöht.

Ein passabler Liebhaber? Was soll das, bitteschön, sein? Einer, der gerade noch mitkommt beim Wettvögeln? Der nur deshalb in die nächste Runde aufsteigen darf, weil zwei konkurrierende Männer nach der Einnahme von Betablockern ausgefallen sind? Ein phantasievoller, zärtlicher und wilder Liebhaber meines Schlages hat solche Zensuren nicht nötig. Wahres Talent erhebt sich über diese als Kompliment getarnte Beleidigung.

Sicherlich wirst Du bald eine Gefährtin finden, die nicht so viel Geschichte mit sich herumschleppt. Männer wie Du bleiben nicht lang allein.

Eine Gefährtin? Bin ich ein Fährtenleser und Spurensucher? Ein Trapper in der Prärie? Der Frau muß das Frittieröl zu Kopf gestiegen sein.

Ich bitte dich: Gönne uns diese Chance. Wir wissen beide nicht, wohin uns der Wind des Schicksals tragen wird …

Der Wind des Schicksals! Wenn ich das schon höre! Der Furz des Geldes, meine Liebe! Der Furz des Geldes! Dagegen verblaßt jeder Orkan zum Windhauch.

Ich hab noch einiges an Wäsche bei Dir, und ein paar Bücher und Fotos von meiner Kleinen. Sobald wir ein fixes Plätzchen gefunden haben, schreib ich Dir eine Adresse, wo Du die Sachen hinsenden kannst. Aber ich sag Dir jetzt schon: das Plätzchen wird weit von unserem Aufenthaltsort entfernt sein. Vielleicht holt ein Freund das Paket für uns ab und schickt es weiter, weil wir auf einen anderen Kontinent gezogen sind. Der Dozent hat nämlich Andeutungen in diese Richtung gemacht, er kennt ja Gott und die Welt. Im übrigen trägt er sich mit dem Vorhaben, Dir in einem ausführlichen Text die Gründe seines Schrittes darzulegen.

Auf einen anderen Kontinent kannst du gern ziehen, meine Liebe. Hoffentlich zieht's dort nicht zu sehr von all den Andeutungen, die mein Dozent so von sich gibt.

Der Mann ist ja selber eine einzige Andeutung. Und sag ihm, er soll sich die Mühe sparen, mir einen Text zu schicken. Der würde ungelesen im Altpapier landen.

Ich werd immer einen Platz für Dich in meinem Herzen freihalten, Groll. Das weißt Du. Vielleicht sehen wir uns eines Tages unter glücklicheren Umständen wieder. So, jetzt muß ich schließen, weil sonst muß ich heulen, und das wollen wir doch beide nicht.

Anita.

Liebste Anita, es ist mir herzlich egal, ob du heulst oder schmachtest, Turnierplätze in deinem Herz freihältst, in anderen Umständen noch größeren Unsinn verzapfst, ob du auf und davon oder hin und her gehst, ob du dich mit dem Dozenten vergaloppierst oder mit einem Hydranten; es geht mich nichts mehr an. Ich hab dich aus meinem Protokoll gelöscht.

Wieder schreckte ich hoch. Ich atmete schwer und war schweißüberströmt. Nachdem ich die Decke abgeschüttelt hatte und ein wenig in die schwüle Nacht hineingehört hatte, fuhr ich in die Hütte, schnappte mir ein großes Glas, goß Wasser ein und schüttete dem Dozenten den Inhalt ins Gesicht. Bevor der merkte, was geschehen war, hatte ich die Hütte auch schon verlassen und rollte mich in meine Decke ein. Der Zorn auf Anita und den Dozenten wollte und wollte aber nicht abklingen. Wenn einer in Krisenzeiten zwei Alpträume hintereinander hat, werden die wahr. Es sei

denn, es sind drei Träume, die heben sich nach einem uralten kosmischen Gesetz wieder auf. Zumindest sagt das Frau Olga, die bei den Heurigen Schokoladefrüchte verkauft. Olga entstammt einer Roma-Familie am Leopoldauerplatz, sie muß es wissen. Ich bat also um einen neuen Traum.
Und da war er auch schon.
Auch er fand seinen Anfang im Heurigen. Ein Rad von der Art der Rennmaschinen, welche der Dozent fuhr, stand an den Schilfzaun gelehnt. Aus dem Lagerraum hinter der Küche drangen eindeutige Geräusche, ich hörte Anita, die beim Vögeln grade richtig in Fahrt gekommen war, und ich hörte ein regelmäßiges Scheppern. Sollte der Dozent die Unverfrorenheit besitzen, Anita in meinem Revier zu vernaschen? Ich plazierte mich im Schankraum so, daß ich den Weg ins Freie verstellte. Nach einigen Minuten schlich nicht der Dozent, sondern ein mittelalterlicher, schlaksiger Mann aus der Küche. Ich kannte ihn, er war Stammkunde bei Anita, und am liebsten vögelte er sie vor Dienstbeginn in der Abstellkammer.
Ich begrüßte Anita, wie es einer schwer arbeitenden Frau zusteht, mit einer Verbeugung.
Das nächste Bild zeigte den Dozenten mit Juri; sie hielten sich ebenfalls im Lager auf. Der Grund saß im Schankraum. Primar Mondl war dabei, den Heurigen nach Juri zu durchsuchen. Der Bub war ihm auf dem Braunsberg entkommen, an der Donau hatte Mondl Juri auch nicht gefunden, da war es naheliegend, im

Heurigen nachzuforschen. Aber das Versteck hielt, Mondl zog unverrichteter Dinge ab. Dennoch hatte sich der Heurigen als zu gefährlich erwiesen. Wir beschlossen daher, den Buben in der Villa des Dozenten unterzubringen. Dies ging einen Tag gut, dann aber wurde die Mutter des Dozenten auf den blinden Passagier aufmerksam. Erstaunlicherweise warf sie weder ihren Sohn noch den Buben aus der Villa, sondern nahm Juri, dessen Mißtrauen groß war, zu sich in die Beletage, um ihm anhand alter Familienfotografien etwas Kultur beizubringen. Juri hatte nichts gegen die Kultur, aber wirklich begeistert war er von ihr nicht. Im Falle der feinen Windbäckerei und anderer Köstlichkeiten vom Nobelkonditor lagen die Dinge umgekehrt. Ein wenig trug Juri auch zur Vervollständigung von Madames Weltbild bei, indem er ihr freizügig Schnurren aus dem Leben am Strom erzählte. Die beiden verstanden einander prächtig, und ich freute mich im Traum mit ihnen, da tauchte Mondl, dieser widerliche Störenfried, wieder auf.

Ich sah Juri im Zimmer des Dozenten schlafen, der Dozent war ausgeflogen. Mondl war über die Steinmauer des Parks gestiegen und hatte sich in die Villa geschlichen. Er näherte sich Juri mit einem äthergetränkten Wattebausch und betäubte ihn wie im ersten Traum. Dann warf er den Buben über die Schulter und eilte mit ihm durch den Park. Der war wie in jedem ordentlichen Traum mondhell. Und weil er so gut erleuchtet war, konnte Madame Nostitz, die auf das Rumoren im Souterrain aufmerksam geworden und mit einem großkalibrigen Gewehr auf den Balkon getreten war, den vermeintlichen Räuber gut erkennen. Sie rief ihn mit ihrer herrischen Stimme an, worauf Mondl Juri vor Schreck fallen ließ. Er streckte beide Hände in die Höhe, da traf ihn ein Blattschuss ins Herz. Er fiel vornüber wie ein Mehlsack.

Das nächste Bild zeigte Mondl, der, einer Puppe gleich, an der ersten Linde im Park baumelte. Herr Kálmán hatte die Leiche gesäubert und an einem Wäschestrick hochgezogen. Madame stand, ein Glas Brandy in der Hand, auf der Veranda und gab Herrn Kálmán Anweisungen, in welche Richtung die Leiche zu drehen sei.

Mit diesem Traum erklärte ich mich einverstanden.

Mit mir und der Welt wieder im Reinen, schlief ich weiter und wurde von weiteren Träumen verschont.

17. Kapitel

Theorie und Praxis des Hochwassermanagements.
Die Geschäfte der Lumpenbourgeoisie.
Ein unerwarteter Sieg und eine fürchterliche Entdeckung

Am frühen Morgen begann es wieder zu regnen. Der Fluß war während der Nacht nicht gestiegen, aber er wirkte bedrohlicher als am Abend zuvor. Juri versorgte die Crew mit starkem Kaffee, und bald saßen wir, einschließlich des scheinbar um zehn Jahre gealterten Dozenten, schweigend am Tisch in der Veranda. Um sieben Uhr drehte Horst den Radioapparat auf. Wir hörten eine behördliche Verlautbarung:

Bulletin der Wasserstraßen- und Sicherheitsdirektion.
Der Personenschiffsverkehr ist seit gestern abend zwanzig Uhr im Verlauf der gesamten Donau eingestellt. Nachdem Frachtschiffe angewiesen wurden, die nächstgelegenen Liegeplätze aufzusuchen, gilt auch für sie seit sechs Uhr morgens ein Fahrverbot. Des weiteren besteht ein Fahrverbot für Motor- und Sportboote aller Art. Ein Zuwiderhandeln zieht in jedem Fall drastische Strafen nach sich. Gleichzeitig mit der Verhängung des Fahrverbots für Frachtschiffe werden in den Donaukraftwerken die Schleusungen eingestellt. Die Nachricht wird für die Schiffsführer auch über das elektronische DORIS-System (Danube Organisation and River Information System) verbreitet.

In der folgenden Reportage aus Überschwemmungsgebieten in Oberösterreich wurde darauf hingewiesen, daß für den frühen Abend eine Flutwelle zu erwarten sei. Die Donaukraftwerke müßten die Schleusen und das Wehr für die Turbinen öffnen, um Schäden an den Anlagen zu vermeiden.
„Arschlöcher“, sagte Horst.
Der Dozent schaute erstaunt von seinem Kaffee auf.
„Die Flutwellen kommen nicht von der Donau, die kommen von den Kraftwerken“, sagte Horst.
Er bitte um Aufklärung, sagte der Dozent im Tonfall eines Musterschülers.
„Red du“, sagte Horst zu mir und schenkte sich ein Glas Wein ein.
Daraufhin gab ich dem Dozenten einen kleinen Abriß von Theorie und Praxis des Hochwassermanagements. Juri lauschte aufmerksam, Horst nickte. Einige Male streute er ein Schimpfwort oder einen Fluch in meine Ausführungen ein.
„In der Theorie sollen die Kraftwerke den Schwung von Hochwassern bremsen und verteilen“, begann ich meine Lektion. „In der Praxis schaut die Sache aber anders aus. Ich werde Ihnen nun vorführen, wie drastisch sich welthistorische Umwälzungen auf Naturereignisse auswirken. Im Gegensatz zu uns nautischen Kerlen sind Sie eine Hietzinger Landratte, verehrter Dozent. Dafür können Sie nichts, dennoch muß ich Ihnen sagen, daß Ihre Lebenskräfte durch ihre Landrattenexistenz nachhaltigen Schaden nehmen. Immer-

hin kenne ich Sie aber als Mann mit einigem Vorstellungsvermögen, und an dieses wende ich mich, indem ich Ihnen auf den Kopf zusage, daß Sie sich noch nie mit der Frage der Stauräume vor Wasserkraftwerken beschäftigt haben. Ich werde Ihnen nun im folgenden bei dem Versuch beistehen, Ihren Entwicklungsrückstand aufzuholen."

„Ich bitte darum", murmelte der Dozent.

„Ruhe", sagte Horst.

„Pssst", zischte Juri.

Ich setzte fort: „Wie Sie sich vorstellen können, sammeln sich in den Stauräumen der Kraftwerke Unmengen an Treibholz, Schotter und Müll. Alle paar Jahre müssen die Stauräume mit großem Aufwand gereinigt werden. Die Arbeiten ziehen sich über Monate hin, sind äußerst kostspielig und führen immer wieder zu Einschränkungen des Schiffsverkehrs. Nun ist es aber so, daß die Kraftwerksbetreiber ihrerseits unter dem Druck der Reedereien stehen, die jegliche Behinderung der Schiffahrt als ökonomischen Anschlag auf ihre ohnehin schwierige Existenz erleben. Wie Sie vielleicht den Wirtschaftsseiten Ihrer Tageszeitung entnommen haben, sind in den letzten fünfzehn Jahren die Frachtraten auf der Donau verfallen. Diese Entwicklung war begleitet von einer in der Geschichte beispiellosen Vernachlässigung und Zerstörung des Bahnnetzes sowie der uneingeschränkten Bevorzugung des LKW-Verkehrs durch die Regierungen der Oststaaten. Die Resultate können Sie ja auf den österreichischen Transitrouten bestaunen. Die Brünner Straße mag Ihnen dabei als Studienobjekt dienen. Der Grund für diesen ökologischen Wahnsinn ist natürlich in der Konterrevolution im Osten zu suchen."

„Sie meinen die Wende!" unterbrach der Dozent.

„Fälschlicherweise wird die Konterrevolution auch so bezeichnet."

„Oho!" rief der Dozent.

„Ruhe", sagte Horst.

„Aber dalli", ergänzte Juri.

Vom Publikum gestärkt, fuhr ich fort, indem ich darauf hinwies, daß der Begriff „Konterrevolution" nicht irgendeinem verschrobenen Gehirn entsprungen sei, es handle sich vielmehr um einen exakten nationalökonomischen Begriff, der die Überführung respektive Rückführung kollektiven Eigentums in private Hände ausdrücke – ob an dic Kirche, den Hochadel oder an Großkonzerne, sei dabei unerheblich.

„Ich komme Ihnen aber entgegen und konzediere, daß die Eigenart der ökonomischen Konterrevolution im Osten darin bestand, daß sie von regierenden kommunistischen Parteien ins Werk gesetzt wurde. Die Erörterung der Ursachen für diese historische Volte gehört aber nicht hierher, unsere Sache ist die Donau, sind die Hochwässer und die Art und Weise, wie die Donaukraftwerke Aktiengesellschaft sich verhält. Sie verkauft die Öffentlichkeit für dumm. Die Kraftwerke werben mit verbessertem Hochwasserschutz, gleichzeitig nutzen sie Hochwässer, um eine billige Säuberung ihrer Stauräume durchzuführen. Schleusen auf, und der Dreck wird weggespült. Auf diese Weise kommt es zu Flutwellen, die schlimmere Auswirkungen haben als die früheren, wo die Wassermengen sich zeitlich besser verteilten. Beim großen Hochwasser von 2002 wurde das Doppelspiel der Kraftwerksbetreiber offensichtlich. Die künstlich verschlimmerte Flutwelle hatte umfangreiche Zerstörungen zur Folge. Fassen wir zusammen: Die Donaukraftwerke verschlimmern die Hochwässer, indem sie die Stauräume entleeren: Dies wiederum tun sie, weil sie die Reedereien nicht behindern wollen, die ihrerseits der Konkurrenz der LKW-Spediteure nicht standhalten können. Die katastrophale Verkehrspolitik der Oststaaten wiederum ist eine Folge der gesellschaftlichen Umwälzungen. Man könnte auch sagen: An der Donau äußert sich das Ende des Realen Sozialismus in Hochwasserkatastrophen."

„Sie müssen aber auch alles mit Ihrer engstirnigen Weltanschauung verknüpfen!" erwiderte der Dozent ärgerlich.

„Nicht ich bin dafür verantwortlich, verehrter Dozent. Das Leben selbst zwingt zu dieser Einsicht. Im übrigen kann Ihnen jeder Donauanrainer diesen Sachverhalt bestätigen. Aber gegen die mächtigen Donaukraftwerke traut sich keiner aufzumucken."

„Er hat recht", brummte Horst.

„Herr Groll hat immer recht", ergänzte Juri. „Besser, Sie stellen sich darauf ein."

„Juri hat recht“, beendete ich die Lektion.
Das Mobiltelefon klingelte. Juri hob ab, horchte kurz und reichte mir das Gerät weiter. Anita war sehr aufgeregt. Eben habe sie von einem Kunden etwas Wichtiges erfahren.
„So früh am Morgen hast du schon Kunden?“ unterbrach ich.
„Der Kunde hat um neun Uhr einen Termin am Arbeitsamt. Da wollte er sich vorher hormonell in Form bringen. Ist doch verständlich, in Zeiten der Krise, oder? Und jetzt sperr die Ohren weit auf. Mein Kunde ist Lagerarbeiter in einer großen Weinkellerei in Döbling, du ahnst, welche. Und er sagt …“
„Daß unser Göttlicher sich heute Nacht erschossen hat“, unterbrach ich.
„Woher weißt du …?“
„Der Dozent hat es heute morgen im Radio gehört.“
„Daß die Frau auch tot ist …“
„Wurde ebenso gemeldet.“
„Wie denkst du darüber?“
„Ich denke, daß man mit solchen Leuten keine Geschäfte machen kann.“
„Du bist ein Scheusal“, sagte Anita.
„Ich weiß. Rhapsodische Menschen werden oft mißverstanden. Was ist mit dem Mondl?“
„Von dem Primar war keine Rede.“ Anita befleißigte sich jetzt eines kalten Geschäftstons. „Das ist noch nicht alles: Du sollst zu Madame Nostitz kommen. Es ist wichtig. Und schließlich: Ihr solltet schleunigst von

dort draußen abhauen, am Nachmittag öffnen die Kraftwerke Altenwörth, Greifenstein und Freudenau die Schleusen und Wehranlagen. Die können dem Druck angeblich nicht länger standhalten. Die Zufahrtsstraßen in die Überschwemmungsgebiete sind bis fünfzehn Uhr offen, dann wird das Gebiet großräumig abgeriegelt. Eine Anordnung des Bundeskanzlers; er wurde gestern übrigens von einem abrutschenden Sandsack vor laufenden Fernsehkameras in einen reißenden Mühlbach gezerrt."
„Und?"
„Er wurde gerettet. Aber es war knapp."
Man kann nicht alles haben, dachte ich mir.

Der Dozent versprach, sich um Juri und Horst zu kümmern. Sie würden hierbleiben und die Hütte hochwasserdicht machen. Ich meinerseits versprach, rechtzeitig auf dem Schotterberg zurück zu sein.
Eine dreiviertel Stunde später saß ich – Herr Kálmán hatte mich auf gewohnt sichere Art ins Haus gebracht – im Zimmer des Dozenten. Madame Nostitz hatte mir eine Flasche Osborne Veterano zugedacht, für sich hatte sie wieder geeisten Schlehenlikör und Wodka vorbereitet. Ersteren trank sie offenbar aus Gründen der Etikette, zweiteren aus Passion. Sie präsentierte mir ein Schreiben des Gerichts, in dem mitgeteilt wurde, daß ihre Tochter, Dr. Alice Nostitz, einen Antrag auf Besachwaltung der Mutter eingebracht hatte. Die Begründung: ihre Mutter leide an einer pro-

gredienten dissoziativen Persönlichkeitsstörung, die mit großer Gefahr für das Leben der alten Dame einhergehe. Außerdem sei das Fortbestehen der Maschinenbaufirma Nostitz durch den sich verschlechternden Zustand der Mutter, die als alleinige Finanzchefin agiere, unmittelbar gefährdet, wodurch wiederum der Fortbestand von dreihundert Arbeitsplätzen bedroht sei.
„Es ist ausgestanden", sagte Madame Nostitz. „Lassen Sie uns auf den Sieg trinken." Sie hob das Glas, wir stießen an. Sie trank in einem Zug aus und schenkte sich sofort nach. Nach dem dritten Glas gelang es mir endlich, Madame nach der Art unseres Sieges zu befragen. Eine Besachwaltung ist eine ernste Angelegenheit, wie man einen derartigen Anschlag als Sieg interpretieren konnte, war mir schleierhaft.
Was nun folgte, erweiterte mein Wissen über bürgerliche Tugenden beträchtlich.
Madame führte aus, daß ihre Tochter Alice in großen finanziellen Schwierigkeiten stecke, die dadurch ausgelöst worden seien, daß ihr ein ehemals leitender Mitarbeiter der Firma zu Produkten österreichischer Finanzdienstleister geraten habe. Es habe sich just um jene Papiere gehandelt, die später in den Medien als Totalverluste Furore machten. Sie kenne einige der handelnden Banker und Investoren seit langem und habe sie von jeher für Gauner und Hochstapler gehalten. Sie verwendete auch den Ausdruck „Lumpenbourgeoisie" für die Hochfinanz. Wer diesen Leuten Geld leihe, habe mit dem Leben abgeschlossen. Aus

ihren Worten sprach das Selbstbewußtsein und die Souveränität einer produzierenden Unternehmerin. Die Übernahme der Fabrik wäre für ihre Tochter und ihren unfähigen Mann, der sich Architekt schimpfe, obwohl das einzige Haus, das er errichtet hatte, nach drei Monaten am Ufer der Leitha zusammengekracht sei, der rettende Anker gewesen. Alice habe nach und nach all ihre Klienten aus der psychotherapeutischen Privatpraxis vertrieben, ihr Mann habe als besserer Laufbursche und Grüßaugust in großen Architekturbüros gearbeitet, deren Besitzer sich seiner aus Rücksichtnahme gegenüber der Familie Nostitz erbarmt hatten. Beider Einkommen habe kaum die standesgemäßen Ausgaben gedeckt, und die Apanage, die Alice ebenso wie ihr Bruder bezogen habe, sei zwar anständig gewesen und hätte bei kluger Gestion auch bescheidene Zinsen getragen, aber eben diese Apanage sei von der Tochter bei Casinobesuchen durchgebracht worden.
„Daß ich Sie engagierte, ist mit Blick auf meine Tochter geschehen“, führte Madame weiter aus. „Ich habe Ihr davon erzählt, daß ich Ermittler eingeschaltet hatte. Sie glaubte sich seither von Privatdetektiven umzingelt und sah sich ins Eck getrieben; mußte sie doch damit rechnen, daß man ihr, die einzig ein Motiv hatte, die Puppengeschichte anhängen würde. Mit einigem Geschick hätte man aus der Sache sogar einen Mordanschlag konstruieren können: Tochter treibt Mutter durch makabre Puppenspiele in den Herztod.

Der treulose Berater und Liebhaber der Tochter sei kein schlechter Jurist, er müsse um die Gefahr wissen.
Aber auch die Tochter habe eine Puppe vorgefunden, warf ich ein.
Das sei eine Finte gewesen. Es sollte den Anschein haben, als werde auch die Tochter bedroht. In Wahrheit sei sie dadurch umso stärker in Verdacht geraten, gemäß der Einsicht, daß, wer Verdacht von sich ablenke, sich erst recht verdächtigt macht.
Das hätte auch ich so gesehen, gab ich zu.
„Sehen Sie!“ sagte Madame und lächelte böse. „Mittels der Puppen habe ich meine Tochter zu einem Verzweiflungsschritt getrieben.“
„Der Antrag auf Besachwaltung!“
Madame nickte. „Jeder, der mich kennt, weiß, daß der Antrag keine Aussicht auf Erfolg hat. Aber alle Aufsichtsratsmitglieder meiner Firma sind von nun an gegen meine Tochter und ihre Ambitionen immunisiert. Im Aufsichtsrat sitzen ein paar anständige Herren. Die schätzen es nicht, wenn eine erfolgreiche Direktorin entmündigt werden soll. Ich lasse meiner Tochter Hausverbot erteilen.“
Mein Respekt vor der alten Dame wuchs stetig an. Jetzt war er auf dem Höhepunkt angelangt. Ich wünschte, die leitenden Kader des Ostens hätten nur einen Bruchteil der Intelligenz, Gerissenheit und Tatkraft von Madame Nostitz besessen.
„Die Puppen waren von Ihnen“, resümierte ich und schenkte mir einen Brandy nach. „Wahrscheinlich

stammen sie von einem Kostümverleih. Und Herr Kálmán hat sie plaziert. Ich irre doch nicht?"
„Das, geschätzter Groll, fällt unter die Rubrik Geschäftsgeheimnis", sagte Madame und beschenkte mich mit einem entwaffnenden Lächeln. Sie vergaß auch nicht, mich pekuniär zu entlohnen, und zahlte mir den vereinbarten Betrag samt drei Prozent Erfolgsprämie bar auf die Hand.
Mit solchen Leuten kann man Geschäfte machen, dachte ich auf dem Weg nach Floridsdorf. Madame hatte mich noch zum Wagen geleitet. Herr Kálmán hielt sich diskret im Hintergrund. Seine Augen leuchteten, und seine Bewegungen waren eleganter und kraftvoller denn je. Nur die Spitzen seines grauen Schnauzbarts zitterten leicht.
Wenig später querte ich die Donau. Der Strom war über die Ufer getreten, das braune Wasser breitete sich auf den Begleitwegen aus und verteilte sich auf der Rückseite des Damms auf den Geleisen der Donauuferbahn. Es war erst Mittag, ich war froh gestimmt und dachte daran, wie schön jetzt ein Schäferstündchen mit Anita wäre. Tatsächlich freute sich Anita, als ich sie von meiner Wohnung aus anrief. Kurze Zeit darauf stand sie in meinem Wohnzimmer, und als ich begann, sie auszuziehen, hatte sie nichts dagegen. Sie gab mir sogar einen leidenschaftlichen Kuß. Im Schlafzimmer aber wehrte sie meine Hand ab, die ihren Slip abstreifen wollte. Ich sah erstaunt auf. Dieser Weg sei heute nicht befahrbar, sagte sie sehr pragmatisch.

„Aber in der Früh hast du doch …“

„Leider. Seither hab ich auch Beschwerden. Ich muß zum Arzt.“

Nachdem gesagt war, was zu sagen war, lag ich auf dem Rücken und starrte in die Luft. Man soll sich nie zu früh freuen, dachte ich. Wer weiß, vielleicht war auch mein Traum gar nicht so weit von der Realität entfernt gewesen, jedenfalls spukte der Dozent wieder in meinem Kopf. Anita mußte wohl gespürt haben, daß ich unnütze Gedanken wälzte. Sie schmiegte sich an mich. Und dann tat sie, was erfahrene Frauen in solchen Fällen mit ihren Männern zu tun pflegen. Sie tat es zärtlich und bestimmt und wollte nachher kein Taschentuch.

Beim Heurigen nahm ich noch ausreichend Proviant und ein paar Doppelliter Wein für Horst mit. Dem Besitzer ließ ich einen Hunderter zurück. Kurz vor halb drei Uhr schlängelte ich mich mit meinen Wagen über halb zugewachsene Wege zum Donauufer durch. Polizisten und Feuerwehrleute hatte ich nur einmal aus der Ferne gesehen. Die dünnen Reifen und der hohe Radstand des alten Renaults trugen das Ihre dazu bei, daß ich es erneut auf den Schotterberg schaffte. Oben wartete Juri. Seine Erleichterung war groß.

„Gut, daß du da bist, Herr Groll.“

„Wird wohl ein schlimmes Hochwasser“, sagte ich.

„Das Hochwasser ist nicht das Problem.“

„Sondern?“

Juri antwortete nicht, sondern half mir durch den Schlamm zu Horsts Hütte. Den Proviant müssen der Dozent und Juri später nachholen, dachte ich. Als ich zur Rampe einlenken wollte, korrigierte Juri die Richtung. „Was soll das?“ fragte ich gereizt. Helfer, die meinen Weg bestimmten, kamen sonst nicht ungeschoren davon.
Ein paar Dutzend Meter und eine Biegung des Treppelweges später sah ich des Rätsels Lösung. Horst und der Dozent standen neben einer Jaguar- Limousine. Die beiden grüßten verhalten und deuteten in das Innere des Wagens. Odilo Graetz von Hardengraetz saß auf dem Fahrersitz. Sein Hemd war geöffnet, die Augen starrten auf die Windschutzscheibe. Odilo Graetz von Hardengraetz, Sektionschef im Finanzministerium und heimlicher König des Gurktals, war tot. Und ich konnte ein weiteres Drittel des Ausgleichsgelds in den Rauchfang schreiben. Jetzt ruhten alle Hoffnungen auf der Zahlungsfähigkeit Primar Mondls. Wer gezwungen ist, seine Hoffnungen auf diesen Mann zu setzen, hat schon verloren, dachte ich verbittert.
Der sonst so schweigsame Juri kommentierte die makabre Szene mit einem Satz, an dem er länger gearbeitet haben mußte.
„Der Herr Göttlicher hat sich suzidal aufgeführt, der Herr Odilo aber ist an einem natürlichen Tod verblichen.“
„Dreimal falsch“, sagte der Dozent. „Erstens heißt es: suizidal. Zweitens ist auch der Suizid vulgo Selbstmord

ein natürlicher Tod. Wenn auch gewaltsam. Hier haben wir es, drittens, nicht mit einem Suizid zu tun. Wahrscheinlich liegt ein kardialer Insult vor."
Juri übersetzte das Gehörte in seine Sprache: „Der Herr von Odilo wurde so lange vom Tod insultiert, bis er hin war."
„Halt den Mund, Bub. Davon verstehst du nichts", sagte Horst.
Ich öffnete die Fahrertür und drückte Odilos Augen zu. Es wollte nicht gelingen, das Aas starrte weiter vor sich hin. Auch gut, sollte er seinen letzten Willen haben. Dann griff ich in die Taschen seines Sakkos und erleichterte ihn um seine Brieftasche und ein Mobiltelefon.
„Kannst du rausfinden, ob er noch telefoniert hat?"
Ich reichte Juri das Telefon und Horst die Brieftasche.
Juri drückte ein paar Knöpfe und schüttelte den Kopf. Dann aber rief er: „Er hat versucht, jemanden anzurufen … hier ist eine Nummer!" Er nannte eine Zahlenfolge mit den Ziffern sechs-zwei-null am Ende.
„Schau bei den eingegangenen Anrufen nach", riet der Dozent.
Es stellte sich heraus, daß jemand verzweifelt versucht hatte, Odilo anzurufen, sieben Anrufe waren gespeichert. Doch Odilo hatte nicht mehr antworten können. Die Nummer des Anrufers endete mit sechs-zwei-null. Der Besitzer der Nummer war unschwer zu erraten. Mondl und Odilo mußten sich abgestimmt haben. Mondl sollte Juri bearbeiten und Horst Angst um sei-

nen Sohn einjagen, Odilo wiederum versuchte es bei Horst mit schmierigen Tricks und Versprechungen. Doch nun war Odilo den Tod gestorben, den Mondl Horst zugedacht hatte. Sehr traurig wird unser Primar nicht sein, dachte ich. Von seinen Kumpanen wird keiner mehr bei Polizei oder Staatsanwalt aussagen. Nur unsere Aussage würde gegen seine stehen. Keine gute Ausgangsposition für uns, denn auf unsere Glaubwürdigkeit würde ich selber keinen Pfifferling geben.

Horst löste die Handbremse des Jaguars und stellte den Automatikhebel auf Neutral.

„Willst du den Wagen in die Donau schieben?"

„Nicht notwendig. Der Fluß holt ihn sich schon. Wir müssen zurück zur Hütte. Hier wird's ungemütlich."

Horst hatte recht. Nicht nur, daß es wieder zu regnen begonnen hatte, auch das Wasser stieg rasch an.

Vom Damm zum Eingang von Horsts Hütte waren gut zwei Meter Höhenunterschied. Schon jetzt hatte das Hochwasser Rekordhöhe, ein fünfzig–, wenn nicht gar ein hundertjähriges Hochwasser, schätzte Horst. Aber auch wenn die zwei Meter nicht reichen würden, hatte Horst vorgesorgt. Eine Zille mit mehreren Paddeln und Schwimmwesten war an der mächtigen Pappel hinter der Veranda befestigt. Daneben war Juris Paddelboot vertäut. Selbst wenn die Hütte vom Strom weggerissen werden sollte – was bedeuten würde, daß halb Ostösterreich meterhoch unter Wasser stünde –: wir würden nicht zugrunde gehen. Die reißende Donau wäre zwar gefährlich, aber Horst und Juri waren ausgefuchste Strommenschen; wenn es jemand mit dem wildgewordenen Strom aufnehmen konnte, dann die beiden. Und so ganz ungeschickt war ich auch nicht. Joseph und den Dozenten müßte man fesseln und am Boot anbinden.

Mit letzten Sicherungsarbeiten verging der späte Nachmittag. Es regnete unaufhörlich, und die Donau stieg beständig an. Wir redeten kaum, prüften nur zum wiederholten Mal unsere Vorkehrungen für den Fall der Fälle. Als die Dämmerung schon weit fortgeschritten war und die Welt in einem Inferno aus glucksenden und sprudelnden Wassern von unten sowie prasselndem Wasser von oben unterzugehen schien, ertönte plötzlich ein Aufschrei von Juri. Der Junge deutete in die Richtung von Göttlichers Hütte. Hinter der tief unterspülten Hütte bewegte sich ein dunkles Etwas langsam zur Seite, drehte sich dann in Richtung Strömung und wurde plötzlich mit enormer Wucht mitgerissen. Der Jaguar mit seinem toten Passagier an Bord wurde wie ein Spielzeugauto abgetrieben, der Wagen ging aber nicht unter, noch hielt ihn der Luftpolster an der Oberfläche. Ein Jaguar macht immer gute Figur.

„Beklemmend", sagte der Dozent.

„Schade um den Wagen", sagte Horst.

„Cool", sagte sein Bub.

„Sie nimmt hinweg die Sünden der Welt", rief ich.

„Geht's gut?" fragte Horst.

„Ein Versuch", antwortete ich. „Schau sie dir nur an, meine Trösterin, meine Serenissima, meine Donau! Sie

sorgt nicht nur für Bewegung in dieser verschlafenen Weltengegend, sie entsorgt auch die Geschichte."
„Wie kommst du darauf"
„Was denkst du, woher die Sohleeintiefung stammt! Von einem Übermaß an Geschichte! Sie frißt sich in das Flußbett wie ein vorzeitliches Monster. Und du, Horst? Bist du jetzt stolz auf deine übernatürlichen Kräfte?"
Horst schüttelte den Kopf. „Ich sag zu ihm: Geh sterben, Alter! Und er setzt sich in seinen Schlitten und stirbt. Darauf soll ich stolz sein? Daß der Trottel aufs Wort folgt? Daß ich ihn mausetot gemacht hab?"
„Das waren nicht Sie, Herr Horst. Das waren schon Odilos verfettetes Herz und seine niederen Pläne. Man könnte durchaus sagen, es war der Fluch der bösen Tat."
„Muß der immerzu reden?" Horst rückte vom Dozenten ab. Zornig schlug er mit der Faust auf den Steven der Zille: „Was die Arschlöcher alles aufführen, daß sie nicht zahlen müssen! Sie bringen sich um, kriegen einen Herzpatschen, und wer weiß, was noch kommt. Pfui Deibel, ist das eine Bagage!"
Juri stellte sich neben seinen Vater und versuchte, ihm die Hand über die Schulter zu legen. Das klappte nicht, weil Juri zu klein war, also zog Horst ihn an sich. So standen die beiden und starrten auf den tobenden Strom. Ich kannte Horst lange genug, um seinen Ausbruch deuten zu können. Es war weniger der Zorn über Odilos Kriechertum, es war die Angst vor der

unablässig steigenden Donau. Bis zur Dämmerung waren die beiden dem Hochwasser noch routiniert begegnet, nun aber, das spürte ich mit jeder Minute stärker, fingen auch sie an, Ehrfurcht vor dem Naturschauspiel zu zeigen. Wenn in einer bedrohlichen Situation auch die Kapitäne still und nachdenklich werden, dann darf man selber einen Schritt weiter gehen, man darf sich fürchten. Furcht ist eine adäquate Reaktion des Nervensystems auf eine existentielle Bedrohung, pflegt Wenzel Schebesta zu sagen. Nur Dummköpfe oder eitle Selbstdarsteller verdrängen die Furcht. Man muß nicht mit ihr sprechen, nicht mit ihr verhandeln oder gar mit der Situation hadern, man kann sie einfach akzeptieren. Ich weiß, daß du jetzt da bist, Furcht, könnte man sagen, ich hab schon gedacht, du setzt mich unvorbereitet dem Kommenden aus. Aber jetzt bist du, Furcht, Teil des Spiels, und ich kann das tun, was man unter Furchteinwirkung besser vermag als ohne, man schüttet Unmengen von Endorphinen aus und ist, sofern man seine Nerven im Zaum hält, mit einem Schlag ein anderer, Stärkerer, ist einer, der sich stellt und alles, aber auch wirklich alles unternehmen wird, die Herausforderung zu meistern. Die Furcht ist wie ein Kompressor eines ohnehin auf Höchsttouren laufenden Motors, sie setzt verborgene Kräfte frei. Aber wie das so nun mal ist, jeder Mensch reagiert unterschiedlich auf Bedrohungen. Der Dozent zum Beispiel reagierte auf das ansteigende Hochwasser mit manischem Plappern. Er machte sich

Sorgen um den Damm, der werde möglicherweise weggerissen. Er machte sich Sorgen um meinen Wagen, der auf dem Schotterberg stand. Der Schotterberg sei kein Fels, er, der Dozent, könne auf den Anblick eines vorübertreibenden Renault 5 verzichten. Und schließlich machte er sich Sorgen um die Fahrrinne, die werde jetzt möglicherweise vom gesunkenen Jaguar blockiert, für die Schiffahrt eine Katastrophe. Ich wollte den Dozenten beruhigen, ihm sagen, daß die Fahrrinne hier bei Mittelwasser sechzehn Meter tief ist, daß jede Menge Wracks aus zweihundert Jahren motorisierter Schiffahrt, ob durch Havarien oder durch Kriegseinwirkung, auf dem Grund der Donau liegen und daß die Schiffahrt durch die Relikte der Geschichte noch nie zum Erliegen gekommen ist. All das wollte ich ihm sagen. Ich wollte ihn auch über den Ausgang der Puppenspiele in Kenntnis setzen, doch ich schaffte es nicht, den Mann, der wie besessen vor sich hin redete, auch nur für eine Sekunde zu unterbrechen.
Es war dunkel geworden. Der Regen peitschte gegen die Fenster der Fischerhütte, ein Sturm war aufgekommen, der uns das Wasser schwallweise ins Gesicht trieb. Keiner von uns dachte daran, sich in die Hütte zurückzuziehen, Juri und Horst nicht, weil sie sehen wollten, was auf uns zukam, der Dozent nicht, weil er in seinem Sprechanfall Zuhörer brauchte, und auch ich nicht: Ich fühlte mich als Beobachter einer heraufdräuenden Katastrophe, allerdings als Beobachter, der längst nicht

mehr die Freiheit hatte, woanders hinzusehen. Nach einiger Zeit schien der Sturm nachzulassen, auch der Regen prasselte nicht mehr so wütend auf die Hütte, dann aber setzten die Naturgewalten mit voller Kraft wieder ein, es war nur ein Atemholen gewesen, das einen neuen Abschnitt des Infernos ankündigte.

18. Kapitel

Der rote Strom

Zum Tosen des Sturms und den nervös glucksenden Geräuschen des Flusses gesellte sich jetzt noch das dumpfe Poltern von Ufersteinen, die von der Strömung aus der Dammkrone gebrochen wurden. Und auf einmal war da auch ein häßliches metallisches Dröhnen, als schlitterte ein riesiges Automobil über den Asphalt. Dem Dröhnen folgte ein wuchtiger Aufprall, der die Hütte erzittern ließ, und wieder war da der Lärm von berstendem Metall, als hätte eine Großpresse unmittelbar neben uns ihre Arbeit aufgenommen. Horst starrte in den peitschenden Regen hinaus und deutete aufgeregt, und jetzt sahen auch wir ein paar schwache Lichter oberhalb einer mächtigen dunklen Masse. Das schwarze Ding ächzte und stöhnte, und manchmal war es, als gäbe es der Strömung ein paar Handbreit nach.

Horst band sich ein Seil um, befestigte es an der freistehenden Pappel neben der Hütte und bewegte sich in kleinen Schritten in Richtung des Ungetüms. Vorher hatte er mir noch das Versprechen abgenommen, Juri bei mir zu behalten. Juri hatte er eingeschärft, auf mich aufzupassen. Auch der Dozent hatte sich angeseilt, er folgte Horst ohne zu zögern. Der Regen war jetzt wieder schwächer geworden, man konnte gegen

den Wind schauen, und mit einem Mal traute ich meinen Augen nicht. Ich sah den schemenhaften Umriß eines Schiffskörpers, ja ich sah ein komplettes Vorschiff, das auf den Damm aufgefahren war. Und ich hörte Stimmen, aufgeregtes Rufen von Männern. Die Wolkendecke riß immer wieder kurz auf, die Szene wurde vom Mond in ein fahles, graues Licht getaucht. Ein Passagierschiff älterer Bauweise war von der Strömung auf den Steinwurf gedrückt worden; ein Matrose ließ sich mittels eines von Horst gehaltenen Seils vom Vorschiff heruntergleiten. Das Schiff drehte sich und ächzte, und plötzlich war klar, daß das Schiff in der Mitte auseinandergebrochen sein mußte; das Heck, das der Strömung ausgesetzt war, zerrte an dem aufgelaufenen Bug, wodurch der Riß immer größer wurde. Entweder das Schiff würde in zwei Teile zerrissen oder das Heck würde den Bug mit sich in die Fahrrinne ziehen. Der Matrose hatte nun festen Boden unter den Füßen, Horst band den Mann los. Juri und ich verrenkten uns die Hälse, um besser sehen zu können, aber plötzlich war da etwas, das uns davon abhielt, dem Geschehen am Fluß zu folgen. Eine eiserne Hand drückte meinen Hals gegen das Geländer.
„Wo ist er? Was habt ihr Schweine mit ihm gemacht?“ stieß der Mann, der außer sich war, hervor. Ich konnte ihn nicht sehen, aber es war klar, daß Primar Mondl gekommen war, um seine Sache zu Ende zu bringen. Noch einmal drückte er Juri und mich gegen das Geländer. Er wiederholte seine Frage, und als er ein-

mal kurz nachließ, erhaschte ich einen Blick auf eine schreckliche Grimasse, und dann war da eine kleine und kalte Empfindung an meinem Hinterkopf. Entweder hatte Mondl eine Pistole, oder er bluffte mit einem Metallteil. Bevor ich mir noch eine Antwort zurechtlegen konnte, die uns ein wenig Zeit verschafft hätte – ein Schrei von Horst: „Es kommt!" Metall knirschte, Holz splitterte, und mit einem Mal gab der Boden unter unseren Füßen nach und wir stürzten zu Boden. Das Vorschiff hatte sich ein paar Meter weiter stromabwärts bewegt und war von Horsts Hütte, vor allem der Veranda, aufgehalten worden. Der Bug des Havaristen ragte hoch vor uns in den Nachthimmel. Aber im Inneren des Schiffes rumorte es. Es klang, als trommelten Dutzende Schlagwerker gegen den stählernen Schiffsrumpf. Als ich mich hochrappelte und in den Rollstuhl zurück wollte, war der nicht mehr da. Auch Juri und Mondl fehlten. Ich bekam einen Schlag auf den Kopf und verlor das Bewußtsein. Horsts Stimme holte mich wieder in den Wachzustand, mit einer ungeheuren Willensanstrengung öffnete ich die Augen. Horst schrie um Hilfe. Wenige Meter vor mir standen der Dozent und Horst und versuchten, den ins Wasser gerutschten Matrosen zu retten. Der Mann blieb aber immer wieder an Steinen und Büschen hängen. Gleichzeitig drehte das Schiff sich weiter in Richtung Strom, schrammte in ein, zwei Metern Entfernung an der Veranda und der Hütte vorbei und kam wieder zum Stillstand. Als ich mich am Verandatisch hochzog, sah ich Joseph, meinen Rollstuhl. Er hatte sich zwischen Horsts Moped und dem Geländer verkeilt. Von Juri war nichts zu sehen. Nun waren Horst und der Matrose im Wasser, und der Dozent versuchte, die beiden, die sich gemeinsam an ein Seil klammerten, aus dem Fluß zu ziehen. Der Dozent schaffte es jedoch gerade, sie zu halten; die Strömung war zu stark, sie an Land zu ziehen. Da sprang ihm eine Gestalt bei, die mit ihm gemeinsam die Arbeit aufnahm. Mondl zerrte an dem Seil, an dem der Matrose und Horst hingen. Im nächsten Moment würde er die beiden fahren lassen und den Dozenten hinterherstoßen, fürchtete ich. Aber gegen die rabiate Donau waren auch Mondls Kräfte zu schwach, wieder rutschte das Vorschiff ein paar Meter über den Steinwurf, wieder wurden die Männer durcheinandergewirbelt. Es gelang dem Matrosen, an Land zu klettern, der Dozent half ihm über die Ufersteine. Horst lag regungslos auf den unteren Felsbrocken, und jetzt war es Mondl, der vom Seil ins Wasser gezogen worden war und um sein Leben strampelte. Horst kam rasch zu sich, er schleppte sich zu einer Weide, brach einen Ast ab und streckte ihn Mondl entgegen. Der griff danach und zog Horst fast ins Wasser, bis der seine Beine in den Ufersteinen abstemmen konnte.

Das Vorschiff setzte sich erneut in Bewegung. Es drohte Horst und Mondl unter sich zu zermalmen. Horst ließ aber nicht los, es schien, als könne Mondl sich sogar an einem Stein festhalten. Aber das Vorschiff kam immer näher, in wenigen Sekunden würde es die beiden mit sich reißen, und plötzlich war da eine glockenhelle Stimme, sie rief „Loslassen! Loslassen!" Horst drehte sich zur Seite und sah Juri über die Steine tanzen. Das über den Steinwurf schrammende Vorschiff würde auch ihn in den Fluß stoßen. Im letzten Moment ließ Horst den Ast fahren, Mondl klammerte sich an einen Felsbrocken, Horst und Juri kletterten um ihr Leben. Sie entkamen dem schreddernden Vorschiff, das sich nun endgültig losgerissen hatte, nur um wenige Meter. Mit einem wütenden Krachen tauchte die schwarze Masse in den Strom. Eine mächtige Welle überschüttete Horst und Juri, und als sie ablief, schien es, als würde sie die beiden mit sich in den Fluß zerren, aber es gelang Horst, sich und Juri im Steinwurf zu verspreizen. Der in zwei Teile zerborstene Schiffskörper war von der Strömung mitgerissen worden. Nichts erinnerte mehr an den Havaristen, und all jene, die zu Zeugen des Geschehens geworden waren, würden Schwierigkeiten haben, bei der wahrheitsgetreuen Schilderung der Katastrophe nicht als Angeber zu gelten. Horst und der Dozent hatten noch den Steinwurf unterhalb der Hütte abgesucht, Primar Mondl hatten sie nicht mehr gefunden. Wohl aber eine Menge Fässer, einige von ihnen waren aufgeplatzt und gaben eine übelriechende Flüssigkeit frei. Offensichtlich stammten sie aus dem geborstenen Schiffsrumpf. Dimitru, so nannte sich der Matrose, sagte, sie seien nur zu zweit gewesen, der Kapitän und er. Horst hatte

im Lauf seiner Donaujahre ein paar Brocken Rumänisch aufgeschnappt, er konnte aus dem Mann aber nicht mehr herausbekommen.
„Eine Schmuggelfahrt“, vermutete Horst. „Sie haben mit dem Hochwasser spekuliert.“
Als wir glaubten, das Schlimmste sei überstanden, gab die Hütte nach. Langsam drehte sich die Veranda zur Seite, der Eingangsbereich der Hütte splitterte, und ich weiß nur, daß im nächsten Moment die Welt unterging.

Als ich erwachte, stand die Sonne hoch am Himmel. Ich hörte ein regelmäßiges Glucksen und das stakkatoartige Geräusch von Tropfen, die auf die Wasseroberfläche fielen. Ich blinzelte ein wenig und sah Juri mit ruhigen Schlägen im Heck seines Paddelboots arbeiten. Ich richtete mich auf und traute meinen Augen nicht. Die Aulandschaft, durch die wir wie von unsichtbarer Hand gezogen wurden, glitzerte in einem unwirklichen, rostbraunen Rot. Als hätte sich der waidwunde Strom zum Ausbluten in seine Au zurückgezogen.
Weit und breit waren keine Menschen zu sehen. Ein tiefblauer Himmel spannte sich über uns, und die Strahlen seiner Sonne wurden millionenfach von den roten Fluten gebrochen. Es war wie ein Bild aus einem Science Fiction Film, Postkartensonne, rotes Meer, Mondlandschaft mit überfluteten Baumriesen. Tierkadaver trieben vorbei. Eine eigenartige Stille lag über dem Wasser. Als Tausende Tiere ertranken, schwieg

die Natur. Raubvögel zogen stumm ihre Kreise. Kein Motor eines entfernten Traktors, kein nervöses Hochdrehen einer Motorjacht und kein eiernder Schiffsdiesel waren zu vernehmen. Nur das Glucksen und Gurgeln des schnell strömenden Wassers drang an unser Ohr. Auch Juri und ich schwiegen, der Ritt durch die Straßen und Wege der Au, die jetzt meterhoch überflutet waren, hatte uns die Sprache verschlagen.
Wir wurden durch Weizenfelder gezogen, fächergleich breiteten die Garben sich auf dem Wasser aus. Wir rauschten über Feldwege zwischen Maisfeldern dahin. Die Wege waren jetzt wilde, junge Flüsse. Dann trieben wir zwischen Bäumen und Sträuchern durch einen Auwald. Ein flirrendes Licht versetzte die Szene mit den grünbraunen Bäumen und dem roten Wasser in nervöse Bewegung. Im Wald hatte sich die Strömung verteilt, bald aber gewannen wir freies Land, trieben zwischen einzelnen Büschen und freistehenden Bäumen. Einmal kamen wir am Hochwasserschutzdamm vorbei. Auf der Dammkrone drängte sich verängstigtes Wild; Kaninchen, Füchse, Igel, Schlangen und anderes Getier. Wie gehetzt liefen die Tiere den Damm entlang, drehten plötzlich um, liefen wieder zurück, als könnten sie es nicht glauben, dem nassen Tod entkommen zu sein. Die Tiere waren so sehr von Panik erfasst, daß einige Rehe kollidierten und kopfüber ins Wasser purzelten.
Schließlich wurden wir von einer starken Strömung erfaßt. Juri sah sich fragend um, dann war er schon

damit beschäftigt, dem Boot Richtung zu geben. Längst hatte auch ich mich aufgesetzt und zum zweiten Paddel gegriffen. Ich machte aber keine Richtung, das war Juris Aufgabe. Ich konzentrierte mich nur darauf, Äste und vorbeitreibende Tierkadaver vom Boot fernzuhalten.

Aus einer bedrohlichen Stille wurde nun ein rasch näherkommendes Brüllen und Toben. Von einer unsichtbaren Faust gepackt, wurden wir durch einen Wald von Silberpappeln und Jungweiden gezogen. Mit letzter Anstrengung und unter Aufbietung aller technischen Fertigkeiten schafften wir es, einem Donauarm zu entgehen, der zu einem reißenden Fluß geworden war. Ein Fluß, der von umgestürzten Bäumen und abgebrochenen Uferstücken verblockt war und in dem wir mit dem Paddelboot keine Chance gehabt hätten. Das Toben und Brüllen wandelte sich zu einem tiefen Donnern. Über einige hundert Meter stürzte die hochwasserführende Donau in die zwei, drei Meter tiefer gelegenen Teile der Au, es handelte sich um eine sogenannte Überströmstrecke, um dem Hochwasser etwas an Fahrt zu nehmen, eingerichtet von den Donaukraftwerken und ihren Bautrupps und ausgerichtet auf ein Katastrophenhochwasser. Rasch waren wir in der Zone des frisch eindringenden Wassers, und auch dieses Wasser war rot wie Schweineblut. Das untergegangene Schiff mußte seine gesamte Ladung freigegeben haben. Einmal ließ es sich nicht vermeiden, ein Stück eines weiter landeinwärts gelegenen Altarms zu nehmen, in der Flußmitte schossen wir durch die Au. Bis wir ein Hindernis hörten und bald darauf sahen. Eine Straßenbrücke wurde vom Wasser unterspült, das Geländer wirkte als Wehr. Baumstämme torkelten in die Brücke, verfingen sich im Geländer und wurden von den entfesselten Wassern krachend auseinandergerissen. Der Kopf eines Wildschweins, das von einem geborstenen Geländerteil aufgespießt worden war, schlug gegen das dahinschießende Wasser und wurde von diesem zurückgeschleudert, als würde das gehetzte Tier noch in seinem Todeskampf gegen das Urteil der Naturgewalten protestieren. Der Nebenarm der Donau war zu einem reißenden Kanal geworden. Wie das umnebelte Durchlaufwasser von Kraftwerksturbinen überschlugen sich die wütenden Sturzbäche. In wenigen Augenblicken würden wir mit dem filigranen Paddelboot an der stählernen Barriere zerschellen. „Duffek! Eins, zwei, drei!" rief ich. Wir stachen beide backbords hinter unserem Rücken mit dem Paddel in das Wasser, drehten das Boot stromaufwärts und schafften es schließlich, mit schnell gesetzten kraftvollen Paddelschlägen so viel Raum zu gewinnen, daß wir in eine Nebenströmung einschwenkten, die jenseits der Brücke durch den Wald schoß. Juri und ich hatten den sogenannten Duffekschlag einen Sommer lang in Donauarmen trainiert. Noch einmal waren wir auf dieses Manöver angewiesen. Wir mußten einer Asphaltstraße ausweichen, die über mehrere Dutzend Meter wie von Riesenhand in die Au geworfen worden

war und aus dem reißenden Fluß schräg aufragte. Dank des Duffekschlages und des dadurch gewonnenen Freiraums fanden wir einen Durchschlupf. Am Ende des Hindernisses aber erhielt das Boot einen heftigen Stoß, ein knorriger Ast eines umgestürzten Baums fegte Juri ins Wasser. Der Bub geriet jedoch nicht in Panik, behende wie ein Fischotter schwamm er neben dem Boot her, bis ich ihm in einer ruhigeren Passage die Bootsschnur zuwerfen konnte. Juri hatte eine Wunde an der Stirn. Er blutete, war aber einsatzfähig. Als würde er jetzt die Kür für seine Kenntnisse über den Strom und dessen Au vorführen, eine Kür, für die er jahrelang geübt hatte.
Inmitten eines ersoffenen Weizenfelds befand sich ein Hochstand. Er war die einzige Erhebung in einem roten Meer. Juri befestigte das Boot mit der Schnur und turnte die Sprossen hinauf. Tausende Insekten, Asseln und Blindschleichen hatten sich auf den Hochstand gerettet. Juri mußte auf die Tiere treten, um die Leiter hinaufzugelangen. Einige Zeit blieb er in dem Hochstand verschwunden. Mir wurde vor Durst und überstandener Anstrengung schwarz vor Augen. Ich tauchte mein T-Shirt in die roten Wasser und bedeckte meinen Kopf damit. Das Wasser rann über Arme und Beine, es schien, als blutete ich aus vielen Wunden. Irgendwann mußte ich in einen Dämmerzustand hinübergeglitten sein, denn Juris Rufe drangen erst nach und nach in mein Bewußtsein.

Aufgeregt deutete Juri Richtung stromaufwärts, und bald sah auch ich die Zille, die langsam näherkam. Wenig später konnte ich Horst und den rumänischen Matrosen ausnehmen, sie saßen nebeneinander im Heck und trieben die Zille mit ihren Stechpaddeln an. Vor ihnen saß der Dozent, er trug einen verbeulten Panamahut. Seine Hände hatte er nach vorn gestreckt, sie fixierten Joseph, meinen Rollstuhl.

Epilog

Es war nicht, wie von mir vermutet, die Sotschi *gewesen, die das Ufer rammte und in zwei Teile zerbrach. Die zu einem Eventschiff umgebaute* Socialista Forradalom, *einstmals Kabinendampfer der ungarischen Gewerkschaften SZOT, hatte nach der Wende noch einige Jahre als Üdülö Hajó, als Freizeitschiff, Dienst versehen und war dann in den Hafen von Komarno zum Abwracken überstellt worden. Die Besitzer eines Bordells in Budapest hatten das Schiff um einen Bettel gekauft und für ihre Zwecke modernisiert. Unter dem Namen Erszébet hätte sie als Bordellschiff vor der Budapester Margareteninsel für immer vor Anker gehen sollen. Mit dem Schmuggel der Ammonsalpeterfässer – diese Substanz dient als Ausgangsbasis für die Sprengstoffherstellung – hätte wohl ein Teil der Umbaukosten beglichen werden sollen. Aus diesem Grund war das Schiff, das im alten k. u. k. Winterhafen bei Fischamend beladen worden war, trotz strikten Fahrverbots auf die Reise gegangen. Eine Reise, die schon nach wenigen Kilometern bei Horsts Hütte mit einem Totalverlust endete, worauf die geplatzten Fässer den Strom in ein tiefes Rot tauchten. Mit ein wenig Pech hätte sich das Ammonsalpetergemisch am heißen Dieselöl auch entzünden können, eine verheerende Explosion wäre die Folge gewesen. Dimitru hatte schon gewußt, warum er uns aus der Gefahrenzone haben wollte. Socialista Forradalom bedeutet auf Deutsch Sozialistische Revolution. Nur übelwollende Menschen ziehen daraus Schlußfolgerungen.*

Die Polizei hat in der Causa der drei toten Ehrenmänner nie ermittelt. Die Tote auf der Schotterbank interessierte niemanden. Es kam nie heraus, was wirklich geschehen war. Primar Mondl sei wohl auf der Suche nach seinem Kollegen Odilo gewesen, als er in den Fluten umkam, so die Annahme. Bei den Göttlichers lag der Fall ohnehin klar. Noch dazu, als sich herausstellte, daß der Betrieb heillos überschuldet war, weil Hermine Göttlicher groß in scheinbar mündelsichere Papiere eingestiegen war. Odilo Graetz von Hardengraetz trieb vor der Einmündung der March in die Donau auf einen Steinwurf. Der Jaguar ist verschollen. Eine Woche nach der Schiffshavarie hing Mondls Leiche an einem Schleusentor des slowakischen Donaukraftwerks Gabcikovo. Für einen Tag dominierte Mondl die Weltpresse. Sein Vertrag als Primar wäre nicht verlängert worden. Im Allgemeinen Krankenhaus zu Wien war Mondls Sündenliste so lang wie Horsts Vorstrafenregister. Auch finanziell stand es um Mondl schlecht. Er hatte sich mit seinem nach der teuren Scheidung verbleibenden Restvermögen an einer Privatklinik beteiligt, die wenig später wegen schwerer ärztlicher Kunstfehler von den Behörden geschlossen wurde.

Es wird nach dem Dargelegten nicht verwundern, daß auch Odilo Graetz von Hardengraetz zahlungsunfähig war. Sein Vermögensgrab war ein adeliger Strukturvertrieb von Finanzprodukten, der in einer Villa am Wörthersee residiert. Odilo hatte das halbe Gurktal verkauft, um dort zu investieren. Das insolvente Institut sperrte die Konten, Betrugsprozesse werden vorbereitet.

Um der Wahrheit die Ehre zu geben, entsprang die Idee, ausgerechnet die drei Bankrotteure um Geld anzugehen, einer fatalen Fehleinschätzung. Wer erpressen will – und sei es auch für einen guten Zweck – sollte über die finanziellen Möglichkeiten der präsumtiven Gönner Bescheid wissen.
Bei Lichte besehen, waren die drei alten Herren ganz gewöhnliche Nebochanten, die außer einer bürgerlichen Fassade nichts mehr vorzuweisen hatten. Die Angst um den Verlust dieser Fassade war wohl das Schlimmste, was den dreien passieren konnte. Daß es so schlecht um ihre Liquidität stand, konnte niemand wissen, noch konnte man ahnen, daß sie sich ihrer Lage entsprechend verhalten würden. Mittels Mord, Selbstmord, Verrat und versuchter Kindesentführung. Nicht der erfahrene Lebens- und Vermögensberater Groll, sondern der in Finanzfragen unbedarfte Invalidenrentner Horst Kuchlik hatte recht behalten. Mehr als ein paar Hunderter waren bei den dreien tatsächlich nicht zu holen gewesen. Meine Kenntnis der bürgerlichen Klasse könnte da und dort ausbaubar sein.

Nüchtern betrachtet, habe ich in der Frage der Entschädigungszahlung für geleistete Freundschaftsdienste Schiffbruch erlitten. Soviel zur technischen Seite der Angelegenheit. Daß mit den drei alten Herren ein paar Vorzeigecharaktere der Lumpenbourgeoisie abgetreten sind, ist auch kein Trost. Schlaflose Nächte habe ich deshalb aber nicht. Aus mir unerfindlichen Gründen ist Wenzel Schebesta, mein weltanschaulicher Berater, stolz auf mich. Die Saat geht nicht auf, sie rollt, pflegt er seither zu sagen.

Nachdem der Dozent in alten italienischen Dokumenten auf wertvolle Informationen über den Spitalskomplex in Rovinj gesto-

ßen ist, betreibt er das Projekt einer Erkundungsfahrt nach Istrien mit großem Elan. Wobei er mir eine Dreifachrolle zugedacht hat – als Fahrer, Assistent und Vorleser. Der Dozent liebt es, wenn ich ihm aus Jules Vernes postrevolutionärem 48er Roman „Matthias Sandorf" vorlese, der von ungarischen Revolutionären handelt, die dem habsburgischen Blutgericht in Arad entkamen und sich in Istrien niederließen, um einen neuen Aufstand vorzubereiten. Besonders die historisch belegte Figur des Ervin Batthyány hat es dem Dozenten angetan. Der Mann teilte alle seine Güter im westungarischen Bögöte mit seinen Untertanen und führte dort das Leben eines Anarchisten. Der Dozent ist von dem Mann fasziniert. Leute mit Geld träumen gern vom allgemeinen Wohl.

Sechs Wochen nach den geschilderten Ereignissen erlitt Horst, der sich beim Wiederaufbau seiner Hütte übernommen hatte, einen schweren Herzanfall. Nach zwei Wochen im Krankenhaus kehrte er gegen Revers wieder an die Donau zurück. Er erholt sich gut. Juri kocht jeden zweiten Tag einen großen Topf scharfer Fischsuppe. Horst befolgt die Entzugsregeln, er trinkt jeden Tag zwei Liter Rotwein und keinen Tropfen mehr.

Das Hochwasser verlief sich nach drei Wochen. Die rote Farbe dünnte aus und zog zuerst lange Strähnen durchs Wasser. Dann rissen die Strähnen und machten clusterähnlichen Strukturen Platz. Schließlich war der Strom über und über mit roten Punkten übersät. Als hätte er die Masern. Die Gewässerkundler gaben aber keine Entwarnung. Die Fässer im gesunkenen Schiff seien eine tickende Zeitbombe. Eine langwierige Sanierung lief an.

Der Duffekschlag ist nach dem tschechischen Paddelbootsportler Milo Duffek benannt, er zählt zur hohen Schule des Paddelns und ist bei verblockten Gewässern lebenswichtig, denn er ermöglicht es, das stromabwärts eilende Boot mit einem Schlag herumzuwerfen. Juri hat sich erbötig gemacht, dem Dozenten diesen Schlag beizubringen. Der Dozent übte sich daraufhin in Großzügigkeit und lieh Juri sein Mountainbike, während er mit Anita am Wolfgangsee weilte. Der Dozent referierte dort über die psychosozialen Folgen der Krise. Anita hatte er mitgenommen, um sie auf den Schafberg zu führen. Drei Tage später lag Anita wieder in meinem Bett. Zwar sei sie vom Heurigen und ihrer Nebentätigkeit einiges gewöhnt, aber so viele Verrückte auf einen Haufen habe sie noch nicht erlebt, erzählte sie. Der Dozent habe nicht einen einzigen Annäherungsversuch unternommen. Und die Fahrt auf den Schafberg am ersten Tag habe sie verweigert, weil sie in der dünnen Luft unbedachte Aktionen ihres Begleiters befürchtet hatte.

Im entscheidenden Moment habe ihn der Mut verlassen, berichtete auch der Dozent. Das sei bei ihm immer so; er habe gelernt, damit zu leben. Zwischen den beiden hat sich also nichts geändert. Er macht ihr schüchtern den Hof, sie sonnt sich in seiner Aufmerksamkeit.

Madame Nostitz führt die Maschinenbaufirma trotz der Wirtschaftskrise zu neuen Erfolgen. Ihre Tochter arbeitet als psychologische Beraterin in einer Notschlafstelle. Ihr Mann, das Nebengeräusch, war eines Tages verschwunden. Es fiel niemandem auf. Madame Nostitz erkundigt sich regelmäßig nach Juris schulischen Fortschritten. Er bekommt kein Geld von ihr, nur Sachleistungen. Schuhe, eine Windjacke, einen Feldstecher. Zu seinem Geburtstag überraschte sie ihn mit einer Grillparzer-Gesamtausgabe.

Juris Mutter hatte ihren Besuch für Herbst angekündigt, sagte aber eine Woche vorher ab. Der Flug sei zu teuer. Drei Tage verkroch Juri sich in der Au. Er spart eisern für ein neues Rad.

Danksagung:

Heinz Kochlicek danke ich für die großartigen Tage in seiner Fischerhütte an der Donau und für die wunderbaren Erzählungen über den Strom. Immer wieder war Peter Binders legendärer Heurigen ein rettender Hafen, der rote Schankwein und die anbetungswürdigen Backhendln halfen mir über manche Untiefe hinweg. Der große Naturforscher und Flußwanderer Hans-Peter Grohmann lehrte mich nicht nur den „Duffek-Schlag", sondern auch das Manövrieren in einer ertrinkenden Au. Herrn Erich, dem „Donaupiraten" vom Würstelstand an der Korneuburger Fähre, verdanke ich die besten Insiderinformationen über das Hochwassermanagement der Donaukraftwerke. Herr Erich lebt jetzt im zentralafrikanischen Dschungel und arbeitet in einem Gorilla-Projekt. An Österreich vermißt er nur die Donau zwischen Greifenstein und Nußdorf. Eduard Riha verdanke ich die von ihm mit jahrelangem Einsatz recherchierte Geschichte von der „Bolnica" bei Rovinj. Möge sie eine Fortsetzung in der Wirklichkeit finden und zur nautischen Vernichtung von Immobilienhaien und Finanzquallen führen. Horst Kaltenbrunner verdanke ich tiefe Einblicke in die Welt des Donauschmuggels und anderer Formen der Flußkriminalität. Alfons Benold steuerte selbstlos sein über Jahrzehnte in der Schiffswerft Korneuburg gewachsenes Wissen über den Schiffsbau und das Leben der „Strommenschen“ bei. Bei Irena und Janos Sedlacsek aus dem ungarischen Visegrád tauchte ich nicht nur tief in die Geschichte der Donauschwaben ein, sie lehrten mich auch analytische Ungeduld und politische Gelassenheit. Bei Bruno, dem Fährhund, bedanke ich mich für erhellende Gespräche in dunklen Flußnächten. István Golkovics aus Mohács brachte mir die Grundbegriffe der artgerechten Zubereitung großer Fischsuppen bei. Besonderer Dank gebührt Julia Hinske und Andreas „Shorty“ Kurz. Ihre Hilfe war für die Navigation im Text unverzichtbar.